KV-637-783

GWE
O
GELWYDDAU

Delyth George

Gomer

Cyhoeddwyd yn 2006 gan
Wasg Gomer, Llandysul, Ceredigion SA44 4JL

ISBN 1 84323 717 2
ISBN-13 9781843237174

Dymuna'r cyhoeddwyr gydnabod cymorth
Cyngor Llyfrau Cymru.

Argraffwyd a rhwymwyd yng Nghymru gan
Wasg Gomer, Llandysul, Ceredigion

Diolch yn fawr iawn i Karl Davies am fy arwain i fyd dyrys a dirgel gwleidyddion, ac am sawl awr ddifyr yn cyd-gynllwynio.

Diolch i Eryl Huw Phillips ac Anwen Huws am eu cyfraniadau a'u sylwadau, a hefyd i lu o ffrindiau eraill a fu'n darllen neu'n trafod.

A diolch yn arbennig hefyd i Wasg Gomer am y comisiwn ac i Bryan James am ei olygu gofalus.

Tatsachen gibt es nicht, nur Interproationen.

Nid oes ffeithiau, dim ond dehongliadau [ohonynt].

Nietzsche

Politicians never fully trust journalists, whatever they say, and we never fully trust them.

What a vile business politics is, almost as vile as journalism.

Piers Morgan, *The Insider*

Dianc

Taflodd un cip arall o amgylch y stafell fach foel ar lawr ucha'r Neuadd. Gwneud yn siŵr fod pob manylyn wedi mynd, pob ôl ohoni wedi ei ddileu a'r cyfan yn lân, yn loyw, yn glinigol oer.

Agorodd y drws, diffodd switsh y golau a chario'i dau gês i goridor llwydwyll yr oriau mân. Anadlu'n ddwfn a thynnu drws ei hystafell yn dawel ar ei hôl, cyn sleifio heibio i ddrysau caeedig stafelloedd y lleill – ffrindiau, cydnabod – y rhai fu'n deyrngar a'r rhelyw fu ddim . . .

'Celwyddgast!'

'Bitsh dwyllodrus!'

'Am beth dan din i'w wneud!'

Eu lleisiau'n dal i liwio'i meddyliau a'u geiriau'n dal i frifo i'r byw. I lawr y grisiau â hi, a phob cam a gymerai yn edliw ei blinder, ei dadrith, a'i dewis i beidio â brwydro mwy.

Datglôdd ddrws ochr y Neuadd a llithro i'r nos.

Yna trodd a thaflu un cip olaf, poenus, yn ôl ar y Neuadd Breswyl ar ymyl y bryn, cyn troi a brysio am orsaf y dref.

1

'Beth ddiawl sy'n bod ar hwn?' Rhoes Emma gic a hergwd ffyrnig i'r peiriant llungopïo o'i blaen a thynnu papur rhwygedig o'i berfedd. Roedd hi'n brynhawn Gwener blinedig yn swyddfa'r *Daily News* yn Llundain.

'Feeling the pressure, are we?' prociodd Greg, aelod cymharol newydd ond hynod gartrefol o'r staff a lwyddai'n rhyfeddol i grafu fel ewin dan groen. Cymerodd Ann, cyd-ohebydd a ffrind, y ddalen o'i dwylo a throdd Emma ei sylw at y peiriant oedd, o'r diwedd, am ufuddhau.

'See. All it needed was a little TLC!' A chrechwenodd Greg yn nawddoglyd.

Reit! Roedd Emma wedi cael digon; roedd hi'n barod i fytheirio.

'Anwybydda fo!' sibrydodd Ann dan ei hanadl a rhoi ei llaw ar ysgwydd Emma i'w thawelu.

'Talking in tongues again, are we?' mentrodd Greg wedyn a disgwyl am ffrwydrad. Ond fe'i siomwyd. Doedd yr un o'r ddwy'n gwrando am fod eu llygaid ar Patrick, golygydd newyddion y papur, oedd yn brasgamu tuag atynt, ei blygiadau blonegog yn dawnsio'n wyllt dan grys ddau seis yn rhy dynn.

'You! In my office now!' taranodd, a'i fys yn anelu at Emma. Damiodd Emma'n dawel. Roedd hi wedi cael wythnos galed fel roedd hi. Beth oedd hwn eisiau eto? Roedd heddiw'n un o'r diwrnodau hynny pan fyddai'n gofyn iddi ei hun beth ar y ddaear oedd hi'n ei wneud yno. Ond doedd dim amser i feddwl am hynny'r eiliad honno. Anadlodd yn ddwfn a chodi mur cadarn, amddiffynnol o'i chwmpas cyn dilyn Patrick i'w gwt, rhyw gam neu ddau

diogel y tu ôl iddo. Newydd gau'r drws yn ofalus y tu cefn iddi roedd hi pan ffrwydrodd y bòs.

'*What the hell did you think you were doing?*'

'*Give me a clue . . . or do I have to phone a friend?*' brathodd gan wenu'r un pryd, yr adrenalin yn ei gyrru i daro'n ôl a dal ei thir.

'*You don't know where to stop, do you? You nearly ruined me and the paper!*'

Yn raddol roedd y darnau'n disgyn i'w lle. Bytheiriai Patrick am stori – y stori GM, fu bron mynd â'r papur i'r llys. Ond roedd ei edliw'n annheg.

'*But you read it yourself, Patrick!*' Ceisiodd Emma ei hamddiffyn ei hun, yn methu deall pam roedd e'n codi'r peth eto.

Eiliadau o dyndra wedyn cyn i'r tarth godi ac i wên gyfrwys, ddireidus, ledu dros wyneb Patrick. '*So I did. Bloody good story it was too!* Da . . . iawn . . . ti,' ychwanegodd yn araf, ei acen Gymraeg yn drwm gan lediaith.

'Basdard!' meddai hithau, ei hamddiffynfa'n dechrau chwalu. Pan ddefnyddiai Patrick ei Gymraeg prin a chlapiog, roedd mewn hwyliau gweddol dda – yr iaith wedi tyfu'n rhyw fath o faromedr o berthynas y ddau.

'*Calling me a bastard?*' Roedd cuwch Patrick yn ôl. Oedd hi wedi ei gamddarllen, tybed? Wedi mentro'n rhy bell?

'. . . a fi wedi . . . promoto ti!' gwenodd, a gorffen ei frawddeg.

'Beth?'

'*Congrats, Chief Investigative Correspondent!*' A chynigiodd law fawr i Emma ei hysgwyd.

Llifodd rhyddhad ac anghrediniaeth yn donnau drosti, ac yn fuan roedd hi'n ymdrechu i wneud cofnod meddyliol o'r llu dyletswyddau ychwanegol roedd Patrick yn eu taflu tuag ati fel rhan o'i swydd newydd. Yn eu plith . . .

'*Kerdiff Bay!*'

'Sori?'

'*That monstrosity that's cost everyone a fortune!*'

'Yr Asembli?' holodd Emma.

'*Circus you mean, circus full of clowns! And it'll be rife with valleys' corruption! I should know, I was dragged up in the middle of it, remember!*'

'Rhwbeth penodol?' holodd Emma.

'*There must be something there,*' a chrafodd ei ben drwy weddillion seimllyd ei wallt. '*And I want you to find it!*'

Yn amlwg, roedd cymhlethdod gwreiddiau Cymreig Patrick yn corddi o ddifrif heddiw – ei fam yn Gymraes Gymraeg a'i dad yn Wyddel o löwr a gollodd ei waith yn y pyllau, ddau ddegawd a rhagor yn ôl. Pan fu farw'i rieni'n gymharol ifanc wedi ymdrech lew i'w gael yntau i goleg, torrodd Patrick gysylltiad â'i gefndir a dianc rhagddo, gorff ac enaid, i Lundain bell. Ond er dringo yn ei yrfa a'i sefydlu ei hun ar Stryd y Fflyd, doedd e ddim wedi anghofio'r tlodi na'r annhegwch a welsai. Roedd yn amlwg yn dal yn gynddeiriog am y modd roedd ei dad a'i debyg wedi bod mor ddall i wendidau'r gwleidyddion oedd yn honni gofalu amdanynt. Profodd streic yr wythdegau pa mor ddi-hid roedd y gwleidyddion erbyn hynny; mor barod i droi eu cefnau ar eu hen gefnogwyr selog. O ganlyniad, roedd Patrick wedi dod i'r casgliad mai gofalu amdanynt eu hunain a wnâi gwleidyddion o bob plaid. A phan gâi unrhyw gyfle i dynnu blewyn o drwyn neu i dalu'r pwyth yn ôl i unrhyw un ohonynt, fe'i cymerai ag awch. Bellach, roedd ganddo gyfle euraid i wneud hynny ac yntau'n olygydd newyddion y *Daily News.* Yna'n ddisymwth roedd ei law fawr yn chwifio ar Emma unwaith eto, yn ei chyfeirio'n ddiseremoni at y drws, a'r llaw arall eisoes yn estyn am y ffôn, er mwyn ysgwyd rhyw sgerbwd arall yn rhywle.

Roedd diawledigrwydd Patrick yn heintus, fodd bynnag. Ymadawodd Emma â swyddfa Patrick a'i phen wedi ei grymu ryw fymryn, a'r wên oedd yn bygwth chwarae yng nghonglau ei gweflau wedi'i ffrwyno'n dynn.

'*Who's been a naughty girl, then?*' Clywodd Greg yn sibrwd dan ei wynt.

'Drinc wedyn, ia?' cynigiodd Ann yn betrus, yn ofni'r gwaethaf.

'*Triples all round!*' meddai.

'Ti 'di cha'l hi, ti 'di ca'l y job!' sgrechiodd Ann a'r ddwy wedyn yn gwneud sioe fawr o gofleidio.

'*What?*' crychodd aeliau Greg yn anfoddog. '*You got the post?*'

Nodiodd Emma'n wylaidd, ddireidus.

Llifodd ei weniaith a'i golyn yn un. '*Knew you would, you're so committed, so extreme, practically obsessive . . . but well done you!*' a gwthiodd law brennaidd, hwyrfrydig tuag ati. Ac Emma bellach yn fòs arno, y peth lleia allai e wneud oedd ildio rhyw gymaint o glod.

Gwenodd Emma ac ysgwyd llaw Greg yn raslon.

*　　　　*　　　　*

Prysurodd Arwel ychydig ar ei gamau. Roedd yn hwyr i gyfarfod nad oedd yn rhy siŵr ei fod am ei fynychu o gwbl. Y drafferth oedd ei fod yn rhy chwilfrydig i gadw draw. Taflodd gip cyflym arno'i hun yn nrych cyntedd gwesty gorau Porthtywi a gweld bod ei siwt ddrud ei thoriad yr un mor drwsiadus ag oedd hi yn y bore, a phob blewyn o'i wallt yn dal yn ei le. Diolchodd yn dawel fod cnwd tywyll yn gorchuddio'i ben o hyd, er ei fod yn teneuo'r mymryn lleiaf ar ei gorun, hefyd.

'Arwel, shwt wyt ti, fachgen?' Roedd Dai Davies, hen ffrind, a Phrif Chwip a Chadeirydd ac Aelod Cynulliad dros Blaid y Bobol, yn camu i'w gyfarfod ac yn estyn ei law iddo. ''Slawer dydd . . . 'le ti 'di bod, gwed? Paid â gweud 'tha i – fishi'n y siambre'n neud enw i ti dy hunan.' Roedd y tinc yn ei lais yn troedio rhyw ffin annelwig rhwng canmoliaeth a beirniadaeth.

'Dai,' cynigiodd Arwel law fain a drwgdybus, braidd, iddo'i hysgwyd. Cydiodd Dai ynddi'n gadarn, heb fradychu unrhyw arwydd o letchwithdod nac euogrwydd chwaith.

'Dda dy weld di. Gymri di *aperitif*?' awgrymodd. 'Credu gymra i ryw whisgi bach . . .'

'Na, gadwa i ben clir . . . diolch,' atebodd Arwel mor gwrtais gwta ag y medrai. Beth bynnag oedd amcan Dai yn mynnu cyfarfod dros ginio, doedd Arwel ddim am wneud pethau'n rhy hawdd iddo am nad oedd Dai bob amser wedi hwyluso'r ffordd iddo yntau, chwaith. O ganlyniad, roedd ganddo asgwrn i'w grafu ag ef.

'Gymeri di lased o win?' cynigiodd Dai wedyn, a'r ddau bellach yn eistedd wrth fwrdd ac wedi archebu eu pryd. 'Eith 'i hanner e'n ofer fel arall, ne' af inne i ben clawdd, a smo ni'n moyn 'ny!' hanner chwarddodd yn isel ym mhlygiadau ei wddf. Yn y man roedd Arwel wedi ildio, a dau lasied yn ddiweddarach roedd hen waddod chwerw yn nofio i'r wyneb a'r surni yn amlwg i'r ddau.

'Roies i bopeth o'dd 'da fi i'r ymgyrch!' Roedd ei ddwrn yn taro'r bwrdd a'r cyllyll yn dechrau dawnsio o'i flaen.

'Wy'n gwbod. Ac oni bai amdani hi, Katherine "Lenin", fyddet ti wedi'i gneud hi. O'dd Porthtywi i fod yn saff!'

'Saff wedest ti?!' ffrwydrodd Arwel gan leisio'r dicter roedd wedi ei fygu ers tro, ac yna tewi'n ddisymwth wrth i'r gweinydd gyrraedd â phlataid o eog a salad iddo, a golwyth o gig eidion mewn saws trwchus a phentwr o sglodion i Dai. Ond roedd Arwel yn dal i fudferwi. Dair blynedd yn ôl roedd wedi ymladd gorff ac enaid dros Blaid y Bobol i ennill sedd Porthtywi, ac mi fyddai wedi llwyddo oni bai am ddwy ffactor allweddol: rai misoedd cyn yr etholiad caewyd ffatri aliwminiwm leol a diswyddwyd dros ddau gant o weithwyr. Ac yn ail, ymladdodd Katherine Kinseley, yr ymgeisydd radical, ymgyrch wych a enillodd bleidleisiau protest hen gefnogwyr dadrithiedig Plaid y Bobol. O ganlyniad, ail siomedig a chwerw braidd oedd Arwel, a'i freuddwyd yn chwilfriw.

Yr eiliad y trodd y gweinydd ei gefn, roedd Arwel yn gollwng stêm unwaith eto. 'Do'dd y sedd 'na ddim yn saff! 'Yn enw i ddyle fod ar ben y rhester, nage'r pwdryn Ed Lloyd 'na – a fynte heb gyment â chodi bys bach!'

'Gan bwyll nawr, Arwel, paid â phregethu wrtho i. Bryn o'dd moyn rhoi'r sedd ranbarthol i Ed. A fe o'dd y Llywydd . . . a'r Prif Weinidog!'

'Ond o'dd 'da'r Pwyllgor lais! A pwy o'dd Cadeirydd hwnnw, Dai?'

Crymodd Dai ei ben a hanner cyfadde'i gam gwag; peth amheuthun i wleidydd ei wneud. 'Gymeres i ormod yn ganiataol. Fe nethon ni i gyd. Ond o'n i'r un mor siomedig â ti, wy'n addo!' plediodd Dai. 'Diawch, wyt ti a fi'n mynd 'nôl ymhell, 'achan! Ni'n hen ffrindie!'

'Mwy o reswm i ti fod wedi cadw 'nghefen i!' Ceisiodd Dai dorri ar draws ei lifeiriant ond yn ofer; roedd Arwel wedi mynd i hwyl. 'A beth ma' fe Ed wedi'i neud dros y dair blynedd ddwetha? Pwyso ar 'i rwyfe . . . pocedu'r pae. 'Na beth o'ch chi'n moyn? Pwyse marw i dynnu'r blaid lawr i'r llawr! Wel? Odw i'n iawn?'

Lledodd gwên smỳg dros wefusau'r Prif Chwip. 'Falch o

16

weld bod yr un tân yn y bola, Arwel! A ma' digon o ishe hwnnw ar y blaid y dyddie 'ma!' Oedodd i gymryd dracht arall o'i win gan ddal i wenu ar ei hen ffrind.

Mewn amrantiad roedd Arwel wedi ei gweld hi!

'Ti'n dishgwl i fi ymladd 'to . . . 'na beth yw hyn, heb obeth caneri o ennill tro 'ma, diolch i'r rhestre aros, y diweithdra . . .'

'A'r arweinyddiaeth lipa . . .' porthodd Dai.

Rhoddodd hynny daw ar lifeiriant Arwel am y tro. Taflodd Dai gip sydyn o'i amgylch a gostwng ei lais, 'Gwranda, Arwel, ta shwd siâp sy ar y wlad neu'r blaid, mae hi dipyn gwa'th ar Ed Lloyd!'

Cododd Arwel ei ben a syllu arno'n ddi-ddeall.

'Mencyd arian 'i gliente. Wy'n synnu bo' ti heb glywed! Fydd rhaid iddo fe fynd! A gan taw ti o'dd yr ail ar y rhester, ti fydd yr aelod cynulliad newydd dros Ranbarth y De-orllewin, heb i ti orfod codi bys bach. Nawr pitsia miwn, ma' dy fwyd di'n oeri.' A gwenodd Dai fel rhyw gennad gorfoledd ar y darpar aelod o'i flaen.

Roedd pen Arwel yn troi wrth iddo amsugno'r wybodaeth, tra achubodd Dai ar y cyfle i blannu ei gyllell yn gadarn yn y sdecen roedd wedi ei deisyfu ers tro. Roedd ar fin mwynhau'r gegaid gyntaf pan sylwodd fod Arwel yn oedi, heb gyffwrdd â'i fwyd.

'Be sy? Ti'n dala mewn sioc? Ne' odi'r bwyd cwningen 'na 'bach yn ddiflas, falle?' a lled-chwarddodd Dai unwaith eto.

Pwysodd Arwel ymlaen, yn methu ymwrthod rhag y demtasiwn o chwalu'r wên smŷg oddi ar wyneb Dai. 'Fel wedest ti, wy'n neud yn dda yn y siambre. Wy'n ennill mwy na ma' aelod cynulliad yn 'i neud . . .'

Rhoes Dai ei gyllell a'i fforc i bwyso'n anfoddog ar ymyl ei blat gan syllu i wyneb Arwel a cheisio'i ddarllen.

Oedd e o ddifri? Neu oedd e'n bod yn anodd, yn trio talu'r pwyth yn ôl oherwydd yr esgeulustod a'i gadawodd yn ddi-sedd? 'Ti'n gweud 'tha i bo ti ddim yn 'i moyn hi?' heriodd.

Oedodd Arwel eiliad yn rhy hir cyn cynnig ateb.

'Wel . . .' meddai Dai mewn llais melfedaidd a fradychai'r mymryn lleiaf o siom, 'fydd dim amdani ond mynd am y trydydd ar y rhestr – Janice Rees. Nawr ma' hi wedi gwitho'n galed dros y tair blynedd ddwetha! Ma' hi'n haeddu cyfle, os yw rhywun.'

Gwenodd wên glaear ddiplomatig ar Arwel cyn suddo ei ddannedd i'r sdecen fawr dew roedd yn benderfynol o'i chladdu'r tro hwn.

Gwthiodd Arwel ei blat ychydig yn bellach oddi wrtho, ei archwaeth wedi pylu'n llwyr.

*   *   *

Roedd gwerth dau lasied ar ôl yn y botel ym mar y Metro, Covent Garden. Cydiodd Emma yng ngwydryn Ann er mwyn ei lenwi i'r top.

'Well i ti gadw hwnna i Rhys?' protestiodd.

'Geith e'r nesa!' Cyfeiriai Emma at yr hac pymtheg ar hugain oed oedd yn cribo'r bar tapas â'i lygaid amdanynt, ei wallt yn gudynnau aniben hyd at ei ysgwyddau.

'Haia!' Plannodd ei hun yn eu hymyl a rhoi cusan cyflym ar foch Emma.

'Jest mewn pryd i brynu rownd!' ac amneidiodd at y botel wag yn ei hymyl.

'Dim problem.' Taflodd gip cyflym dros ei ysgwydd cyn tynnu potelaid o siampên o'i fag a'i phlannu'n dwt yn y bwcedaid iâ oedd yn araf ddadmer ar y bwrdd.

'Rhys!'

'Welodd neb, do fe?' ei lygaid yn dawnsio gan ddireidi a'i sgwyddau'n amneidio'n ddi-hid.

Taflodd Emma ryw hanner gwg a hanner gwên beth-nesa i'w gyfeiriad cyn cythru am y ffôn oedd yn canu yn ei bag.

'Sori, bois!' A chododd i chwilio am dawelwch.

Dilynodd Rhys hi â'i lygaid wrth iddi nadreddu drwy'r dorf, yn union fel y gwnaethai pan gyfarfu â hi gyntaf. Bryd hynny roedd y ddau ohonynt ar drywydd yr un stori ac wedi mynychu cynhadledd i'r wasg a alwyd gan Arolygydd yr Heddlu oedd wedi gohirio ymchwiliad i ymddygiad ei staff yn ystod achos o lofruddiaeth. Roedd yn amlwg bod y gwir yn cael ei gelu a'r wasg fel helgwn ar ei ôl – Emma yn daerach na neb, yn holi a heclo, yn benderfynol o gael at y gwir. Fe wnaeth hi argraff ar Rhys a mynnodd dynnu sgwrs â hi a hithau ar frys i adael y gwesty i gael sgrifennu ei stori. Fel arfer byddai Rhys yr un mor daer â hithau i daro'r penawdau ond, am y tro, penderfynodd Rhys y câi'r stori aros, o leia nes y câi rif ffôn Emma ac addewid o'i chyfarfod eilwaith. O'r diwedd, fe lwyddodd, ac wedi cyfnod o drethu ei amynedd a'i orfodi i brofi fod ganddo feddwl gwirioneddol ohoni, daeth y ddau yn gariadon selog. Roedd hynny ryw flwyddyn a rhagor yn ôl, bellach.

'Wel . . . ti 'di gofyn iddi 'ta?' holodd Ann.

'Beth? . . . O na, ddim 'to.'

'Ti ddim yn siŵr . . .?' pysgotodd Ann yn llawn busnes.

'Fues i ddim yn fwy siŵr o ddim!' mynnodd Rhys.

Ac yna roedd ei lygaid ar Emma oedd yn dychwelyd i'w sedd.

'Y bòs yn ymddiheuro – rhy fishi i ddod draw.'

'Diolch byth am hynna,' ebychodd Ann, tra llanwodd Rhys wydryn Emma i'r top a'i estyn iddi. 'Dwi 'di gweld mwy na digon arno fo am un diwrnod o leia!' ychwanegodd.

'Reit! I ti, ac i'r swydd! Cododd Rhys ei wydryn.

'Ia, pob lwc i ti, del! Ti'n ddewrach na fi, a ti'n 'i haeddu fo!'

'Diolch i ti,' a thrawodd Emma ei gwydryn yn erbyn un Ann, ac wedyn un Rhys.

Rhoddodd Rhys gusan ysgafn ar wefus Emma. 'Llongyfarchiade, *Chief Investigative Correspondent*!'

Taflodd Ann gip cyflym ar y ddau gariad . . . Diawliaid lwcus, meddyliodd, cyn ail-hoelio'i sylw ar y gwydryn yn ei llaw.

Gwenodd Emma 'nôl ar Rhys ac Ann yn eu tro, yn teimlo'n saff, yn gynnes, yn barod i wynebu cyfnod newydd â hyder.

*   *   *

'Ond dyna t'ishio 'de? Bod yn aelod!' mynnodd Lois.

Roedd croen tin ei gŵr, Arwel, wedi bod ar ei dalcen byth ers iddo ddychwelyd o'r swyddfa i Ddolawel y noson honno, tŷ pedair llofft ar stad ddethol o dai ar gyrion Porthtywi yn y De-orllewin.

'Be sy 'di newid?' holodd Lois yn ddi-ddeall.

'Wy'n hapus yn 'y ngyrfa. Neud yn dda yn y llysoedd.'

'Be? Ti 'di rhoi'r gora i'r syniad o fod yn aelod?'

'Faint o bwere s'da'r Cynulliad, gwed?' wfftiodd er mwyn osgoi ateb yn bendant un ffordd na'r llall.

'Fwy nag oedd!' mynnodd Lois.

Ond daliodd Arwel i wfftio fel y gwnaeth gyda Dai yn gynharach, wfftio rhywbeth roedd wedi ei ddeisyfu am fod ei falchder wedi ei frifo. Roedd Plaid y Bobol wedi gwneud pethau mor hawdd i Ed Lloyd, oedd heb ymdrechu fawr ddim, tra oedd yntau wedi gorfod ei ladd ei hun, bron, yn trio ennill Porthtywi a wedyn wynebu siom methiant.

'Be? 'Sa well gen ti Lundain?' holodd Lois.

Cododd Arwel ei ysgwyddau'n ddi-hid, yn amharod i drafod y mater ymhellach.

'Wel . . . tasat ti'n cymyd y cynnig yma, 'sa gen ti lwyfan wedyn i fynd lle fynnot ti. Synnwn i damad na 'sat ti'n arweinydd cyn bo hir, nabod chdi.'

Gwenodd Arwel ar ei waetha. Roedd Lois mor ffyddlon, mor deyrngar, mor barod bob amser i dynnu'r gorau ohono.

'Ffonia fo; deud bo chdi 'di newid dy feddwl!' mentrodd Lois wedyn. 'Deud bo chdi am dderbyn!' A phwysodd ei breichiau'n gynnes ar ei ysgwyddau a chlosio ato er mwyn meddalu rhyw gymaint ar y styfnigrwydd roedd hi'n gwybod oedd wedi ei feddiannu. 'Gw on, ffonia,' meddai wedyn gan daro cusan cyflym ar ei foch i selio'i pherswâd. 'Paid â cholli cyfla sy'n dŵad ar blât!'

Os oedd e, hefyd, meddyliodd Arwel. Beth os oedd Dai wedi digio gymaint oherwydd ei ymddygiad y prynhawn hwnnw nes cysylltu ar unwaith â'r trydydd ar y rhestr? Byddai honno'n sicr wedi derbyn. Tasai hynny wedi digwydd, ac Arwel yn ffonio nawr i dderbyn y cynnig, byddai cystal â bod wedi cael ei wrthod ddwywaith gan ei blaid ei hun. Allai e ddim diodde'r fath sarhad! Ond cadwodd ei feddyliau rhag Lois. Doedd e ddim am gyfaddef wrthi hi mor ffyrnig roedd e wedi ymateb yng ngŵydd Dai, yn rhy ffyrnig iddo dderbyn nawr ar chwarae bach. A doedd e ddim am gyfaddef, chwaith, y siom a gawsai o glywed Dai yn crybwyll enw'r trydydd dewis mor rhwydd. Roedd Arwel wedi cymryd yn ganiataol ei fod yn cael ei ystyried yn wleidydd llawer mwy addawol na Janice Rees, ac roedd y ffaith fod Dai wedi ei chanmol mor agored wedi ei gorddi ymhellach. Sylweddolai Arwel, wrth gwrs, bod yna bosibilrwydd mai tacteg gan Dai oedd crybwyll ei henw er mwyn rhoi pwysau arno ef i dderbyn ei gynnig yn ddi-oed.

Ond doedd Arwel ddim yn un i ymateb i bwysau; roedd yn fwy tebygol o dynnu'n groes. Felly, ac ystyried popeth, er mor anniddig y teimlai wedi'r sgwrs y prynhawn hwnnw, y peth olaf roedd am ei wneud oedd codi'r ffôn ar Dai.

Roedd Dai wrthi eto yn lefain tawel yn y blawd yng nghwmni Meirion Vaughan y tro hwn – hen lanc, Aelod Cynulliad a Gweinidog Iechyd Plaid y Bobol. Yfai ym mar y Royal pan fyddai adref yn ei etholaeth, er mwyn cadw cysylltiad â'r gymuned, yn ôl ei honiad, ond y gwir amdani oedd na allai'r rhan fwyaf o'i bleidleiswyr fforddio prisiau'r Royal; yn Workingman's y cwm y treuliai amryw o'r rheini eu hamser, ar seddi llai cyfforddus o lawer. Tystiai'r gwrid dwfn ar fochau Meirion ei fod wedi bod yno ers rhai oriau.

Suddodd Meirion yn is i'w sedd *velour* esmwyth wrth wrando'n astud ar Dai yn ei oleuo am drybini Ed Lloyd, cyfreithiwr ac aelod dros ranbarth y De-orllewin. Er nad oedd Ed yn ffrind agos i Meirion, roedd yn hen gydnabod, serch hynny. Ac roedd clywed ei fod wedi benthyca'n helaeth o gyfrifon cwmni oedd yn gleient iddo er mwyn gwneud buddsoddiad bach sydyn ar y farchnad stoc, a'r cwmni hwnnw wedyn wedi mynd i'r wal, yn ennyn ei gydymdeimlad.

'Ed, druan – ma' fe wedi llosgi'i fysedd,' synnodd Meirion, yn llawn sylweddoli y gallai Ed wynebu carchar pe na bai'n llwyddo i dalu'r arian yn ôl a pherswadio'r cwmni i gadw'r cyfan yn ddistaw. 'Oni bai bod rhywun yn 'i helpu e, wrth gwrs,' ychwanegodd.

'O's 'da ti ginog yn sbâr?'

'Nag o's, 'na i ofon.' Gwariai Meirion bob ceiniog ar fyw mor fras ag y medrai gan fwynhau'r gwinoedd a'r gwirod gorau wrth grwydro o fwyty i far bob nos o'r wythnos, bron.

'Fwy na s'da finne,' atebodd Dai. ''Na pam ma' rhaid i ni weithredu ar frys, rhag ofon daw'r stori mas! Sgandal fel hyn yw'r peth ola ma'r blaid 'i ishe mewn blwyddyn etholiad!' Cododd ei lais er mwyn deffro Meirion i argyfwng y sefyllfa. 'Ma rhaid iddo fe ymddiswyddo, ti'n cytuno?'

''Na'r peth rhesymol i' neud, mae'n debyg,' atebodd Meirion yn bwyllog, 'er mwyn y blaid, wrth gwrs.'

'Hollol,' cytunodd Dai. 'Er mwyn y blaid,' adleisiodd. ''Na gyd sy ishe nawr yw dyn "rhesymol" i fynd i ga'l gair 'dag e,' awgrymodd. A phwysodd Dai ymlaen ryw fymryn a syllu i fyw llygaid Meirion gan led-awgrymu mai ef *oedd* yr un rhesymol hwnnw.

Deallodd Meirion yr awgrym i'r dim, ond cymerodd arno iddo beidio. Cymerodd ddracht arall, araf o'r gwirod y bu'n ei droi'n gylchoedd melyn yng ngwaelod ei wydryn a phwysodd yn ôl ymhellach yn ei sedd.

Sylweddolodd Dai nad oedd Meirion yn bachu. Roedd arno angen abwyd arall. Penderfynodd newid ei dacteg ryw fymryn. 'Ma' 'na rwbeth arall wy am 'i drafod 'da ti 'fyd, Mei . . . Tŷ'r Arglwyddi.'

Cododd Meirion ei ben ddigon i annog Dai i ddal ati. Dechreuodd Meirion nodio. Roedd ei hen gyfaill wedi codi pwnc oedd yn agos at ei galon. Yr unig uchelgais oedd ganddo ar ôl bellach, ac yntau wedi troi'r trigain, oedd diweddu ei yrfa yn Nhŷ'r Arglwyddi. Dechreuodd conglau ei weflau gyrlio'n wên. Ond roedd Meirion yn ymwybodol o un snàg amlwg.

'Yr arweinydd sy'n penderfynu pethe fel 'na, ddim y ti, Dai,' prociodd, gan ailosod ei wydryn ar y bwrdd o'i flaen a syllu'n heriol i lygaid Dai.

'Ond fydd Bryn ddim yn arweinydd am byth!' atebodd Dai mewn amrantiad, ei lygaid yn goleuo.

Gwenodd Meirion yn lletach. Roedd Dai wedi ateb yn ei gyfer, yn rhwydd ac yn reddfol am unwaith, gan osod ei gardiau'n glir ar y bwrdd. Yn amlwg, roedd Dai o'r farn fod yna newid posib yn y gwynt, neu hwyrach mai Dai ei hun oedd wedi blino aros i Bryn ei grogi ei hun, a'i fod bellach am ei wthio o'r neilltu mor fuan ag y gallai. Beth bynnag oedd y gwir, roedd Meirion bellach wedi ei ddal gan yr abwyd.

'A phryd fydde angen siarad ag Ed Lloyd?' holodd Meirion yn betrus, cyn codi ei wydryn ar y gweinydd i archebu un arall.

'Heno!' mynnodd Dai, gan afael yng ngwydryn gwag Meirion. 'A bydd angen pen clir!' pwysleisiodd.

*   *   *

'Syrcas llawn o glowns. 'Na'i ddisgrifiad e!' meddai Emma gan wenu.

'Wel, ambell un, falle?' chwarddodd Rhys. Roedd e ac Emma yn dal i eistedd ym mar y Metro, ac Ann wedi hen fynd adref.

'Ond beth yw'r diddordeb syden 'ma yn y Cynulliad?' holodd Emma. 'O'dd 'da fe ddigon i weud pan gas e 'i sefydlu, ond be sy'n 'i gorddi e nawr?'

Cododd Rhys ei ysgwyddau. 'Dim syniad. Ond ma' rhaid iddo fe lanw'i rhacsyn 'da rhwbeth, t'weld.'

'Hei! Llai o'r rhacsyn 'na, plîs! Ond ma' un peth wy'n benderfynol ohono fe – wy ddim yn mynd i lanw'i bapur e 'da sgandals personol. 'Na beth yw *tabloid sleaze* ar 'i waetha!'

'Ie, wy'n cytuno. Ond falle taw 'na beth gei di 'fyd. Llaw yn y til, llaw yn y nicer rong . . . ne'r pants . . . ne'r ddou, wrth gwrs, a dyn a'u helpo nhw wedyn!'

Allai Emma ddim peidio â chwerthin . . .

'Wy'n gweud y gwir . . . Yffarn dân, gei di hala milwyr i ladd milodd yn Irac a dala i rideg y wlad 'ma! Ond un wiff o sgandal ym mywyd personol arweinydd ne' weinidog a mae e mas ar 'i din . . .'

'Olreit, sdim ishe i ti bregethu wrtho i!'

'Nag o's, wy'n gwbod.'

'So ti wedi clywed unrhyw storis o werth 'te?'

'Am y Cynulliad?'

Nodiodd a chymryd llwnc arall o'i gwydryn. Gwenodd yn ôl arni'n ddireidus.

'A beth fydde hac bach ffrî-lans fel fi'n 'i glywed cyn y *Chief*, gwed?'

''Ithe tipyn, o 'mhrofiad i!'

'A ti'n moyn i fi weud 'thot ti?' tynnodd ei choes.

'Wrth gwrs. 'Yn ni'n dîm, nag 'yn ni?'

'Odyn!'

'So ti'n gwbod, falle gelet ti 'i sgrifennu hi 'fyd . . . os ti'n fachan bach da!' A chlosiodd ato, gan wenu'n ddengar.

'Damo!'

'Beth?'

Roedd Rhys yn taro'i dalcen yn galed. 'O, yffach, dere!'

'Be sy?' holodd Emma'n ddryslyd pan neidiodd Rhys ar ei draed yn wyllt.

'Dere nawr!' mynnodd. 'O'n i 'bytu anghofio rhwbeth pwysig. Pwysig iawn!' A chythrodd am ei llaw a'i thywys hi a'r botel siampên – dŵr a rhew'n diferu'n llwybr dros y bwrdd a'r llawr – tuag at y fynedfa.

'Ond beth?'

'Syrpreis!' Rhoddodd Rhys ei fys ar ei gwefusau i'w thawelu cyn ei llusgo i'w ganlyn.

Ychydig yn ddiweddarach roedd Rhys yn ei thywys i fyny grisiau bloc newydd o fflatiau mewn hen warws yn ardal y dociau. Ar ben y grisiau'n disgwyl amdanynt roedd yr asiant. Agorodd y drws a'u harwain i gyntedd glanwedd.

'Wel, beth ti'n feddwl?' holodd Rhys, ar dân am gael ei hymateb cyn iddi brin groesi'r trothwy.

'Aros i fi ga'l gweld,' mynnodd, gan gamu i'r lolfa hirsgwar oedd wedi'i dodrefnu'n ysgafn, chwaethus â chelfi lledr a lampau a byrddau golau, minimyddol yr olwg. Ar lawr roedd pren glân, gloyw o ansawdd safonol. Roedd Emma wedi ei siomi ar yr ochr orau.

'Neis. Ond . . . odi e dy steil di?'

'Beth o't ti'n dishgwl? Tip?' holodd, gan esgus ei fod wedi'i frifo.

''Bach yn ddrud, nag yw e?'

'Ddim â 'wyllys Anti Agnes wedi'i setlo,' a winciodd arni.

'Pwy sy'n fachan lwcus 'te?' Yna trodd Emma ac edrych o amgylch y lolfa'n edmygus.

Gwelodd Rhys ei gyfle, 'A nage 'na gyd wy'n moyn setlo.' Roedd wedi difrifoli'n sydyn. Syllai i fyw ei llygaid, ei edrychiad yn daer, yn dreiddgar, mor ddwys nes iddi droi ei phen i ffwrdd yn sydyn i'w osgoi.

'Ffor' hyn ma'r stafell wely?' holodd Emma a cherdded i'r cyntedd ac yna i'r chwith, i stafell wely lle'r oedd gwely mawr dwbwl, wedi ei addurno â chynfasau plaen, chwaethus, a chlustogau coch cynnes, Yn yr alcofau roedd ambell ddodrefnyn ysgafn yn cuddio.

'Alla i dy weld di fan hyn,' meddai wedyn, i ysgafnu'r awyrgylch, oedd wedi dwysáu mor annisgwyl o sydyn.

'A beth amdanat ti?' holodd Rhys, ei edrychiad mor ddwys ddifrifol â chynt.

'Falle . . .' atebodd Emma, wedi rhywfaint o oedi, a lled-wenu'n ôl.

'Reit. 'Nei di symud miwn 'da fi, plîs?' Roedd llygaid taer Rhys yn ei hewyllysio i dderbyn, i ateb yn ddi-oed.

'Ers pryd ti 'di bod yn cynllunio hyn?' holodd Emma, er mwyn prynu amser yn fwy na dim. Roedd hi wedi ei thaflu, ei meddwl wedi bod gymaint ar straeon, mân wleidyddiaeth y swyddfa, y cais am ddyrchafiad, y penodiad . . . doedd hi ddim wedi disgwyl hyn.

'Sbel fach,' atebodd Rhys.

'Cadno!' atebodd gan led-chwerthin er mwyn cuddio'i chynnwrf pryderus. Oedd hi'n barod am hyn neu beidio?

I Rhys, roedd pob eiliad o dawelwch fel oes.

'Wel?' holodd o'r diwedd, â thinc diamynedd yn dechrau cropian i'w lais.

Trodd Emma i edrych drwy'r ffenest.

Anniddigodd Rhys fwyfwy a dechrau symud yn ddiamynedd o'r naill droed i'r llall. Fedrai e ddim dioddef y tawelwch un eiliad yn rhagor.

'O'n i'n meddwl bod yr amser yn iawn. Bo' ni 'di aros hen ddigon . . .'

Gallai Emma deimlo siom Rhys yn cerdded ei chnawd. Ei ansicrwydd e yn ei hanniddigo hi, yn ei deffro i ymateb. Pam roedd hi'n oedi? Pam roedd hi'n dal yn ôl? Roedd Rhys yn bopeth roedd hi ei angen. Rhys oedd wedi ei dysgu i ddechrau ymddiried unwaith eto . . .

Trodd ei phen yn ôl i'w wynebu dan wenu.

'Wrth gwrs wna i symud miwn 'da ti!'

A dyna hi wedi ei hymrwymo ei hun o'r diwedd.

Gwasgodd Rhys hi ato'n dynn. Roedd pob eiliad o'i goflaid yn ei hargyhoeddi fwyfwy ei bod hi wedi gwneud y penderfyniad iawn; ei bod hi'n hen, hen bryd iddi symud ymlaen . . .

*   *   *

Dal ar binnau roedd Dai Davies yn ei gartre yn y Fron. Gwaeddodd Irene ei wraig arno i eistedd, er mwyn dyn, cyn iddo dreulio twll yn yr Axminster drud dan ei draed. Synnai bod ei gŵr yn dal dros ei bwysau o ddwy stôn a rhagor ag ystyried ei fod yn byw gan amlaf ar ei nerfau, yn teimlo a chlywed a gwylio pob smic a symudiad yn rhengoedd ei blaid.

'Reit! A' i i neud te,' meddai Irene. 'Wermod i fynd 'da dy wep di!' meddai wrth droi am y drws. Yn amlwg roedd rhyw gynllwyn ar droed, barnodd Irene, ond roedd wedi dysgu peidio â holi gormod am y gwyddai na châi wybod beth bynnag, oni bai bod Dai ar dân am gael bwrw'i fola. Ac anaml y digwyddai hynny. Ei fyd e oedd gwleidyddiaeth, nid ei byd hi. Gwyddai hefyd y deuai hi'n aml yn ail i'r byd hwnnw, ond roedd hi'n gallu byw gyda hynny. Yr hyn na allai fyw gydag e fyddai dod yn ail i fenyw arall. A chan fod Dai yn byw ei wleidyddiaeth beunydd beunos, roedd hi'n ffyddiog nad oedd perygl iddo grwydro at yr un fenyw arall. Felly roedd Irene a Dai yn deall ei gilydd.

Gwyliodd yntau ei mop melyn artiffisial yn diflannu i'r gegin o'r golwg. Derbyniodd ei gerydd yn dawel a dewis treulio twll yng ngharped ei stydi yn hytrach na'r lolfa gan wybod y câi heddwch yn y fan honno i droi digwyddiadau'r dydd yn ei feddwl.

Gan ei fod yn gyfaill lled-agos i Meirion ers dros chwarter canrif a rhagor, teimlai Dai fod ganddo ddylanwad digamsyniol arno. Roedd wedi disgwyl y byddai Meirion wedi cysylltu erbyn hyn a dweud ei fod wedi llwyddo yn ei dasg o ddarbwyllo Ed Lloyd mai ymddiswyddo oedd orau. Ond doedd e ddim wedi clywed yr un gair. Oedd Meirion, tybed, wedi methu yn ei dasg? Oedd e wedi mynnu rhyw ddiod neu dri arall cyn taclo Ed Lloyd a gwneud cawl o'r cyfan? Roedd mynych lymeitian Meirion yn peri poendod i Dai ac yn rhywbeth y byddai'n rhaid iddo ei drafod gyda Meirion, maes o law. Ond nid nawr oedd yr amser i hynny. Y peth olaf roedd am ei wneud oedd pechu ffrind a cholli ei deyrngarwch ar adeg mor allweddol. Roedd ar Dai angen pob un o'i ffyddloniaid os am wireddu ei freuddwyd o ddisodli Bryn Rogers a dod yn Brif Weinidog yn ei le. Roedd yn bosib, wrth gwrs, fod yna reswm arall pam nad oedd Meirion wedi ffonio. Efallai bod Ed Lloyd wedi bod yn anodd i'w drin, wedi digio a styfnigo a gwrthod ymddiswyddo. Penderfynodd Dai gysylltu â Meirion, rhag ofn . . . Ond fel roedd yn dynesu at y ffôn, dechreuodd y teclyn hwnnw ganu, yn union fel pe bai ei ewyllysio grymus wedi gyrru neges anweledig dros y gwifrau. Cythrodd am y derbynnydd a'i wasgu'n dynn i'w glust.

'Dai Davies.'

Clywodd ochenaid ddofn y pen arall ac yna lais Meirion, yn araf a thrwm gan gydwybod. 'Fe wnes i'r hyn o't ti'n 'i ofyn . . . Fydd 'i ymddiswyddiad e 'da ti heno!'

Gorfoleddodd Dai. 'Fe gei di dy wobr, wy'n addo, Mei!' A thorrodd yr alwad ar ei union.

Doedd addewid o'r wobr ddim hanner mor felys i Meirion ag oedd hi rai oriau ynghynt. Roedd torri newydd i gyfaill oedd, yn amlwg, wedi ei frifo, yn faich ar ei sgwyddau. Nid ar chwarae bach yr anghofiai'r siom na'r cywilydd a welodd yn lledu dros wyneb Ed Lloyd pan ddeallodd fod ei dwyll yn wybyddus i'w blaid. I ddechrau, wrth gwrs, roedd Ed wedi trio gwadu honiadau Meirion, ond yn y man roedd wedi crebachu'n weladwy a chyfaddef, gan drio gwneud esgusodion dros ei gamymddwyn. 'Meira'r wraig, yn dost iawn . . . angen mynd yn breifat a ninne heb gynilo . . .'

Amneidiodd Meirion ei ddealltwriaeth a'i gydymdeimlad hael cyn llwyddo i berswadio Ed i ildio'i sedd. Roedd y perswâd wedi gweithio ac Ed yn gweld synnwyr yn ei eiriau . . . tan iddo egluro mai at Dai Davies, y Prif Chwip, roedd i anfon ei lythyr ymddiswyddiad.

'Fe sy tu ôl i hyn!' ffrwydrodd Ed. 'Cynllwyn yw hyn, nage fe? I waredu ffrindie Bryn, a wedyn Bryn 'i hunan, er mwyn i'r diawl 'na ddod yn Brif Weinidog Cymru. 'Na beth yw hyn, ontefe?'

Roedd Meirion wedi methu dweud gair am rai eiliadau, cyn erfyn arno, bron.

'Cer ag urddas, Ed. Cyn i'r hanes diflas 'ma ddod mas. Cyn i ti ga'l dy orfodi! 'Na nelen i.'

Chwythodd gwrthryfel pitw Ed Lloyd ei blwc yn fuan wedyn a chytunodd i anfon ei ymddiswyddiad at Dai y noson honno. Ond nid dathlu ei lwyddiant roedd Meirion wrth estyn am ei chwisgi unwaith yn rhagor, ond yn hytrach ceisio ymlid wyneb truenus Ed Lloyd o'i feddyliau.

Derbyniodd Dai Davies lythyr ymddiswyddiad Ed Lloyd yn ddiweddarach y noson honno. Roedd cam cyntaf ei gynllun, felly, wedi llwyddo. Byddai'r ail gam yn ddibynnol ar ymateb Arwel. Doedd hwnnw ddim wedi ymddwyn yn unol â'r disgwyl, mor belled. Yn naturiol, roedd e'n siomedig oherwydd i bethau fynd o chwith yn yr etholiad diwethaf, ond roedd ei ddiffyg brwdfrydedd y tro hwn yn peri rhyw gymaint o bryder i Dai. Ond dim gormod, chwaith; roedd yn lled-amau mai bod yn anodd oedd Arwel am na chafodd ei roi ar ben y rhestr y tro diwethaf. Os felly, gwyddai Dai yn union sut i'w drin. Tybiai ei fod yn nabod ei dderyn yn dda. Cododd y ffôn a deialu rhif Arwel.

'Llongyfarchiade! Ne' bido, wrth gwrs, lan i ti. Wy'n

dala ymddiswyddiad Ed Lloyd yn 'yn llaw, a wy ar fin hala datganiad at y *Press Association*. Wedyn bydd y wasg yn holi am olynydd. Beth amdani?'

Roedd cynnig Dai felly'n un dilys, ystyriodd Arwel. A doedd e ddim wedi mynd ar ofyn y trydydd ar y rhestr. Dyma'i gyfle felly i dderbyn yn raslon, ond ar ei waethaf roedd rhywbeth yn ei rwystro.

'Beth ma' Bryn yn 'i weud am hyn?' holodd.

'Hei, y Prif Chwip sy'n gyfrifol am ddisgyblaeth, nage'r Prif Weinidog . . . Wel, ti'n mynd i gamu i'r bwlch?'

Oedodd Arwel am rai eiliadau eto.

'Be sy, Arwel? Gormod o sgerbyde yn dy gwpwrt di?' holodd, yn eofn braidd.

'Dim mwy na neb arall!' atebodd yn amddiffynnol.

'Wel sdim problem 'te, o's e?'

'Hal gopi o'r datganiad ata i!' mynnodd Arwel, yn amlwg yn llusgo'i draed. 'Gei di ateb ben bore!' addawodd, yn styfnig i'r eithaf.

'Fydd e ar y We heno!' atebodd Dai yn gwta, gan ddiffodd yr alwad yn ddisymwth.

'Reit, os taw fel'na ma'i deall hi!' meddai Dai wrtho'i hun a deialu rhif y *Press Association*.

'Delmi, shwt ma'r hwyl? Barod am ecsgliwsif fach heno?'

Roedd yn fwy na pharod . . .

'A'r olynydd?' holodd wedi i Dai orffen traethu. 'Arwel Evans, wy'n cymryd?'

Carthodd Dai ei wddf gan egluro bod yna elfen o amheuaeth, bellach, gan fod Mr Evans yn gwneud cystal ym maes y gyfraith, ac efallai mai'r trydydd ar y rhestr fyddai'n camu i'r bwlch. 'Ond sdim byd wedi'i benderfynu 'to, ti'n deall? Dim byd o gwbwl!'

'Iawn, i'r dim. Diolch, Dai,' meddai Delmi.

Rhoddodd Dai'r derbynnydd yn ôl yn ei grud gan wenu. Yna pwysodd yn ôl yn ei gadair esmwwyth a thanio'i ail sigâr.

'*Gotcha!*' sibrydodd, drwy gymylau o fwg.

Hanner awr yn ddiweddarach roedd Arwel yn darllen datganiad y PA ar y We.

'*. . . Ed Lloyd resigns. Query over succession. Arwel Evans or Janice Rees?*'

'Y bastard!' bloeddiodd. 'Y blydi bastard!' Beth gythraul oedd ei gêm? Trio'i gael i ffonio ac ymgreinio neu ffarwelio â'i gyfle? Wel, doedd e ddim yn un i gael ei gornelu na'i wthio gan neb . . . A phetai'n onest doedd e ddim yn hollol siŵr ei fod e am gael y wasg a phawb yn ffureta o'i gwmpas ac yn chwilio'i berfedd.

Dringodd Arwel i'w wely yn yr oriau mân, a syrthio i drwmgwsg anniddig tua phump y bore gan freuddwydio ei fod yn chwilio am swyddfa mewn adeilad newydd ac yn methu'n lân â dod o hyd iddi. Ar ei arddwrn roedd oriawr anferth yn tician yn uchel, yn edliw ei fod yn ddifrifol o hwyr i gyfarfod tyngedfennol. Deffrodd yn domen o chwys i glywed bod Sid Jones, *Evening Gazette*, wrth y drws yn gynnar ar fore Sadwrn. Gwisgodd yn gyflym, ond yn chwaethus drwsiadus serch hynny, a chyn pen dim roedd yn ysgwyd llaw â'r gohebydd wrth y drws.

'Unrhyw sylw ar ymddiswyddiad Ed Lloyd, Mr Evans?' holodd Sid Jones yn daer.

'Mae'n drist iawn bod 'i gyfnod fel aelod wedi dod i ben,' atebodd mor ddiplomatig a phwyllog ag yr oedd ei gynnwrf yn caniatáu.

'Fyddwch chi'n cymryd 'i le, fel yr ail ar y rhestr? Wy'n deall bod 'na rywfaint o amheuaeth?'

'Amheuaeth? Ddim o gwbwl,' atebodd o fewn eiliadau.

'Mae'n bleser gen i dderbyn y cyfle, a wy'n edrych ymlaen yn eiddgar i fod yn aelod dros Ranbarth y De-orllewin.'

Suddodd arwyddocâd ei eiriau yn raddol i'w ymennydd. Dyna fe wedi mentro, felly, wedi dewis gyrfa yn llygad y cyhoedd. Gwenodd ar y gohebydd, a'i wên yn lledaenu wrth yr eiliad. Mor felys oedd y geiriau'n dal i ganu yn ei glustiau: aelod dros Ranbarth y De-orllewin . . .

2

Dringodd Emma'r grisiau i'w fflat, yn llwythog gan fagiau, ei cherdyn credyd yn brifo bron gymaint â'i thraed wedi prynhawn o siopa caled. Ond doedd hi ddim yn difaru'r un geiniog a hithau am edrych ei gorau'r noson honno er mwyn dathlu dau beth – yn gyntaf, cyfnod newydd o gydfyw â Rhys, ac yn ail, ei dyrchafiad hithau ar y *Daily News*. Ac yn y drefn yna hefyd, addawodd iddi ei hun wrth hongian ei ffrog newydd, ddrud, ar y wardrob o'i blaen, yn barod i'w gwisgo'n ddiweddarach. Roedd Rhys am gael ei holl sylw'r noson honno. Wedi'r cyfan y fe, a neb arall, oedd wedi gwneud iddi deimlo mor gynnes, mor ddiogel, mor barod i ymddiried – ei ddireidi bachgennaidd bron wedi cyflawni mwy o gamp nag oedd e'n sylweddoli. Mwy nag oedd hi'n ei sylweddoli hefyd tan ddoe. O hyn ymlaen roedd hi'n mynd i wneud yn siŵr bod Rhys yn cael mwy na'i siâr o'i sylw, nid llai, am ei bod hi'n tueddu i redeg a rasio i Patrick a'i bapur o hyd. Doedd dim angen iddi brofi cymaint iddi ei hun, bellach. Roedd hi am drio ymlacio mwy eto, chwalu rhagor ar y gragen amddiffynnol roedd wedi ei chodi o'i hamgylch. Teimlai'n ddigon cynnes a saff hebddi ar hyn o bryd . . . ac roedd hwnna'n deimlad braf. Mor braf fel yr addunedodd wneud iddo bara cyhyd ag y medrai.

Hwyrach y byddai wedi cadw ei hadduned tasai wedi cael llonydd i'w gadw. Byddai bywyd wedi bod mor wahanol tasai'r ffôn heb ganu yn ei bag, ac enw Patrick wedi fflachio ar y sgrin a hithau wedi ateb yn hwyliog, ddifeddwl.

'Patrick . . . Hi!'

'Take a look at the Web . . . could be interesting!' Fel ffŵl roedd wedi gwrando, wedi ufuddhau. Wedi'r cwbl,

34

roedd ganddi amser yn sbâr a'i chwilfrydedd mor hawdd i'w ennyn.

Ymhen eiliadau roedd yn darllen y newyddion Cymreig diweddaraf ar safle'r BBC a'i llygaid wedi eu hoelio ar wyneb a lechai yng nghornel y sgrin: Arwel Evans, aelod cynulliad newydd Plaid y Bobol dros Ranbarth y Deorllewin – dyn a fu bron â'i ddinistrio . . .

'Gwatsha, nei di?'

Trodd Emma'n sydyn a sylwi ei bod wedi taro yn erbyn merch bryd golau a safai yn ei hymyl ym mar gorlawn yr Undeb adeg Wythnos y Glas.

'Sori, sori,' byrlymodd Emma, pan sylweddolodd fod y ferch ddieithr wedi colli hanner ei lagyr ar ben ei siwmper drawiadol, a mynnodd brynu diod i wneud iawn am ei lletchwithdod.

'Diolch. Be ti'n studio 'ta?' holodd Lois pan ddychwelodd Emma â diod ffresh iddi o'r bar. 'Ar wahân i'r dalent, wrth gwrs . . .' ychwanegodd gan daflu cip chwareus o'i chwmpas.

'Gwleidyddiaeth, Cymraeg a Saesneg.'

'Gwahanol.'

'Beth amdanat ti?'

'Y gyfraith. Isio job yn talu lot o bres.'

'Dim legal aid a helpu'r tlawd i ti 'te?'

'O, ac w't ti isho achub y byd, wyt?'

'Pam lai?'

Ac roedd y ddwy wedi chwerthin a'r iâ wedi ei dorri. Er bod Lois yn fwy materol, uchelgeisiol ei bryd, roedd wedi cynhesu at Emma, y radical frwd, dilynwraig ffyddlon i Gymdeithas yr Iaith, Hawliau Merched, Cyfeillion Nicaragua a phob mudiad chwith-dan-draed arall. Cyn diwedd Wythnos y Glas roedd 'na griw wedi casglu o'u cwmpas – pob un eisiau angor, eisiau ffrind ar ddechrau cyfnod newydd oddi cartref. Roedden nhw wedi tyfu'n glòs, dod i nabod ei gilydd yn rhyfeddol o gyflym, yn rhyfeddol o dda, neu o leiaf felly roedden nhw wedi tybio, tan i bethau newid . . . yn llythrennol dros nos . . .

Ymystwyriodd Emma yn ei chadair; roedd wedi bod yn eistedd yn synfyfyrio'n boenus o hir, nes bod ei chluniau a'i phenliniau wedi cloi, a'i llygaid yn brifo yng ngolau'r sgrin. Sylweddolodd bod y ffôn yn canu yn ei hymyl.

'Helô?'

'Hei! Barod am heno?' llais Rhys yn byrlymu, yn dal ar don o hapusrwydd.

'Heno?' cloffodd, fel pe bai wedi anghofio am bawb a phopeth tu fas i'w pherthynas â'r sgrin.

'Bwrdd i ddou! . . . Ti yn tynnu 'ngho's i, gobitho!'

'Odw, wrth gwrs!' a gwthiodd Emma hynny o ysgafnder a fedrai i'w llais.

'Ti'n dod i fan hyn gynta?'

'Wy ar 'i hôl hi braidd.' Crwydrodd ei llygaid at y cloc. 'Wela i di 'na, ocê?'

'Iawn. Hwyl!'

Byr ac i bwrpas fyddai galwadau Rhys, fel arfer, ac roedd Emma'n diolch am hynny heno. Y peth olaf a fynnai oedd iddo synhwyro'r tyndra a'r cynnwrf oedd wedi ei meddiannu, ac un rhan ohoni o leiaf wedi ei hyrddio'n ôl i orffennol roedd hi'n meddwl ei bod wedi ei gladdu. Ond un alwad gan fòs, un pwt o newydd, ac roedd ei byd yn gwegian unwaith eto. A'r noson o rannu a chlosio a dathlu mewn perygl o droi'n noson o guddio, o ffugio, o gadw teimladau dan glo.

Edrychodd Emma ar y cloc unwaith eto a sylweddoli y byddai'n anfaddeuol o hwyr. Llusgodd ei hun o olwg y sgrin, diosg ei dillad yn domen anniben ar lawr a rhuthro i'r gawod, ac yna rhwbio a rhwbio, rhwbio nes bod y croen claerwyn yn gig coch, noeth. Pan na fedrai ddiodde creulondeb y *loofah* un eiliad yn rhagor, fe'i taflodd o'r neilltu, cyn troi'r tymheredd i ddim, a gadael i'r gawod oer olchi drosti a pharlysu pob poen.

Yna roedd hi'n sychu ei hun ar frys, yn taflu ei dillad amdani a'r ffrog ddrudfawr yn cael ei thynnu bob siâp. Crafangodd wedyn am ei bag colur ac estyn yr hufen i'w daenu'n haenau trwchus dros ei gruddiau, yna'r hylif du yn haenau trwm ar hyd ei hamrannau. Nid colur wedi ei ddefnyddio'n ofalus oedd hwn, nid colur oedd yn tynnu sylw at harddwch ond colur oedd yn cuddio, colur a fyddai'n fur rhyngddi hi a'r byd.

Roedd hi hanner awr yn hwyr yn cyrraedd y bwyty â'i gwynt yn ei dwrn. Gwelodd Rhys yn byseddu ei ffôn. Yna roedd ei ffôn hithau'n canu. Atebodd ar ei hunion.

'Ble ar y ddaear wyt ti?'

'Tro rownd!'

Trodd Rhys a gweld Emma'n dynesu at y bwrdd.

'Sori. Mam ar y ffôn.' Rhyfeddai mor rhwydd roedd y celwydd wedi llithro o'i genau, ond celwydd angenrheidiol, serch hynny. Celwydd a roddodd wên unwaith eto ar wyneb Rhys. Roedd yn ŵr bodlon, bellach, a'i lygaid yn gwledda ar y ffrog newydd, dynn oedd yn ffitio fel maneg amdani.

'Newydd?' holodd.

'Sori?'

'Y ffrog.'

'Ie . . . heddi.'

'Ar gyfer heno?'

Amneidiodd hithau.

Gwenodd yntau. 'Ti'n edrych yn . . . ffantastic!'

'Diolch.'

Crwydrodd ei llygaid hithau at y siampên oedd yn oeri mewn bwced ger y bwrdd. Roedd Rhys wedi gwneud ymdrech.

'A ddim o 'mag i dda'th honna!' addawodd Rhys.

'Na, alla i weld,' a cheisiodd doddi'r masg yn wên.

*   *   *

'*Sleaze* yw'r unig beth ma' pobol yn 'i glywed am wleidyddion y dyddie 'ma. Nid 'na pam y des i, na Dai, na Meirion, i mewn i wleidyddiaeth,' a phwyntiodd Arwel i gyfeiriad y ddau wleidydd a ymffrostiai yn y geiriau a gâi eu traddodi yn lolfa Dolawel i griw bach dethol o selogion Plaid y Bobol. ''Yn ni am gadw'r blaid hon uwchlaw hynny. Bod yn gadarn 'yn gwerthoedd, yn onest â'r cyhoedd, ac ad-ennill 'u hymddiriedaeth ym Mhlaid y Bobol!'

'Clywch, clywch!' atseiniodd llais awdurdodol Dai. Roedd am ddangos cymaint o gefnogaeth ag y gallai i'w gyfaill a'i gyd-gynrychiolydd, er mwyn gwneud yn siŵr o'i gefnogaeth yntau maes o law.

Daliodd Arwel ati'n fwy hyderus fyth. 'Dyna'n uchelgais i, yn sicr. Anadlu bywyd i sefydliad yr ymdrechon ni'n galed i'w sefydlu. Digon rhwydd i'n gelynion ni feirniadu, ond fe ddangoswn ni iddyn nhw – wrth i lafur y llywodraeth 'ma ddwyn ffrwyth – mai Plaid y Bobol yw'r unig blaid sy'n rhoi'r bobol yn gynta!'

Roedd y gymeradwyaeth yn wresog. Synhwyrai Arwel ei bod hi'n bryd torri'r araith yn ei blas. 'Wy am ddiolch i chi i gyd,' pwysleisiodd, 'am 'ych cefnogeth frwd, a wy'n addo i chi, ffrindiau, 'na i mo'ch siomi chi.' A chododd ei wydryn, 'I ddyfodol llewyrchus!'

'Llongyfarchiade!' sibrydodd Lois yn ei glust wrth i

ragor o gymeradwyaeth lenwi eu clustiau. Trodd Arwel ati a'i chusanu'n ysgafn ar ei boch. Roedd yn ddyn ar ben ei ddigon.

*   *   *

Roedd Emma wedi pigo ar ddechreubryd o fwyd môr, heb ei flasu ryw lawer, a'i olchi i lawr â'r gwin a lifai gryn dipyn yn haws ar hyd ei chorn gwddf. Bellach roedd ar y prif gwrs o basta a chig, a hwnnw'n fwy o sialens i gylla oedd yn dal yn gnofa o dyndra. Synnai nad oedd Rhys wedi sylwi bod rhywbeth o'i le a dechrau holi cwestiynau cyn hyn.

'Popeth yn iawn, odi e?' holodd Rhys, fel petai wedi darllen ei meddwl.

Roedd e'n dechrau ofni bod Emma braidd yn dawel am ei bod hi wedi synhwyro'i gynnwrf – ei feddwl yn mynnu rasio at ddiwedd y pryd bwyd . . . at uchafbwynt y noson yn ei olwg e.

'Wrth gwrs. Wy 'di dewish rhwbeth 'bach yn rhy drwm, 'na i gyd. Ac anghofies i ga'l cino,' ychwanegodd yn ysgafn.

'Rhaid i ti neud yn well na 'na!'

'Hei, pwy ti'n feddwl wyt ti? Mam?'

Ac roedd Rhys wedi ei lorio.

'Fues i erio'd yn hapusach, ti'n gwbod . . .' mentrodd Rhys.

Carai Emma fod wedi rhwymo'i eiriau'n garthen gynnes amdani, ond roedd y geiriau fel petaen nhw'n nofio heibio iddi a hithau'n methu gafael ynddyn nhw. Roedd wedi llyncu glaseidiau o'r gwin mewn ymdrech galed i'w thaflu ei hun i hwyl y noson, ond roedd hi'n dal i deimlo'n boenus o sobr, a'i meddwl yn mynnu ei thynnu i rywle arall . . . i gyffro arall . . .

39

. . . Roedd y Neuadd yn blastar o bosteri a'r ymgyrch yn ei hanterth.

'Ail flwyddyn! Wyt ti'n gall?'

'Ma'r merched o 'mhlaid i.'

'Beth? Bob un?' heriodd Arwel, ei gwrthwynebydd.

'Digon . . . digon i ennill!' mynnodd hithau gan chwerthin yn ôl, hanner mewn difrif a hanner mewn hwyl. 'Hen bryd i'r Undeb ga'l merch yn Llywydd!' Ac roedd Arwel wedi wfftio a chwerthin.

Roedd Lois wedi sylwi ar yr herio a'r dadlau ac wedi dod i'r casgliad bod mymryn o glash rhwng Arwel ei chariad ac Emma ei ffrind – dau o'r un brid a'u bryd ar ennill. Doedd ambell un arall ddim mor siŵr am y clash . . . Roedd y cemeg yn fwy amlwg, ym marn Caryl. Ond chwerthin wnaeth Emma, chwerthin a gwadu a mynnu bod cystadleuaeth yn beth iach a dadlau yn gymaint o hwyl.

Mi roedd e, hefyd, nes i'r chwerthin droi'n ddagrau . . . ac i'r hwyl droi'n hunlle . . .

'Beth yffach yw hwnna?' Llais Rhys yn ei thynnu'n ôl i'r presennol a'r ffôn oedd yn canu yn ei bag.

'Sori.'

'Tro fe bant nawr!' gorchmynnodd wrth weld Emma yn ymbalfalu amdano yn ei bag.

'O'n i'n meddwl mod i wedi'i ddiffodd e!' Yna sylwodd ar yr enw a fflachiai ar y sgrin. Gwasgodd y botwm a'i ateb ar ei gwaethaf.

'Patrick.'

Cododd Rhys ei lygaid i'r entrychion.

'Mm . . . Ie . . . Ocê. *I'm on the case! Promise,*' gan ymdrechu i swnio mor effeithiol ag arfer.

Diffoddodd yr alwad. 'Sori, ond ma' rhaid i fi fynd ar ôl rhwbeth!'

'Beth? Nawr? Man hyn! Wyt ti'n gall?' holodd Rhys, ei ddicter yn amlwg.

'Esgusoda fi, 'nei di?' ac roedd hi eisoes yn codi a mynd i'r tŷ bach, ei meddwl yn gweithio'n gyflym. Fedrai hi ddim gadael i hyn fynd. Roedd yn rhaid iddi weithredu, a hynny ar frys . . . nid y hi oedd wedi penderfynu, ond Patrick. Dyna'i dyletswydd, darbwyllodd ei hun: mynd ar ôl stori i Patrick, a'r un pryd ei gorfodi ei hun i edrych i fyw llygaid y dyn oedd wedi chwalu ei byd.

Caeodd Emma ddrws mawr y toiledau ar ei hôl, byseddu ei ffôn a deialu rhif Ann, oedd yn gorweddian ar ei soffa yn gwylio ffilm.

'A lle w't ti?' holodd Ann yn ddiog.

'Mas . . . restront,' atebodd Emma'n fyr, ar frys i droi'r sgwrs.

'Dathlu ia? Neis,' torrodd Ann ar draws, gan obeithio na swniai'n rhy genfigennus.

'Ie . . . ti'n gneud rhwbeth?' holodd, o ran cwrteisi'n fwy na dim.

'Dwi'n ca'l swpar efo'r hync mwya ffantastic . . .' A'i enw 'di Rhys, meddyliodd. 'Na, dwi'n fa'ma ar 'y mhen fy hun bach heno, digwydd bod,' atebodd Ann, 'Y fi a'r bocs, a photel o win . . .' oedd bellach ymron yn wag, sylwodd.

'Grêt.'

'Na 'di o ddim, 'sti!' Yna pinsiodd Ann ei hun i ddistawrwydd. Roedd hi eisoes wedi dweud gormod, ond doedd dim angen iddi boeni. Hanner gwrando arni roedd Emma.

'Meddwl falle allet ti neud ffafr â fi?' mentrodd. 'Ti'n meddwl allet ti drefnu cyfweliad i fi 'da'r Aelod Cynulliad sy 'di ymddiswyddo? Ed Lloyd? . . . A hefyd,' petrusodd, ''da'r aelod newydd, Arwel Evans.'

'Be? Heno? Wyt ti'n gall? Pam na 'nei di joio dy hun; anghofio am y blydi gwaith am noson? Gwerthfawrogi'r hync 'na s'gen ti!'

'Allet ti drio nhw heno. Ar gyfer fory, plîs?' gofynnodd.

'Ma'r job 'ma 'di mynd i dy ben di!'

'Fydden i ddim yn gofyn oni bai bod e'n bwysig! Sdim rhife 'da fi fan hyn.'

'Iawn, olreit!'

'Diolch, Ann.'

'Hwyl.'

Diffoddodd Ann ei ffôn yn swta. Meddyliodd am eiliad. Job newydd o ddiawl! Yna ailwasgodd fotwm y *remote* ac ymgolli unwaith eto yn y ffilm roedd newydd golli munudau gwerthfawr ohoni.

*   *   *

Camodd Meirion ymlaen, ei ymgais i foddi ei gydwybod â gwin gorau Arwel wedi bod yn hynod lwyddiannus. Roedd trybini Ed Lloyd yn hen hanes erbyn hyn.

'Ei di 'mhell, fachgen,' llithrodd ei dafod yn araf a thrwchus dros ei eiriau. 'Ond . . .' pwysleisiodd, 'os fyddi di . . . byth angen gair o gyngor . . . yn y Bae 'na . . . fydda *i* ond yn rhy barod . . . i helpu.'

'Ti'n garedig iawn,' atebodd Arwel, yn mygu gwên, gan dybio 'run pryd mai Meirion fyddai angen yr help, i gyrraedd adre'r noson honno!

'Areth dda, huawdl fel arfer,' meddai Dai, gan ymuno â'r ddau.

'Trueni bod Bryn yn ffaelu bod 'ma,' sylwodd Arwel.

'Ie, Bryn . . . Wedi'i ddala ym Mrwsel,' dechreuodd Dai'n betrus gan ymlid rhyw gosi sydyn yn ei wddf. Yr ennyd nesa roedd ei ffôn yn canu.

'Esgusoda fi,' ac ymbalfalodd amdani, ac yna'i diffodd ar unwaith pan welodd enw Bryn yn fflachio ar y sgrin.

'Od bod e heb gysylltu, hefyd,' holodd Arwel, yn anymwybodol o eironi ei eiriau.

'Sori?'

'Bryn!'

'O, mae'n ddyn bishi – bishi'n cadw dwy fenyw'n hapus,' awgrymodd Dai gan led-chwerthin mewn ymgais i droi'r sgwrs.

'Dad, ffôn!' gwaeddodd Sioned ar eu traws. 'Bryn Rogers!'

'Esgusoda fi, Dai,' a cherddodd Arwel yn chwilfrydig i gael gair â'i arweinydd.

Cofiodd Dai yn sydyn iawn ei fod wedi addo i Irene y byddai adre toc – galwadau teuluol, eglurodd, gan sleifio o'r parti'n annodweddiadol o gynnar.

A doedd ryfedd. Wedi'r alwad gan Bryn, sylweddolodd Arwel na chlywsai hwnnw air am y parti er bod Dai wedi addo trosglwyddo'r gwahoddiad iddo'n bersonol. Deallodd hefyd fod Bryn wedi methu cael gafael ar Dai ers rhai dyddiau. A awgrymai hynny, felly, mai gwaith Dai oedd cael gwared o Ed Lloyd? Ac os felly, a olygai hynny fod Bryn yn anfodlon â'r newid?

'O's problem?' torrodd Lois ar draws ei feddyliau.

'Na, dim o gwbwl. Bryn angen cyfarfod bore Llun.'

'Methu aros i dy ga'l di lawr 'na.'

'Ie, ti'n iawn.'

Anfodlon neu beidio, doedd yna ddim byd y gallai Bryn ei wneud i newid pethau a'r newydd eisoes yn y wasg, cysurodd Arwel ei hun a drachtio'i wydryn i'r gwaelod.

*   *   *

43

Taflodd Emma gip ar ei cholur yn y drych, gan gymryd gofal i guddio unrhyw frychau, cyn dychwelyd i'r bwrdd at Rhys.

'Wel, ga i dy sylw di nawr?' mynnodd hwnnw, rhyw fymryn yn ddiamynedd.

'Sori,' amneidiodd Emma.

'Na . . .' ysgydwodd ei ben. 'O'n i'm yn meddwl swno'n siarp. Wy jest yn moyn i heno fod yn sbeshal, ti'n gwbod . . . Wy'n ffaelu aros i symud i'r fflat. Ma'r morgais 'di'i drefnu a . . .'

Roedd Emma'n trio'i gorau i ganolbwyntio ar ei eiriau ond roedd ei meddwl yn mynnu crwydro – 'nôl i orffennol oedd fel petai'n cau amdani, yn sugno'i meddwl i drobwll gorffwyll o atgofion . . .

'Ti'n ffanatic, 'na beth wyt ti!' Yr awyrgylch yn drydanol a geiriau Arwel yn tasgu wrth iddo golli ei dymer o golli un o'u mynych ddadleuon. Colli am fod ei hymresymu hi, ei hegwyddorion clir, syml a disyfl hi yn anathema lwyr i niwlogrwydd strategol, poenus o gymhedrol ei ddadleuon pathetig ef oedd yn meiddio galw'i hun yn sosialydd! . . . Ganddi hi roedd y gwir . . . neu o leia felly y tybiai, a hithau'n bedair ar bymtheg oed, ar dân dros ei daliadau, yn ffyrnig dros ddilyn y frwydr i'r pen . . . A doedd Arwel ddim yn gollwr da o gwbl . . .

'Ems, ti'n gwrando?' Llais Rhys eto'n ei hawlio.

'Wrth gwrs . . .'

'Beth o'n i'n weud?'

Cyn cael ei gorfodi i balu ateb carbwl neu gelwydd arall cyrhaeddodd y gweinydd i glirio'r bwrdd.

'Finished, Madam?'

Amneidiodd hithau.

'*Was everything alright?*'

'*Fine. Not that hungry.*'

'Ti'n siŵr bo ti'n iawn?' holodd Rhys wedyn.

'Berffeth,' ac estynnodd Emma am ei gwydryn, ond roedd ei bysedd yn crynu ac aeth y ddiod i bobman. 'Sori, dwy law whith.'

'Ti ar binne.'

'Nadw, wedi blino, 'na i gyd!' Roedd ei geiriau'n brathu fwy nag oedd wedi'i fwriadu. 'Sori,' ychwanegodd yn dynerach. '*Stress* y job newydd,' a doedd yr esgus ddim yn gwbl gelwyddog, chwaith. Oni bai am daerineb Patrick a'i orchymyn i ymchwilio i ddatblygiadau yn y Cynulliad, fyddai ei gorffennol hi ddim yn fflachio mor llachar o'i blaen.

Arllwysodd Rhys wydraid arall o win iddi. 'Reit, i beth 'te?' meddai gan godi ei gwydryn ac ymdrechu i 'sgafnu'r aer. 'I'r fflat? I ti a fi a . . .' stopiodd Rhys a meddyliodd am ennyd, cyn dod i gasgliad pendant. 'Nawr yw'r amser,' meddai, gan ymbalfalu yn ei boced.

'Beth?'

'Achos alla i ddim aros rhagor . . .' parhaodd gan anwybyddu ei chwestiwn.

'Yr amser i beth?' holodd hithau'n daerach. Roedd Emma'n chwilio'i wyneb am ateb, yn trio deall ei gynnwrf.

Tynnodd Rhys o'i boced y blwch bach sgwâr y bu'n ei fyseddu'n ysbeidiol yn ystod y pryd, fel petai arno angen sicrwydd cyson ei fod yn dal yno'n ddiogel ym mhoced ei drowsus.

'Beth ti'n neud?' holodd hithau, ei llais yn tagu'n sibrydiad wrth ei wylio'n mynd i lawr ar un lin yng ngŵydd pawb.

'Rhwbeth wy 'di bod moyn 'i neud ers amser,' meddai, gan ymdrechu i gadw'i gydbwysedd wrth blygu. Agorodd y blwch. Tu mewn roedd modrwy ac arni un garreg onglog, sgleiniog, anghyffredin yr olwg.

'Rhys, ti 'di meddwi . . .'

'So fe'n neud gwanieth. Ems, a 'nei di 'mhriodi i?' ac edrychodd yn daer i fyw ei llygaid.

Rhewodd hithau, ei thafod yn glynu'n anghyffyrddus yn ei cheg. Edrychodd ar Rhys, ei lygaid yn erfyn, yn bradychu ei ansicrwydd cynyddol wrth i eiliadau poenus lithro heibio, a'r gynulleidfa'n eu gwylio, fel perfformwyr wedi colli eu ciw. Ac roedd rhagor o bobl yn troi eu pennau, a'r gweinydd oedd ar ei ffordd yn ôl at eu bwrdd wedi aros yn ei unfan; roedd llygaid pawb arni hi ac ar Rhys. Ac roedden nhw'n aros am ei hateb, a'r cyfan fedrai hi ei wneud oedd codi, a mynd, a rhedeg, dianc o olwg eu llygaid disgwylgar, oedd ymron yn gyhuddgar . . .

'Ems . . . Ems!' roedd llais Rhys yn gweiddi yn ei chlustiau, a hithau'n mynd, dal i fynd am y drws, am yr allanfa agosaf, am y byddai, fel arall, wedi mygu.

Roedd Rhys yn dynn ar ei sodlau. 'Be sy'n bod? Be ti'n neud?' holodd, yn ei dal wrth y drws, a gafael yn dynnach yn ei braich, yn gadarnach nag yr oedd wedi bwriadu ei wneud.

'Paid ti byth â gafel yndo i fel'na 'to, ti'n clywed?'

'Sori,' cloffodd Rhys. 'O'n i ddim yn bwriadu . . . Jest cwla lawr . . . gad i ni siarad.'

Ond roedd hi'n haws troi a rhedeg na gwrando a siarad, nag egluro dim byd. Brasgamodd i lawr gweddill y grisiau at dacsi oedd yn dynesu lawr y stryd. Chwifiodd ar y gyrrwr, rhuthrodd at y car, agor y drws, ac i mewn â hi. Ymhen eiliadau roedd Rhys hefyd yn ei hymyl, yn bachu am y drws, yn trio'i dilyn i mewn i'r tacsi.

'Na, Rhys. So ti'n deall y gair NA?' a'i llais bron yn waedd fygythiol.

'*You heard the lady!*' Llais cras y gyrrwr yn ategu ei geiriau. Rhyddhaodd Rhys ei afael, tynnodd Emma ddrws y tacsi ati'n dynn gan adael Rhys yn sefyll yn syfrdan ar y palmant.

3

Oriau'n ddiweddarach, hanner deffrodd Emma a'i chael ei hun wedi cysgu a'i phen ar ddesg ei chyfrifiadur, y sgrin yn dal ymlaen ac yn taflu cysgodion anghynnes o amgylch yr ystafell. Rhwbiodd ei llygaid, oedd eisoes yn goch gan flinder, a'i bochau oedd yn ddu gan ddagrau. Yna sylwodd ar y cloc a nodai ei bod yn tynnu am chwech o'r gloch y bore.

Eiliadau ar ôl iddi ddeffro roedd hi'n ail-fyw hunlle'r noson gynt a llygaid Rhys yn syllu arni'n syn, fel petai hi'n rhyw adyn dieithr oedd wedi ei ddrysu a'i ddolurio. Roedd wedi ei adael heb air o eglurhad nac ymddiheuriad. Y cyfan oedd ar ei meddwl oedd dianc – dianc rhag y trobwll teimladau oedd yn ei rhwygo a'i rhannu, dianc rhag Rhys, a chyn hynny, rhag y môr o wynebau oedd yn gwylio, yn cyhuddo, yn ei hamau hi o'i gamarwain e, o'i hudo cyn ei ddryllio. Y hi, y bitsh galed, oedd wedi cynllunio'i gwymp . . .

Ond doedd hynny ddim yn wir, taerodd wrthi hi ei hun, gan nad oedd neb arall yno – dim ond y hi a'r llygaid treiddgar oedd yn gwylio o'r sgrin, yn gwenu mor falch . . . Wyddai hi ddim pwy roedd hi'n ei gasáu fwyaf yr eiliad honno – y dyn â'r wên a swynai'r byd o'i blaid, neu hi ei hun am adael iddo ei gyrru at ddibyn difodiant, nid unwaith ond efallai ddwywaith – o gofio ffiasgo'r noson gynt. A nawr roedd Rhys wedi ei ddal rhyngddi hi a'i gorffennol a hithau'n dal i grogi rhwng ei gorffennol a Rhys – a'r cyfan oherwydd y llygaid chwerthinog oedd yn ei gwatwar o'r sgrin.

Doedd yna ond un ffordd o symud ymlaen . . . Roedd yn rhaid iddi fynd i weld Arwel, a gweld i ble byddai hynny'n arwain . . .

Roedd Rhys wedi cael noson fwy rhwyfus fyth. Ymhen hir a hwyr roedd wedi mynd i'w wely, ond nid i gysgu. Roedd digwyddiadau'r noson gynt yn un cawdel yn ei ben ac roedd e'n methu gwneud synnwyr ohonynt o gwbl. Bu'n troi a throsi am oriau cyn llithro i gwsg anesmwyth, hunllefus. Ond bellach roedd yn gwbl effro a chwsg ymhell o'i gyrraedd. Edrychodd ar y cloc wrth ymyl ei wely; roedd hi wedi chwech. Estynnodd am ei ffôn gan ystyried 'run pryd oedd hi'n rhy gynnar i ffonio. I'r diawl, roedd yn rhaid iddo gael gwybod a oedd Emma'n iawn. Ond doedd hi ddim yn ateb. Roedd y ffôn wedi ei ddiffodd. Doedd ganddo ddim dewis felly ond mynd i'w gweld.

Tynnodd hen bâr o jîns a siaced amdano'n frysiog a mynd o'r fflat heb gymaint â thaflu cip yn y drych, heb sôn am estyn crib i'w thynnu drwy'i wallt. Dechreuodd gerdded hyd y strydoedd llychlyd, cyn dal bws nos i fflat Emma.

Roedd Emma wedi gwisgo'i siwt waith, ei chnawd a'i gwallt wedi eu diheintio'n lân, pan glywodd gnoc galed ar ddrws ei fflat. Neidiodd o'i chroen.

'Ems? Wyt ti 'na?' clywodd lais Rhys yn gweiddi. 'Os wyt ti, gwed! Ne' wy'n mynd streit at yr heddlu.' A chnociodd eto, yn ddidrugaredd, ar y drws.

Ymatebodd Emma ac agor y drws. Gwelodd Rhys yn sefyll o'i blaen, yn ei gwylio'n ofalus, fel anifail ofnus nad oedd yn rhy siŵr a oedd hi'n brathu neu beidio.

'Wy 'di trio ffono . . .'

Yna cofiodd, roedd wedi diffodd ei ffôn. Camodd yn ôl i'r fflat i estyn amdano tra bachodd Rhys ei gyfle i'w dilyn i mewn.

'Pam ti 'di gwishgo fel 'na? Whech o'r gloch yw hi!'

''Da fi waith i neud.'

'Gwaith? Amser 'ma? . . .'

Yna cofiodd Emma ei bod ar ei ffordd i chwilio am Arwel ond nad oedd ganddi ddim syniad ble roedd e. Doedd ganddi ddim rhif iddo. Roedd wedi gofyn i Ann drefnu hynny iddi. Dechreuodd ddeialu ei rhif hi.

'Pwy ti'n ffono? Beth ti'n neud?' A chamodd Rhys tuag ati.

'Ann . . . Ma' rhaid i fi ga'l gafel yn Ann.'

'Odyw hi'n mynd 'da ti i rwle?'

Ysgydwodd ei phen yn beiriannol.

'Wedyn pam yn y byd ti'n 'i ffono hi am whech y bore?' Cododd ei lais ar ei waethaf.

Yna'n sydyn roedd gwefusau Emma yn dechrau crynu a'r dagrau'n llifo.

Camodd Rhys yn nes a mentro'i thynnu ato.

Gadawodd hithau iddo'i thynnu ato'n dyner, ei freichiau'n cau amdani i estyn hynny o gysur a fedrai. Yna roedd Rhys yn ei rhyddhau eto wrth i'r llefen hunllefus raddol ddistewi, ac yn syllu i'w llygaid.

'Fi sy ar fai?' pwysodd Rhys wedyn.

Ysgydwodd ei phen.

'Be sy 'te? Gwed 'tha i!' gorchmynnodd, ei aeliau'n glymau o ddiffyg deall. 'Sa i 'di dy weld di fel hyn o'r bla'n.'

Y cyfan roedd Rhys wedi ei weld oedd yr Emma gryfach oedd wedi ailadeiladu ei bywyd, y ferch lwyddiannus . . . nid yr un a gollodd afael ar bopeth, bron, unwaith . . . Roedd hwnnw'n gyfnod nad oedd am ei rannu â Rhys . . . ar unrhyw gyfrif. Doedd e ddim yn gyfnod roedd am ei rannu â neb . . .

Deirawr yn ddiweddarach deffrodd Rhys ar y soffa, a throi'n araf i wylio Emma'n dal i hepian yn ei ymyl, ei gwallt yn gudynnau cymhleth dros ei hysgwyddau. Llithrodd ei feddwl yn ôl dros anhrefn annisgwyl y deuddeng awr ddiwetha, oedd bellach yn teimlo fel oes.

Ceisiodd wneud synnwyr o'r eithafion emosiynol roedd wedi eu profi – y benbleth a'r siom a deimlodd yn y bwyty ag Emma'n ymddwyn mor ddierth, mor oeraidd, mor annisgwyl o ddig pan afaelodd yn ei braich i geisio'i rhwystro rhag dianc. Ond oriau'n ddiweddarach roedd yr un ferch yn chwalu'n ddarnau, yn storm o ddagrau, dan ormod o deimlad i yngan gair. Y cyfan roedd wedi medru ei wneud oedd ei dal yn ei freichiau a'i suo i gwsg roedd ar y ddau ei fawr angen.

Ymystwyriodd Emma a deffro'n araf ar y soffa gan synhwyro llygaid Rhys yn craffu arni. Cododd ei phen oddi ar ei hysgwydd.

'Ti'n well?' holodd Rhys, gan droedio'n ofalus wrth dorri'r tawelwch.

Nodiodd hithau, a throi'n betrus i'w wynebu, yn ingol ymbwybodol o'r cwestiynau anodd ond anorfod oedd i ddilyn.

'Wel, ble ni'n mynd o man hyn?' mentrodd Rhys, gan dorri baich y tawelwch o'r diwedd.

'Cawod,' cynigiodd Emma yn gloff a dechrau taflu'r cwilt roedd Rhys wedi ei daenu mor ofalus drosti.

Ond doedd hi ddim mor hawdd dianc â hynny. Teimlodd ddwylo Rhys yn gafael ynddi – yn gadarn ond yn dyner y tro hwn. 'Ems, ma' rhaid i ni siarad!'

Y cyfan roedd Emma am ei wneud oedd cuddio, encilio, ymdoddi'n un â gwynder y cwilt wrth ei hochr. Doedd hi ddim am ddweud celwydd, ond allai hi byth â dweud y gwir . . .

Fel ateb i weddi, canodd y ffôn a neidiodd i'w ateb.

'Gad e!' gorchmynnodd Rhys, ond roedd hi eisoes yn codi'r derbynnydd.

'Ann . . . Haia . . . Ti wedi? . . . Odw, wrth gwrs bo fi'n iawn . . . Ocê . . . ma' 'na'n grêt!' A bachodd ddarn o bapur a phensil i gofnodi rhifau ffôn. 'Diolch i ti.' Torrodd yr alwad yn fyr ac arwyddo brys. 'Reit. Wy'n mynd i Gaerdydd,' cyhoeddodd gan fynd ati i dwtio'i cholur.

'Beth?'

'Ed Lloyd ishe gair – heddi. A wy'n mynd i ga'l 'i stori e!'

'Heb goffi . . . heb frecwast!'

'Ga i rwbeth ar y trên.'

Gwyliodd Rhys hi'n casglu ei ffôn a'i bag, ei symudiadau'n fwy manic a mecanyddol, bron, fel pe na bai ei chorff a'i meddwl yn gweithredu fel un . . . Gallai daeru bod ei meddwl penderfynol yn ei gyrru i un cyfeiriad a'i chorff yn protestio, yn trio'i dal hi'n ôl. Ac os oedd Emma yn ymwybodol o'r frwydr, doedd hi ddim am wrando ar ei neges.

Fwy nag oedd hi'n barod i wrando arno yntau, chwaith. Roedd wedi osgoi pob ymgais ar ei ran i siarad am ddigwyddiadau'r noson cynt . . . yn union fel pe na baen nhw wedi digwydd o gwbl. Ond roedd arni ei angen e, yn amlwg, barnodd Rhys, neu byddai wedi ei daflu o'r fflat ar ei union. Roedd ei hymddygiad yn gwbl ddisynnwyr ac yn ddychrynllyd o ddieithr.

Awr yn ddiweddarach roedd Emma'n neidio ar drên i Gaerdydd, yn eistedd yn gyffyrddus â choffi a phapurau newydd o'i blaen. Tynnodd ei ffôn o'r bag a syllu'n betrusgar arno; eisoes roedd wedi bwydo un rhif tyngedfennol i'w gof. Chwiliodd amdano, a'i gorfodi ei hun i wasgu'r botwm. Roedd y teclyn yn canu y pen arall. Pwysodd yn ôl yn ei sedd a cheisio arafu ei hanadlu ryw fymryn. Eiliadau'n ddiweddarach clywodd lais nas clywsai ers pymtheg mlynedd a rhagor.

'Dolawel,' atebodd Arwel.

Rhewodd Emma. Doedd y llais wedi newid nemor ddim.

'Helô? . . . Helô?' holodd hwnnw'n ddiamynedd am ateb.

Gwasgodd Emma'r botwm i derfynu'r alwad, ei bysedd yn dal i grynu.

'Pwy o'dd 'na?' holodd Lois gan ddisgyn y grisiau i'r cyntedd mewn siwt ysgafn, yn barod i fynd i Gaerdydd i weld fflatiau dros y Sul cyn i Arwel weld Bryn fore Llun.

'Neb,' atebodd Arwel.

'Gna 1471; ella ma'r asiant o'dd o, isio newid apwyntiad.'

Ufuddhaodd a chofnodi rhif nad oedd yn golygu dim oll i'r un o'r ddau.

'Ond ffonia p'run bynnag,' mynnodd Lois. 'Ella ma'r wasg sy 'na, do's wbod!'

Neidiodd Emma pan ganodd ei ffôn. Roedd ar fin ateb pan ddarllenodd yr enw a fflachiodd ar ei sgrin – Arwel Evans.

Yn ei sioc diffoddodd y ffôn gan ddamio a chywilyddio ei bod wedi ei osgoi, wedi colli ei chyfle, wedi colli ei nerf. Tasgodd ei chwys yn gawod o gywilydd drosti . . . Byddai'n rhaid iddi gael gwell gafael ar bethau na hyn. Pwysodd ei phen yn ôl ar ran uchaf ei sedd esmwyth a cheisio rheoli a thawelu ei hanadlu. Yna'n raddol dechreuodd ymlacio a dod i'r casgliad mai cyfarfod wyneb yn wyneb fyddai orau, a hynny heb rybudd galwad ffôn.

Rywle yn ystod y ddwyawr o daith roedd Emma wedi hepian cysgu a deffro ar gyrion Caerdydd. Camodd o'r orsaf a phrynu copi o'r *Wales on Sunday* o stondin gerllaw cyn neidio i dacsi i lawr i'r Bae i gyfarfod ag Edward Lloyd.

'Mr Lloyd?' holodd pan welodd ŵr cymharol fyr ac eiddil yr olwg yn eistedd yng nghornel y lolfa.

Estynnodd law rychiog, esgyrnog braidd, i'w chyfarch.

'Emma Davies?'

'*Daily News*!'

'Dda 'da fi gwrdda chi. Coffi?'

'Plîs.'

'Steddwch.'

Sylwodd fod Ed Lloyd yn nerfus braidd, ei law yn crynu fymryn wrth iddo ei chyfeirio i'r gadair esmwyth yn ei ymyl, arllwys coffi i'w chwpan a gwthio'r jwg laeth tuag ati. Roedd cleision duon dan ei lygaid a'i goler yn llac am ei wddf ceiliog.

'Newid byd, Mr Lloyd?' cynigiodd, gan dyfu'n fwy ffyddiog wrth yr eiliad bod yma stori. 'Annisgwyl, braidd, hefyd?' prociodd.

'Sioc i amryw . . .' cyfaddefodd. 'Yn cynnwys y Prif Weinidog!' pwysleisiodd.

'O'ch chi wedi gwrthdaro?'

'Y fi a'r Prif Weinidog? I'r gwrthwyneb!' mynnodd.

'Beth ddigwyddodd 'te?'

'*Off the record?*' holodd Ed, yn amlwg yn ymladd rhyw frwydr fewnol galed. Yn awyddus i fwrw'i berfedd ac yn ofni cael ei ddyfynnu yr un pryd.

'Wrth gwrs, dim problem,' cytunodd Emma i'w annog yn ei flaen.

'Fe ymddiswyddes i oherwydd y pwyse roddwyd arna i. Ond nid pwyse gan Bryn Rogers!' pwysleisiodd.

'Pwyse gan rywun o'dd am 'ych olynu chi, falle?' Roedd y sgwrs yn amlwg am fynd i'r un cyfeiriad â'i meddyliau.

'Mr Dai Davies, Prif Chwip a Chadeirydd, sy 'di gneud y gwthio i gyd,' dechreuodd Ed. 'O'dd e am ga'l 'y ngwared i achos o'n i'n rhy deyrngar i'r arweinydd. Mae e'n ddyn peryglus iawn! Dyn neith unrhyw beth i hyrwyddo'i hunan!' cyfarthodd Ed. 'Sdim ots pwy sy'n ca'l cam,' parhaodd. 'Pwy sy'n ca'l 'i sgubo o'r ffordd, nac yn diodde, ond 'i fod e'n cyrradd 'i nod. Dyn peryglus iawn . . .'

'Arwel Evans . . .' dechreuodd Emma. 'Beth yw 'i rôl e yn hyn?'

'Wel . . . falle bydd e'n gi bach i Dai Davies. A falle eith e 'mhell ar 'i gefen e. Oni bai bod y "cynllwyn" 'ma'n dod i'r golwg mewn da bryd!' pwysleisiodd.

'Ond haeriade yw'r rhein, Mr Lloyd, haeriade heb brawf! 'Ych gair chi yn erbyn 'i air e!' pwysleisiodd. Yr un hen diwn gron gyfarwydd.

'Holwch Dai Davies. Holwch Arwel Evans,' pwysodd Ed. 'Dangoswch bo chi'n gwbod beth yw 'i gêm e.'

'Ond heb dystioleth . . .'

'Drychwch, wy 'di agor 'ych llyged chi i beth sy'n mynd mla'n. Mae e lan i chi nawr!'

A chyda hynny cododd Edward Lloyd yn weddol simsan ar ei draed a'i gadael. Taflodd un cip heriol arni o gyfeiriad y drws cyn mynd.

*   *   *

Taflodd Sioned ei hun ar y soffa fawr lliw hufen oedd yn ganolbwynt i'r lolfa eang, olau a edrychai dros y Bae.

'Wel, beth chi'n feddwl?' holodd Arwel.

'Golygfa fendigedig,' atebodd Lois. Cytunai Arwel i'r carn. Nid dim ond y môr a welai o'r ffenest lydan, ond y Senedd newydd hardd ei hadeiladwaith.

'Hon yn *lush*!' Cyfeiriai Sioned at y soffa foethus roedd hi'n lled-orwedd arni. 'Alla i weld 'yn hunan fan hyn.'

'Ella fyddi di isio dod 'ma i'r Coleg ryw ddiwrnod.' Trodd Lois o'r ffenest lle yr edmygai'r olygfa, i wynebu ei merch.

'Beth? Yn byw 'da Dad?'

Cilwenodd Arwel, a wincio arni, ei greadigaeth unigryw. Yna'n sydyn roedd sŵn neges-destun yn tarfu ar y tri.

Ymbalfalodd Sioned yn ei bag a darllen neges Chris yn gofyn pryd y byddai hi'n ôl.

'Wrth bwy o'dd hwnna?' holodd Lois.

'Kate. Moyn trafod gwaith catre 'da fi heno.' Llithrodd y celwydd yn rhwydd oddi ar ei thafod.

Gorau po hira y medrai gadw ei labrwr o gariad, Chris, yn gyfrinach rhag y ddau. Fyddai e ddim yn ddigon da yng ngolwg ei mam, ac roedd yn rhyw amau na fyddai neb yn ddigon da iddi yng ngolwg ei thad! Ffordd Sioned o ymdopi â'r sefyllfa oedd perffeithio'r grefft o ddweud celwydd a byw rhyw hanner gwir. Ond nawr fod ei thad am dreulio hanner orau'r wythnos yn y Bae, gobeithiai y byddai hynny'n tynnu ei mam i lawr yno hefyd ac y câi hithau gyfle i dreulio amser gyda Chris. Roedd wedi blino ar fachu ychydig oriau fan hyn a fan draw, a sleifio i'r nos wedi i'w rhieni fynd i'r gwely – fel adeg noson y parti diflas yn y tŷ, yn llawn o grônis meddw yn dathlu gyrfa newydd ei thad. Wedi ychydig oriau gyda Chris roedd wedi llwyddo i sleifio'n ôl cyn i'r wawr dorri a doedd neb ddim callach. Ddim mor belled, beth bynnag.

'Chi 'di penderfynu 'te?' holodd Sioned yn ddiamynedd.

'Mae'n ddêl reit dda, dydi? Ca'l rhentu cyn prynu?' meddai Lois.

'A'r Cynulliad yn talu'r rhan fwya o'r morgais! Cyfle rhy dda i' golli 'te!' A throdd Arwel at yr asiant oedd yn disgwyl yn amyneddgar am ei gynnig ar y fflat.

*   *   *

A'r cyfweliad ag Ed Lloyd wedi bod yn annisgwyl o fyr a braidd yn annelwig ei gynnwys, roedd ar Emma angen amser i feddwl. Prin iawn oedd yr wybodaeth a gawsai gan Ed; roedd yn agor cil y drws ar berthynas Arwel a Dai

Davies, ond dyna'r cyfan. Ac o ran cael stori i'w phapur . . .
doedd hi prin wedi trio. Fe fyddai fel rheol wedi holi Ed
Lloyd yn dwll beth oedd ganddo fe i'w guddio, rhag ofn
bod yna stori fan'na hefyd. Beth oedden nhw wedi bygwth
ei ddatgelu amdano pe na bai'n barod i ildio'i le? Roedd ei
greddf newyddiadurol yn dweud wrthi bod yna gofnod
diddorol am y dyn bach sur, pigog roedd hi newydd ei
gyfweld yn Llyfr Bach Du Dai Davies, y Prif Chwip. Ond
nid yn Ed Lloyd nac yn unrhyw gamwedd o'i eiddo roedd
ei gwir ddiddordeb hi.

Toc roedd wedi cerdded rai llathenni o'r gwesty, heibio
i'r fflatiau newydd at ymyl y dŵr, ac yn nesáu at y canol a'r
stondin hufen iâ. Heb fwyta unrhyw ginio, roedd arni
chwant prynu corned; yn y man roedd yn pwyso ar y
rheiliau yn llyfu'r melyster hufennog ac yn syllu i'r dŵr
islaw, ei meddyliau'n crwydro unwaith eto . . .

*Cicio'r bar a gwneud dymuniad. Sawl gwaith roedd hi wedi
gwneud hynny ac yna pwyso ar y rheiliau yn syllu i'r dŵr?
Y hi a'r criw yn Aber . . . ac yn yr haf roedd rhaid cael
hufen iâ bob tro.*

*O fewn dim roedd Lois wedi gwireddu un o'i
dymuniadau hithau . . .*

*'Arwel,' cyhoeddodd, gan hongian ar fraich myfyriwr
ychydig yn hŷn oedd hefyd yn astudio'r gyfraith. Roedd hi'n
bnawn Sul, a'r ddau'n digwydd taro ar y criw yn cicio'u
sodlau hyd y prom, yr haul yn llosgi eu hwynebau, yn dallu
eu llygaid ac yn ymlacio ac arafu eu cyrff. Ond roedd llais
ac osgo Lois yn fywiog wrth gyflwyno'i chatsh. A dyna oedd
e hefyd ym marn amryw . . . ei ddwylath o daldra mewn
dillad o doriad da, ei dafod yn llyfn, a'i hyder yn rhoi rhyw
soffistigeiddrwydd anghyffredin i'w ddelwedd. 'Poser,'
awgrymodd Lleucu wedyn, merch ffarm ddi-lol, oedd yn*

dweud ei meddwl yn blaen. 'Beth ti'n feddwl, Emma?'
holodd Lleucu ar ei hunion.

'Rhy gynnar i farnu,' oedd ei hateb diplomatig. Doedd hi
ddim am ddweud dim yng nghefn Lois, ei ffrind gorau;
doedd hi ddim am ddweud na gwneud dim a wnâi ei brifo.

'Hufen iâ i bawb?'

Medrai Emma daeru ei bod yn dal i glywed llais Lois yn
llosgi yn ei chlustiau'r eiliad honno. Ond prin bod hynny'n
bosibl . . .

'Na, dim diolch,' meddai Sioned.

'Be? 'Di'r chwiw colli pwysa'n 'i hôl, ydi?' prociodd ei
mam.

'Ar hast i fynd adre. Gwaith ishe'i gwpla erbyn fory,'
plediodd Sioned gan wisgo'i gwên onestaf.

'Hannar awr, ia? Ma' dy dad isio cwmpeini!'

Ysai Emma am gael troi ei phen, i weld oedd y lleisiau'n
rhai real, neu oedd y ddrama'n chwarae yn ei phen a
hithau'n gwirioneddol golli arni . . .! Yn raddol, trodd ar
ryw hanner ongl a gwelodd Lois – ychydig yn hŷn, ychydig
yn llawnach ond heb newid rhyw lawer – yn cilio i'r caffi
yn ymyl y dŵr. Yna trodd ei phen yn hanner cylch cyfan a
gweld, er syndod iddi, Arwel yn pwyso ar y rheiliau, ei
fraich am ferch ifanc bryd golau, yn ei harddegau canol.
Dyna hi, felly, y ferch – fersiwn ieuengach, harddach os
rhywbeth, o Lois. Roedd hi'n amlwg wedi etifeddu rhai o
nodweddion ei thad hefyd, ei wyneb trawiadol a'i gorff
gosgeiddig, y ferch yn amlwg yn dalach ac yn feinach na
Lois.

Yn ôl pob golwg, roedd gan Arwel bopeth, meddyliodd:
epil a gwraig oedd yn credu pob gair oedd yn ffrydio o'i
geg, yn ffyddlon i'r eithaf, dwy angor sefydlog oedd yn
ganolbwynt i'w fyd. A hynny ers pymtheg mlynedd a

rhagor! Teimlodd Emma frath sydyn o genfigen yn ei meddiannu, cenfigen at y sicrwydd di-dor roedd wedi ei brofi . . . y llwybr dirwystr roedd wedi ei ddilyn, a'r cyfan wedi porthi ei hyder oedd yn ddigon trahaus yn y dyddiau cynnar. Ond nid cenfigen pur a deimlai. Roedd cenfigen yn rhywbeth hyll, hunanol, peryglus a dinistriol. Fyddai Emma ddim yn gwarafun dim o'r hyn oedd ganddo i Arwel pe bai e wedi ei ennill yn deg . . . a heb fynd ati i'w dinistrio hi yn y fargen. Dicter cyfiawn oedd yn ei gyrru, felly, nid cenfigen noeth. Fyddai neb yn ei iawn bwyll byth yn cenfigennu wrth neb oedd wedi seilio ei briodas ar gelwydd.

Dim ond y hi oedd yn gwybod y gwir amdano. Ac yn y gwybod hwnnw roedd yna unigrwydd poenus, ynysig . . . Dylai amser fod wedi lliniaru'r hyn a deimlai. Dyna oedd hi'n feddwl oedd wedi digwydd . . . tan i'r dyddiau diwethaf brofi'n wahanol. Y cyfan roedd amser wedi ei wneud oedd caniatáu i'r teimlad gysgu cwsg anniddig cyn iddo ailddeffro a'i hysu unwaith yn rhagor. Roedd rhan ohoni eisiau mynd at Arwel y funud honno . . . eisiau edrych i fyw ei lygaid i weld sut y byddai'n ymateb.

Ond unwaith eto roedd rhywbeth yn ei dal yn ôl. Sensitifrwydd at y ferch, oedd yn ddiniwed yn y cyfan? Neu lyfrdra, efallai? Yr un llyfrdra a'i lloriodd pan fethodd ag ateb ei alwad ffôn yn gynharach? Am ba reswm bynnag, penderfynodd nad nawr oedd yr amser, ac nad dyma'r lle.

Trodd Emma ei phen yn ôl yn sydyn a'i baglu hi gynted ag y medrai o bromenâd y Bae.

4

'Wel, dere â hanes,' pwysodd Elsie. 'Estyn y plat 'na, Ifor!'

Â chartref ei rhieni rai milltiroedd i'r gogledd o Gaerdydd – y ddau wedi ymsefydlu yno ers rhyw ugain mlynedd a rhagor – roedd Emma wedi galw i'w gweld.

'Wy newydd ga'l dyrchafiad,' atebodd.

'Da iawn ti. Ei di 'mhell!' Winciodd ei thad arni.

'Dim gobeth i ti ddod gatre 'te?'

'Ddim ar hyn o bryd. Sori.' Teimlai Emma reidrwydd parhaus i ymddiheuro am fod wedi symud i ffwrdd ryw dri chan milltir oddi cartref. Teimlai ryw euogrwydd anesboniadwy ei bod wedi gadael y nyth. Roedd hynny'n rhywbeth na phoenai'r rhan fwyaf. Yn sicr, teimlai'r Saeson yn rhydd i fyw a gweithio lle bynnag y mynnent, heb boeni fawr am glymau teulu, a llai fyth am glymau ardal. Ond roedd y teimlad mai gartref roedd ei lle wedi ei wreiddio'n ddwfn yn Emma. Creai hynny ynddi ryw anesmwythyd a'i gwnâi'n anodd iddi setlo yn rhywle arall . . . yn Llundain, beth bynnag.

Ond wrth i Elsie barhau â'i holi teimlodd Emma euogrwydd y Gymraes oddi cartre'n prinhau.

'A shwt ma'r sboner 'te?' busnesodd ei mam wedyn.

'Iawn.'

'Pryd ti'n dod ag e 'nôl ffor' hyn?'

'Pan fyddwch chi'n holi llai o gwestiyne, Mam!' A gwenodd wedyn i dynnu'r colyn o'i geiriau. Nid nawr oedd yr amser i siarad am Rhys . . .

'Ma' hyn fel ca'l gwâd o garreg,' plagiodd ei mam. 'Ti'n mynd ddim ifancach, ti'n gwbod!'

'Cofio amser pan o'ch chi'n meddwl bo fi'n rhy ifanc, Mam! Ysgol, coleg, gyrfa . . . 'na beth o'dd popeth!' brathodd yn ôl, rhyw gythraul ynddi'n dechrau edliw hen boenau oedd wedi peidio â bod ers bron hanner ei hoes.

'O'dd 'na sbel 'nôl. Be sy ar dy ben di, ferch, yn corddi hen bethe sy 'di mynd hibo?'

Brathodd Emma ei thafod, rhag bradychu dim rhagor ar ei hwyliau drwg. Taflodd gip ar y cloc. 'Mae'n amser newyddion, fydde ots 'da chi?' holodd.

'Ddim o gwbwl,' a chododd ei thad i wasgu botwm y bocs.

Tawodd y tri er mwyn gwrando ar y set deledu'n rhygnu yn y gornel a'r newyddion newydd ddechrau. Ymhen eiliadau roedd wyneb aelod newydd Rhanbarth y Deorllewin yn llenwi'r sgrin ac yntau'n cael ei holi gan ohebydd gwleidyddol y Bîb. Tynnodd Emma anadl gyflym.

'Gadael y bar a throi a chael gyrfa wleidyddol?' holodd y gohebydd.

''Na'n uchelgais i erioed. Cynrychioli'r ardal lle ces i 'magu a helpu datrys 'i phrobleme hi.'

'Ond onid 'ych plaid chi sy'n gyfrifol am y probleme hynny, Mr Evans?' mentrodd y gohebydd.

Holwr praff, barnodd Emma. Yn gwybod sut i brocio . . .

'Ma' Plaid y Bobol wedi buddsoddi'n hael yn yr ardal,' atebodd Arwel. 'A dwi am neud yn siŵr y bydd y buddsoddiad 'na'n cynyddu, er budd pobol Rhanbarth y Deorllewin!' Ei lais melfedaidd wedi mynnu'r gair olaf eto!

Teimlodd Emma wrid cynnes yn dringo i'w bochau. A hynny cyn i'w mam yn ddiarwybod rwbio halen i'w briw.

'Wy fel 'sen i'n cofio'r wyneb 'na 'fyd.'

'Nag o'dd e'n y coleg 'da ti 'slawer dydd?' ategodd ei thad.

'Cof fel eliffant 'da chi, Mam,' meddai, ei sylw sarcastig yn golchi'n llwyr eto dros groen gwydn Elsie.

'Ti byth yn siarad am neb o'dd 'da ti sha'r coleg. So ti 'di cadw cysylltiad 'da neb, wyt ti?' Ei geiriau eto'n crafu hen grachen, yn ailagor hen friw. Roedd y tawelwch yn llethol a'i thad yn gwylio'n bryderus.

'Fues i ddim 'na'n hir iawn, do fe Mam?' atebodd yn siarp gan greu trydan sydyn rhwng y tri.

'Hei, ma' pawb yn haeddu ail gyfle. Newid cyfeiriad. Ni'n browd 'not ti, bach.' Daeth geiriau ei thad â rhyw leithder annisgwyl i'w llygaid.

'Odyn, wrth gwrs. A paid meddwl bod ishe i ti ladd dy hunan yn y jobyn newydd 'ma chwaith . . .' ei mam yn porthi am ei henaid.

'O's raid i chi weud wrtho i beth i neud o hyd?' torrodd ar draws. Gymaint haws oedd brathu na dangos breuder.

'Dim ond becso amdanot ti 'yn ni!' mynnodd ei mam.

Amneidiodd Emma. Meddalodd. 'Wy'n gwbod,' meddai. A bydda, fydda i yn sefyll 'da chi heno. 'Da fi waith i neud yng Nghaerdydd fory.' Roedd wedi dod i benderfyniad go sydyn.

Gwenodd Elsie, wedi ei phlesio'n fawr.

Y noson honno, crwydrai llygaid Emma o amgylch ei hen ystafell wely. Roedd ei rhieni wedi ei haddurno fwy nag unwaith ers iddi fadael am y coleg 'slawer dydd, ond yr un oedd y dodrefn. Dodrefn tywyll, afrosgo, gormesol braidd, oedd wedi eu pasio i lawr yn y teulu; roedd ei rhieni wedi dewis eu cadw yn hytrach na'u gwaredu, nid am fod unrhyw werth iddynt o gwbl, ond am y byddai ystyried eu gwerthu neu eu taflu neu eu rhoi efallai'n cael ei ystyried yn weithred o frad yn erbyn eu hynafiaid. Doedd y rheini erioed wedi dweud wrthyn nhw'n agored bod disgwyl iddyn nhw eu cadw, ond dyna'r neges guddiedig oedd wedi ei chyfleu ar hyd y blynyddoedd. Ac roedd ei rhieni wedi ufuddhau, wedi dewis cario pwysau'r gorffennol yn faich ar eu gwarrau, yn hytrach na'i ddiosg a'i adael i fynd. Roedden nhw, felly, mor euog â hithau o gario a storio yn hytrach na symud ymlaen.

Ond 'nôl at gadernid y dodrefn roedd hithau wedi dod, hefyd; 'nôl i gôl y teulu i lyfu ei chlwyfau, er na wnaeth hi mo hynny ar unwaith, chwaith. Wedi'r chwalfa yn y coleg, ei rhieni oedd y bobl olaf roedd hi am eu hwynebu, y bobl olaf roedd am rannu ei gofid â nhw. Na dangos dim ar ei gwendid bregus iddynt chwaith. Teimlai'n fwy esmwyth wrth ddianc, ar fws a fferi i Ddulyn bell, lle nad oedd neb yn ei nabod. Lle nad oedd neb i rythu, neb i gwestiynu, neb i siarad amdani, neb i bwyntio bys. A neb i boeni gormod amdani.

Arhosodd mewn hostel a chrwydro'r ddinas yn ddall a diamcan am ddyddiau, yn gaeth i'w meddyliau, yn garcharor i'w gofidiau. Yn aml anghofiai fwyta a gwnâi rhyw beint o Guinness y tro yn lle pryd. Doedd hi ddim chwaith yn poeni sut olwg oedd arni. Yna'n raddol, yn ddiarwybod iddi bron, daeth tro ar fyd. Cafodd hyd i ryw gymaint o lonyddwch, digon o leiaf i adfer rhyw fath o drefn ar ei byd. Ac i lanc o'r enw Fergol roedd llawer o'r diolch am hynny. Mewn cornel o O'Donoghue's rhyw amser cinio y cyfarfu ag e.

'What's a pretty gerl doing crying 'to her pint?' holodd yn ei acen Wyddelig gref. Doedd hi ddim yn llythrennol yn llefen, ond doedd hi ddim yn edrych ar ei hapusaf chwaith. Ond rywsut roedd Fergol wedi llwyddo i'w chael i wenu'n ôl. Roedd hi'n anodd peidio ag ildio i'r llygaid glas oedd yn dawnsio gan ddireidi wrth drio taro sgwrs â hi dros beint. Ymhen dim roedd wedi llwyddo i'w thynnu o'i chragen rhyw fymryn, digon o leiaf i'w pherswadio i wneud ffafr ag ef. Newyddiadurwr ar drywydd stori oedd Fergol, ac roedd angen iddo sleifio i mewn i westy tra enwog yn St Stephen's Green i dynnu llun fel tystiolaeth o affêr un o wŷr busnes gweddol amlwg y ddinas. Roedd ei wraig wedi cysylltu â'r papur a rhoi gwybod iddynt bod ei gŵr yn

63

cyfarfod â'i damaid sgert yn y gwesty dan sylw, ac roedd hi eisiau i'r byd gael gwybod am ei dwyll. Doedd e ddim y peth caredicaf i wraig ei wneud, ond pwy oedd Fergol i ddadlau â dynes oedd wedi cael mwy na digon ar antics ei gŵr ac am wneud iddo dalu o'r diwedd?

'*Good for her!*' meddai Emma. Welai hi ddim bai arni, wir! I'r gwrthwyneb, fe gydymdeimlai â hi'n fawr. Onid oedd hi ei hun wedi bod yn sglyfaeth i dwyllwr o fri? Twyllwr oedd yn chwalu bywydau, yn palu celwyddau fel petai'n adrodd y gwir? Heb ormod o bendroni roedd Emma wedi cytuno i helpu Fergol i gael mynediad i'r gwesty a bod yn *decoy* pe bai angen. Rhoi digon o gyfle iddo stelcian o gwmpas y gwesty'n ddigon hir i gael tystiolaeth a llun. Wnaeth hi ddim egluro'r gwir reswm pam roedd hi'n ei helpu, na chwaith beth oedd y gwir flas roedd hi'n ei gael o chwarae ei rhan fach bitw hi yn ei fenter. Tybiai Fergol mai'r cyffro oedd wedi ei denu, risg – roedd hynny'n wir i raddau, wrth gwrs. Ond faint o risg oedd hi, mewn gwirionedd? Beth allai ddigwydd iddi fyddai'n waeth na'r hyn oedd wedi digwydd iddi'n barod?

Bu'r fenter yn llwyddiant. Cafodd Fergol ei stori, a chafodd y wraig ddial ar ei gŵr. Ond yn bwysicach yn achos Emma, roedd hi ei hun wedi cael rhyw ollyngdod – nid gollyngdod llwyr, yn amlwg, ond digon i ddechrau cael ail flas ar fyw. Roedd hefyd wedi ei hudo gan gynnwrf y gwaith newyddiadurol. Ac o'r diwedd roedd ganddi'r tawelwch meddwl ei bod hi'n gwybod i ble roedd hi'n mynd a beth oedd hi am ei gyflawni. Torrodd y newydd i'w rhieni ei bod wedi gadael Aber a mynd i Goleg Harlow i astudio ar gyfer diploma mewn newyddiaduraeth. Wedi cyfnod o weithio ar bapurau newydd lleol Llundain, daeth yn gyw melyn i Patrick ar y *Daily News*, cyn gweithio'n galed am ddyrchafiad, yr oriau hir, dwys ac afreolaidd yn gyfrwng perffaith i gadw'r gorffennol hyd braich a'i hemosiynau'n gadarn dan glo.

Ond yn y flwyddyn ddiwethaf roedd pethau wedi dechrau newid i Emma. Roedd hi ei hun wedi newid; ei pherthynas â Rhys wedi ei meddalu, wedi crafu'r haenau 'nôl a pheri iddi wrando ar ei theimladau unwaith eto; ailgysylltu â'r person oedd wedi ei gladdu rywle y tu mewn i'r gragen amddiffynnol oedd wedi tyfu amdani.

Yna, ar draws y breguster newydd, iachach efallai – hapusach yn sicr – roedd drws yr Aber Henfelen wedi ei agor yn ddisymwth a rhyw ffawd greulon wedi hudo Arwel 'nôl i'w byd. Ond nid i gael ei chwalu ganddo eto, addunedodd. I'r gwrthwyneb, os rhywbeth.

5

Fore Llun cerddodd Arwel o'r gwesty pum seren lle'r arhosodd nos Sul, ar hyd glan y dŵr, heibio i'r bwytai a'r caffis i gyfeiriad adeilad mwy hynod o lawer: ei weithle newydd lle'r oedd i gyfarfod â Bryn Rogers, y Prif Weinidog. Gwisgai ei siwt Armani, sef ei siwt gwneud argraff, ei grys Ted Baker a thei sidan a gydweddai â'r cyfan. Safodd yno am eiliad yn syllu ar siâp anghyffredin yr adeilad, ei furiau o wydr yn sgleinio'i groeso dan haul y bore.

Cerddodd Arwel yn ei flaen i adeilad y Cynulliad, torri ei enw yn y Llyfr Ymwelwyr a chael ei hebrwng i goridor a lifft. Pan gyrhaeddodd hwnnw'r pumed llawr, camodd ohono a dechrau cerdded yn dalsyth i gyfeiriad swyddfa Bryn Rogers. Roedd yn barod i gnocio ar ei ddrws pan welodd ddau ffigwr cyfarwydd drwy ffenestr fach wydr, eu lleisiau'n dal yn aneglur, ond yn codi, ac ambell ystum yn awgrymu ffrae.

'Beth ffwc o't ti'n feddwl o't ti'n neud?' Ymdrechai Bryn yn galed i gadw'i ddwylo wrth ei ochrau a'u rhwystro rhag codi a gwasgu am wddf byr, trwchus Dai Davies, ei Brif Chwip a'i hen elyn, a'i lindagu yn y fan a'r lle.

'O'n i wedi trial cysylltu,' protestiodd Dai, gan gadw'i lais mor isel ag oedd modd a'i hunanreolaeth ar dennyn go dynn.

'Nest ti'r cwbwl tu ôl i 'nghefen i, pan o't ti'n gwbod 'mod i mas o'r wlad!'

'O'dd rhaid i fi symud yn glou, i osgoi sgandal.'

'Pa sgandal?' Roedd Bryn ymron yn poeri i'w wyneb.

'Mencyd arian 'i gleiente. Wedodd Ed ddim?'

'Beth?' ebychodd Bryn.

'So fe 'di cysylltu?' gresynodd Dai a chaniatáu saib ddadlennol cyn parhau. 'Na 'di, fentra i; gormod o gwilydd, glei!'

Roedd distawrwydd Ed Lloyd wedi codi cwestiynau ym meddwl Bryn Rogers. Byddai wedi disgwyl iddo gysylltu a thrafod ei ymddiswyddiad, ond doedd e ddim wedi gwneud. A doedd e ddim yn ateb ei ffôn yn ei gartref, chwaith. O'r herwydd roedd Bryn yn y niwl ac yn gwbl ddibynnol ar lein foel swyddogol y blaid, a'r gwir honedig yn ôl Dai, wrth gwrs. Roedd hynny'n dân ar ei groen. Roedd hefyd yn lled-amau mai rhan o gynllwyn Dai i'w ddisodli oedd gwaredu Ed Lloyd, a dod ag aelod newydd yn ei le – un a fyddai'n deyrngar i Dai, wrth gwrs, tasai hi'n dod yn frwydr arall am yr arweinyddiaeth. Ac fe fyddai'n siŵr o ddod i hynny ryw ddydd, heb os. Roedd Dai yn ysu am gael neidio i'w arch! Ond p'un a oedd eisoes wedi dechrau ar ei gynllwynio neu beidio, doedd gan Bryn ddim unrhyw brawf y naill ffordd na'r llall, felly doedd dim i'w ennill o daflu amheuon i'w wyneb yr eiliad honno – ddim a hithau'n rhy hwyr i newid un iot ar y sefyllfa beth bynnag. Am y tro, felly, tawodd a gadael i Dai barhau.

'Wy wedi achub y blaid 'ma rhag lot o gachu, i ti ga'l gwbod!' mynnodd Dai, gan wenu'n fuddugoliaethus.

'Beth ti'n ddishgwl, diolch?' sgyrnygodd Bryn drwy'i ddannedd, wedi methu ffrwyno'i dymer yn llwyr wedi'r cyfan.

Gwenodd Dai wên a awgrymai nad oedd yn disgwyl dim, dim oll gan ei hen elyn.

Y tu allan yn y coridor roedd Arwel mewn cyfyng-gyngor. A fedrai fentro'n nes i wrando, neu ai gwell fyddai peidio? Cymerodd gam neu ddau yn ei flaen a chlustfeinio. Ond dyma Luned Pugh, y Gweinidog Datblygu Economaidd – gwraig yn ei phumdegau, braidd yn drwm a byr o gorff ac yn llachar yn ei siwt Paul Castello – yn agor drws ystafell gyfagos ac yn hwylio i'w gyfeiriad.

'Arwel . . . croeso aton ni. Wedi dod i weld Bryn, falle?'

holodd Luned â gwên a barodd i'w chroen melynaidd dorri'n rhychau amlycach o amgylch ei llygaid a'i cheg. Ei hysbeidiau mynych yn yr haul wedi gadael eu hôl, yn anffodus.

'Diolch. Ie . . .' atebodd Arwel yn gwrtais.

Taflodd Luned wedyn gip cyflym drwy'r gwydr ar Bryn a Dai.

'Wy'n siŵr 'i fod e'n barod amdanach chi!' meddai ar ei hunion, ei goslef a'i gwên gynnil yn awgrymu mai gorau po leiaf o amser a dreuliai Bryn a Dai yng nghwmni ei gilydd heb reffarî.

Amneidiodd Arwel arni, heb fawr o ddewis bellach ond cnocio ar y drws a mynd i mewn.

'O, ma'n flin 'da fi!' Ffugiodd Arwel syndod o fod wedi torri ar draws eu cyfarfod.

'Dim o gwbwl. I'r funed,' atebodd Bryn a'i ryddhad yn amlwg. ''Na'r cwbwl, wy'n credu, Dai,' ychwanegodd yn siort, cyn hoelio'i holl sylw ar Arwel.

'Arwel,' nodiodd Dai yn gwrtais, cyn troi'n hwyrfrydig am y drws. Roedd Dai yn ysu i glywed beth oedd gan Bryn i'w ddweud wrth ei gyd-aelod newydd, ond doedd ganddo ddim dewis ond gadael y ddau. Gwenodd drwy ei ddannedd ar Arwel gan addunedu i'w holi'n gynnil y cyfle cyntaf a gâi. Y peth lleiaf fedrai hwnnw ei wneud fyddai cadw Dai yn y pictiwr, ar ôl iddo symud mor gelfydd i sicrhau sedd iddo o'r diwedd.

Yr eiliad yr ymadawodd Dai, dechreuodd Bryn ymlacio ryw gymaint.

'Hen bryd i ni ga'l gair. Stedda.'

Ufuddhaodd Arwel a gwrando'n ddisgwylgar a hanner gochelgar.

'O'n i'n llwyr gredu y byddet ti 'di ennill Porthtywi tro dwetha, ti'n gwbod.'

Cnodd Arwel ei dafod a ffrwyno'i awydd i gwyno a dannod fel y gwnaethai gyda Dai.

'Ond mi wnei di'r tro nesa. Gei di bob sylw posib.'

'Ond aelod rhestr ydw i nawr. Cha' i ddim sefyll etholiad hefyd 'da'r rheole newydd 'ma.'

'Wrth gwrs. Ond 'yn ni angen dyn o dy galibr di i ymladd Porthtywi. Gei di lwyfan amlwg dros y misodd nesa 'ma. Cyfle i neud dy farc cyn yr etholiad nesa.'

'Fydde hi'n risg gadel y sedd restr i fynd!'

'Ond dwyt ti ddim yn ddyn i whare'n saff wyt ti, Arwel?'

Oedodd Arwel cyn lleisio protest gynnil.

'Wedodd Dai ddim am hyn!'

Osgôdd Bryn ymateb gan adael i Arwel ddyfalu. A oedd Dai wedi celu hanner y gwir? Neu a oedd Bryn wedi penderfynu hyn o'i ben a'i bastwn ei hun, heb yn wybod i Dai?

'Fe gei di bob cefnogeth, wy'n addo!'

'Diolch,' atebodd Arwel, yn teimlo ei fod, i raddau, wedi ei gornelu, eto. Doedd yr hyn oedd wedi 'dod ar blât' ond ar gael iddo am rai misoedd, blwyddyn os oedd e'n lwcus.

Fel petai'n gallu darllen yr amheuon ar ei wyneb, gwthiodd Bryn ragor o argyhoeddiad i'w lais. 'Fe gefnoga i di i'r carn, wy'n addo! Gobitho y galla i ddibynnu ar dy gefnogeth dithe'r un modd?'

Felly nid yn unig roedd Bryn am iddo ennill Porthtywi a sicrhau bod ei blaid yn cadw'i grym, roedd hefyd yn dymuno cael ei gefnogaeth bersonol i'w alluogi i barhau fel Llywydd.

'Wrth gwrs,' atebodd Arwel. Doedd addewid yn costio dim, ystyriodd. Yn nwylo Bryn roedd y grym ar hyn o bryd, beth bynnag, felly roedd yn talu i'w blesio.

Estynnodd Bryn ei law. 'Croeso i'r Cynulliad.'

Ysgydwodd Arwel ei law yn ôl yn gadarn a gadael iddo ei arwain i swyddfa'r grŵp.

'Tan wythnos nesa 'te,' meddai Bryn cyn rhuthro i'w gyfarfod nesa, a gadael Arwel yng ngofal Elen Vaughan, ei ddarpar gynorthwy-ydd.

Crwydrodd llygaid Arwel yn gyflym dros ei chorff lluniaidd. Barnodd ei bod yn ei hugeiniau hwyr, fawr hŷn beth bynnag.

'Amseru da,' meddai Elen yn hwyliog, a thegil yn ei llaw. 'Coffi?' holodd.

'Diolch, lla'th dim siwgir,' atebodd Arwel dan wenu'n gynnes arni, ei lygaid yn dal i werthfawrogi ei steil – y sgert bensil dynn â mymryn o agoriad ar ei gwaelod a amlygai ragor ar ei choesau siapus. A'r siwmper feddal binc a wisgai'n rhoi gwawr gynnes i'w chroen gwelwach.

'Ie, cyfle da i ni ddod i nabod 'yn gilydd,' awgrymodd Arwel, gan gymryd yn ganiataol fod y coffi i'r ddau ohonynt.

Ysgydwodd Elen ei phen. 'Nes ymla'n falle.' A gwenodd yn ôl yn gwrtais. 'Ma'r wasg yn y swyddfa, moyn cyfweliad.'

'Beth? Un arall! Shwt o'n nhw'n gwbod 'mod i 'ma?' holodd Arwel, ei syndod yn un digon pleserus ar y cyfan.

'Mi ffonodd rhyw fenyw bore 'ma i holi gele hi air. Gohebydd o'r *Daily News*. Dyw e ddim yn broblem, odi e? Fe allen i ofyn am ohirio?' cynigiodd Elen wedyn, yn eiddgar i blesio.

'Ddim o gwbwl!' meddai Arwel. 'Pryd fydd hi'n cyrraedd?' holodd gan sythu ei dei'n awtomatig a rhedeg ei fysedd drwy ei wallt.

'Ma' hi 'ma'n barod,' meddai Elen gan bwyntio at ei swyddfa fechan yr ochr draw i swyddfa'r grŵp. 'Ddo i â'r coffi mewn,' ychwanegodd Elen.

'Diolch.'

Cerddodd Arwel yn dalsyth tuag at y stafell fechan ger y swyddfa gyffredinol. Agorodd y drws â gwên broffesiynol, yn barod i gyfarch y gohebydd.

Cododd Emma ar ei hunion a throdd tuag ato.

'Arwel!' meddai, ei llais yn gadarnach ac yn fwy hunanfeddiannol nag y teimlai y tu mewn.

Am eiliad, dim ond un eiliad – ond eiliad fechan felys, serch hynny – roedd Arwel wedi ei daflu oddi ar ei echel . . . Roedd ei phresenoldeb nid yn unig wedi ei gyffwrdd ond wedi ei gynhyrfu hefyd. Curai calon Emma'n gyflym; dyma'r ymateb roedd wedi ei ddisgwyl. Yr ymateb oedd yn cyfiawnhau ei hymdrech i roi cynnig arall ar unioni hen gam.

Ymhen eiliadau roedd Arwel wedi ei adfeddiannu ei hun. 'Wel, wel . . . Emma Dav . . . Ne' falle ddim, erbyn hyn?'

'Davies,' atebodd. 'Dal i fod! 'Ma i neud cyfweliad ar gyfer y *Daily News*!'

'Papur Llundain!' Cododd ei aeliau mewn syndod, ond roedd ei lais yn bradychu nodyn o wawd.

Syllodd Emma arno am eiliad, yn methu meddwl am ateb slic i'w daflu'n ôl ato. Yn niffyg hynny, canolbwyntiodd ei sylw ar y modd roedd wedi newid ychydig, llinellau ei wyneb wedi dyfnhau, a'i gorff wedi lledu rhyw gymaint. Ond wrth iddi hi ei astudio fe synhwyrodd ei fod yntau'n ei hastudio hi, hefyd.

Trodd Emma ei phen yn sydyn er mwyn osgoi ei lygaid, a thynnodd dâp recordio o'i bag. Straffaglodd i godi'r teclyn yn glir o'r bag am fod y wifren yn sownd mewn rhyw drugareddau eraill. Disgynnodd beiro ar lawr. Ac wrth iddi ymestyn i'w godi sylweddolodd bod ei bysedd yn crynu rhyw fymryn.

'Oer wyt ti? Ne' nerfus?' Ei hanner gwên yn cyrlio'n watwarus a'i eiriau'n taro'n galed dan y belt.

'Fe ddefnyddia i hwn,' atebodd Emma yn oeraidd,

amddiffynnol, gan gydio'n dynnach yn ei thâp recordio. 'Mae'n bwysig ca'l cofnod clir o beth geith 'i weud!' ychwanegodd yn finiog. Ond doedd ei llais ddim cweit mor gadarn bellach.

'Dim problem,' atebodd Arwel, ei oslef yn fflipant, ddihid, fel petai ei geiriau'n golygu dim, yn adleisio dim, nac yn ei boeni yr un iot. Teimlodd Emma ei dicter yn mudferwi y tu mewn iddi ac yn bygwth ffrwydro i'r wyneb oni fyddai'n llwyddo i'w reoli. Heb reolaeth arni ei hun, fyddai ganddi ddim rheolaeth ar y sefyllfa . . .

'O'n i'm yn siŵr beth o'dd dy hanes di ar ôl gadel Aber,' mentrodd Arwel. Tynhaodd Emma a disgwyl i weld a oedd e am ddweud rhagor. Ond na, roedd wedi tewi, gan adael iddi hi lenwi'r bwlch, ei lygaid yn ei gwylio'n ofalus gydol yr amser. Dyma'i chyfle, meddyliodd, cyfle i anghofio'r cyfweliad roedd wedi ei led-baratoi am ymddiswyddiad Ed Lloyd a mynd ar ôl y gwir reswm pam roedd hi yma, pam roedd hi mor daer am ei wynebu. Dyma'r abwyd, y cyfle i fwrw'i bol. Ond roedd hi'n methu yngan y geiriau . . . yn methu ffurfio'r brawddegau . . .

Cafodd ei hun yn torri'r tawelwch drwy ateb ei hanner cwestiwn, hanner gosodiad.

'Es i Lundain,' atebodd. ''Nes i'n dda iawn!' ychwanegodd, ac yna'i chystwyo'i hun yn feddyliol. Nid wedi dod yno i'w chyfiawnhau na'i hamddiffyn ei hun roedd hi! Doedd ganddi hi ddim byd i'w gyfiawnhau. Doedd hi ddim wedi gwneud dim byd o'i le! Y fe oedd wedi cawlio'i byd hi . . . y fe ddylai fod yn anesmwyth, yn ofnus . . . yn baglu ar ei draws ei hun i blesio . . . i ymddiheuro . . . Ond roedd e yr un mor drahaus ag erioed, ac roedd hi wedi anghofio mor rymus roedd e'n gallu bod. Mor fregus roedd hi'n gallu bod . . . Roedd hi'n cael trafferth rhoi trefn ar ei meddyliau, roedd hi'n prysur golli ei nerf, yn colli ei chyfle annisgwyl i'w gyhuddo a'i gondemnio . . . Pe dechreuai wneud hynny, gwyddai y collai afael arni ei hun yn llwyr, a doedd hi ddim am roi'r pleser hwnnw iddo. Pwysodd fotwm y recordydd tâp a glynu wrth sgript y presennol, oedd yn llai o fwgan iddi hi, beth bynnag.

'Fues i'n siarad ag Edward Lloyd,' meddai'n sydyn. 'Do'dd e ddim yn ddyn hapus,' ychwanegodd.

Unwaith eto roedd y syndod 'nôl ar ei wyneb a'r olwg ochelgar wedi dychwelyd i'w lygaid. Teimlai Emma ar dir sicrach erbyn hyn. Fe'i gwyliodd yn cymryd cam neu ddau o gwmpas yr ystafell fechan, yn pwyso a mesur ei ymateb yn ofalus cyn agor ei geg.

'Dwi ddim wedi siarad ag e, yn anffodus. Heb ga'l y cyfle . . .' ychwanegodd.

'Ma' pethe'n poethi, medde fe, yn y frwydr am yr arweinyddiaeth. Ma' 'na sôn am gynllwyn.'

Ysgydwodd Arwel ei ben i ffugio anwybodaeth. 'Sori?'

'Pethe'n troi'n frwnt!'

''Sda fi ddim syniad am beth ti'n sôn.'

'Ti'n gwadu?'

'Wrth gwrs 'mod i'n gwadu!'

'Ond rwyt ti ac Ed Lloyd wedi'ch dala yn y canol rhwng Dai Davies a Bryn Rogers. Rwyt ti'n gi bach i Dai Davies . . . yn ca'l dy ddefnyddio . . .'

Da Emma, da, fel ci ag asgwrn, canmolodd ei hun.

Chwarddodd Arwel at hurtrwydd ei hensyniad. 'Ma' 'da rhywun ddychymyg byw!'

'Dychymyg?'

Nid dyna'r tro cynta iddo'i chyhuddo o hynny.

'Ti'n dal i wadu?'

'Wrth gwrs 'mod i'n gwadu!'

'Yn gwadu'r cwbwl?' Roedd ei llais bellach yn uwch, yn crynu gan deimlad, ar ei gwaethaf. Ei dicter ynghylch y gorffennol wedi ei sianelu i sefyllfa'r presennol, a'r cyfan yn gawl yn ei phen. A dyna oedd hi'n ei wneud o'r cyfweliad hwn. Cawl, cawl potsh uffernol. Am ei bod hi unwaith eto yn dechrau colli rheolaeth arni ei hun ac ar y sefyllfa hefyd, felly.

'Dwi'n falch o gael cynrychioli rhanbarth,' ychwanegodd Arwel yn fwy pwyllog. 'Dwi'n edrych ymlaen at neud gwaith aelod. Rho hwnna yn dy bapur!' Roedd e bellach yn pwyso ymlaen yn hyderus tuag ati, fel petai'n ei wthio'i hun arni, ei bersawr yn ddigon trwchus i'w thagu. 'Nawr os nag o's rhagor o gwestiyne . . .' ychwanegodd, 'mi gymra i bod y cyfweliad 'ma ar ben!'

Unwaith eto, teimlai Emma ei bod wedi ei threchu, wedi ei diarfogi'n llwyr ganddo. Cydiodd yn ei thâp a'i bag a throi am y drws. Fel roedd hi'n gadael, ceisiodd anelu un ergyd arall, 'Cofia, ma'r gwir wastod yn dod i'r golwg – yn hwyr ne'n hwyrach!'

A baglodd Emma hi o'r stafell am ei bywyd.

Ymhen eiliadau, roedd ei fasg hyderus yntau'n llithro hefyd.

O ble ddiawl y daeth hi, Emma . . . yr ymgyrchwraig, yr ymgeisydd hyderus oedd wedi ei blagio a'i herio? Y genedlaetholwraig oedd nawr yn gweithio i bapur yn Llundain! Y ferch lygatddu oedd wedi ei ddenu'n ddiarwybod iddo, bron. Ac wedyn . . . wedi ei ddenu, beth oedd hi wedi ei wneud wedyn, y bitsh fach . . .? A nawr roedd hi yn ei hôl yn holi a phlagio a gwneud ensyniadau – ac yntau newydd ddechrau ar yrfa newydd gyhoeddus oedd yn argoeli i fod yn un lwyddiannus. Tynnodd Arwel anadl ddofn er mwyn ceisio rheoli ei gynnwrf.

Na, meddyliodd, doedd bosib ei bod am ddechrau cloddio mewn gorffennol oedd bellach mor bell yn ôl? Byddai'n ffŵl i wneud hynny. Yn fwy o ffŵl nag oedd hi bryd hynny.

Fyddai ganddi ddim gobaith llwyddo, beth bynnag. Roedd wedi cael y llaw uchaf ar Emma unwaith o'r blaen. A dyna'n union roedd wedi ei gael heddiw. Roedd y newyddiadurwraig ddi-glem wedi gadael heb unrhyw ddeunydd cyfweliad. Ac ni synnai damaid nad oedd ei nerfau hi'n rhacs. Yn union fel roedden nhw pan adawodd hi Aber gynt . . .

Na, cysurodd ei hun, doedd e ddim yn meddwl fod ganddo ddim byd i'w ofni o du Emma. Sythodd ei dei unwaith yn rhagor ac ailymuno ag Elen. Roedd yn fwy na pharod am goffi, i olchi blas Emma o'i geg.

Cerddodd Emma o'r Cynulliad i gyfeiriad y dŵr, ei phen yn drwm gan dyndra. Y hi oedd yr un oedd wedi cael ei thaflu oddi ar ei hechel, nid Arwel. Roedd e wedi cloffi am eiliad neu ddwy pan gafodd syndod o'i gweld, ac wedyn pan daflodd ato honiadau Ed Lloyd, ond buan iawn roedd e wedi ei adfeddiannu ei hun, a gwthio'i wirionedd celwyddog i lawr ei chorn gwddf, a hithau'n gwbl ddi-rym i'w rwystro. Roedd yn amlwg heb newid dim, yn difaru dim. Doedd e ddim yn poeni'r un daten amdani hi na'r uffern roedd e wedi ei gyrru iddi. Gwasgodd Emma ei dwylo'n gadarn am y rheiliau a syllu i'r dyfnder islaw, gan ewyllysio na wnâi hi fyth eto ddisgyn i'r un trobwll diobaith ag a wnaeth hi cynt.

Yn raddol roedd y gwylanod a fu'n ymladd am grystiau ar wyneb y dŵr yn distewi ac yn codi'n haid i chwilio am grystyn arall yn rhywle. Edrychodd Emma ar ei watsh; roedd hi'n hen bryd iddi ddechrau ei ffordd yn ôl i Lundain – heb stori, a heb y bodlonrwydd roedd wedi gobeithio'i gael o ysgwyd hen sgerbwd fu'n llercian cyhyd. Ond dyna hi, naïf fuodd hi erioed – lle'r oedd Arwel Evans yn y cwestiwn beth bynnag.

Toc roedd hi'n ei thaflu ei hun i sedd wag ar y trên gan daro bwndel o bapurau ar y bwrdd bychan o'i blaen. Roedd hi am ganolbwyntio'i holl sylw ar bob stori oedd ynddynt er mwyn ymlid hunlle'r cyfweliad o'i meddwl yn llwyr. Ond doedd yna fawr o siawns o hynny. Yn blastar dros un o dudalennau'r papur cenedlaethol roedd llun o'r teulu perffaith: Arwel, Lois a'r ferch benfelen yn gwenu'n giwt i lygad y camera. Tynnodd Emma anadl ddofn a gwrthsefyll ysfa gref i rwygo'r olygfa'n ddarnau o flaen ei chyd-deithwyr. Ond fe'i rhwystrodd ei hun mewn pryd. Roedd cael un pâr o lygaid dilornus yn rhythu arni fel menyw o'i chof wedi bod yn fwy na digon am un diwrnod. Disgyblodd ei hun i sgimio'n fras yr adroddiad am benodiad Arwel a chael nad oedd ynddo ddim oll nad oedd hi eisoes yn ei wybod. Trodd y dudalen ac ymdrechu i ganolbwyntio ar newyddion eraill y dydd, nid bod yna ddim oedd yn bachu yn yr un modd.

. . . Ddim tan iddi droi i'r dudalen swyddi . . . lle disgynnodd ei llygaid ar hysbyseb arbennig: 'Swyddog y Wasg i Blaid y Bobol'. Swyddog i roi sbin ar straeon carfan ffrantig a wnâi unrhyw beth i gadw'u grym ag etholiad ar y gorwel . . . Ac un o'r garfan honno, wrth gwrs, oedd Arwel . . . Oedd hi'n dechrau chwarae â thân, neu oedd hi wedi dod o hyd i lwybr ymwared? A hithau'n fyfyrwraig, ac yn neb, roedd Arwel wedi sathru arni â'i gelwyddau a'i dwyll. A nawr, a hithau'n newyddiadurwraig brofiadol, roedd wedi ei dilorni eto. Ond swyddog y wasg yn gweithio i'w blaid ei hun? Byddai'n rhaid iddo gydweithio â'r person hwnnw i fagu perthynas â'i gyhoedd. Byddai gan y swyddog wybodaeth amdano . . . gwybodaeth y gallai ei datgelu . . . neu beidio . . . Tybed a oedd yma gyfle i orfodi'r gwir o groen Arwel a'i gael i gydnabod a chyfadde'r hyn oedd e . . . neu o leia'r hyn wnaeth e iddi hi?

Tynnodd feiro o'i bag a lliwio cylch mawr cadarn o amgylch blwch yr hysbyseb. Roedd yn un llwybr gwerth ei ystyried, o leiaf.

6

Estynnodd Rhys gwpanaid o goffi mewn mwg plastig i Emma ar sedd yn Hyde Park.

'Ti'n ocê?' holodd yn ofalus.

Doedd hi ddim yn edrych yn iawn, o bell ffordd. Doedd Emma ddim wedi bod fel hi ei hun ers y chwyldro o benwythnos a'i gwelodd yn mynd o ddedwyddwch i ddicter ac i ddagrau. Roedd Rhys wedi gorfod derbyn, bellach, y byddai'n symud i'w fflat newydd ar ei ben ei hun; roedd Emma yn amlwg wedi addo gormod ac yna wedi tynnu ei haddewid yn ôl. Ar ben hynny, roedd wedi mynnu bod Rhys yn cysgu yn ei fflat ei hun ers pythefnos, heb ei annog unwaith i aros gyda hi. Prin ei bod wedi caniatáu iddo glosio ati o gwbl. Roedd wedi ei orfodi ei hun i ofyn yr anochel iddi un noson. 'Ti ishe cwpla. 'Na beth sy . . .' Ond y cyfan roedd hi wedi ei wneud oedd edrych arno'n syn am eiliad neu ddwy cyn gwadu, a gresynu ei fod hyd yn oed wedi ystyried y fath beth. Dewisodd, felly, beidio â'i chwestiynu rhagor gan dderbyn ei hatebion niwlog am y tro – bod arni angen cyfnod tawel ar ei phen ei hun, oherwydd pwysau'r swydd newydd. A heddiw roedd y pwysau'n dangos ei ôl, a Patrick wedi tynnu ei gwaith yn ddarnau'r bore hwnnw, a'i chyhuddo o golli gafael.

Er na fynnai gyfaddef hynny wrth neb, fe wyddai Emma fod elfen o wir yn ei eiriau. Roedd ei hegni'n ddiweddar wedi cael ei ddefnyddio i wneud penderfyniadau anodd, personol, yn hytrach nag i ymchwilio i straeon blasus i'w cynnwys yn y papur. Gwyddai hefyd fod yr union benderfyniadau anodd hynny yn rhai y dylai fod yn eu trafod â Rhys. Ond roedd wedi methu neu wedi dewis peidio â gwneud hynny rhag i Rhys ofyn cwestiynau a fyddai'n ei gorfodi i ddatgelu mwy nag a fynnai . . . Er ei

77

bod yn cydnabod yr un pryd fod y celu a'r cuddio ynddo'i hun yn straen. Dyna beth oedd sefyllfa!

'Ti'n moyn mynd bant i rwle? Brêc bach? Haul ar dy gefen?' cynigiodd Rhys, gan gicio dail yr hydref dan ei draed a'i fraich yn ceisio estyn tuag ati hyd cefn y sedd.

'Na!' ysgydwodd hithau ei phen. 'Dianc fydde 'ny. Osgoi!' Ag un ystum roedd hefyd wedi codi ei hysgwyddau a symud digon i beri i Rhys dynnu ei fraich yn ôl a'i chadw iddo'i hun.

Cyfrodd Rhys i ddeg cyn gwasgu switsh arall . . . yr un mwyaf diogel y dyddiau hyn, neu felly y tybiai.

'. . . Reit, beth ti angen yw stori dda i ga'l dy ddannedd ynddi. Nest ti rwbeth o'r busnes *Brad yn y Bae* 'na?' holodd Rhys.

'Naddo.'

'Pam?'

'Do'dd 'na ddim stori . . . Dim byd allen i brofi.' A throdd ei phen rhag gorfod edrych i'w lygaid.

'Falle taw ti sy 'di colli diddordeb?'

'Paid ti dechre 'fyd,' cyhuddodd a throi i'w wynebu'n sydyn. 'Ti cynddrwg â Patrick!'

'Sori.'

Ac roedd hi wedi ei ddolurio eto. Ymddiheurodd â'i llygaid ac yna roedd Rhys yn trio unwaith eto.

'Wy'n credu falle bod 'da fi rwbeth i ti. Bryn Rogers. Ma' fe dan lot o straen.'

'Odi, a fynte'n Brif Weinidog!' Ei hateb yn llawn coegni ar ei gwaethaf. Pam yn y byd roedd hi'n bod mor ddiawledig o lletchwith gyda Rhys, o bawb – oedd yn amlwg yn trio helpu? Roedd fel pe bai rhyw gythraul ynddi yn trio'i wthio i ffwrdd! Cythraul na allai hi ei reoli.

'Grinda, ma' fe'n trial 'bach rhy galed i ddod â ffatri i Gymru . . . Trafod 'da cwmnïe amheus 'u hanes!'

'Pwy?' Trodd ei phen i wrando.

'Cangen o *Eastern Chemicals*. Cofio nhw?'

Roedd hi'n cofio'n iawn; cwmni oedd hwn fu'n gyfrifol am farwolaeth cannoedd o bobl pan ffrwydrodd ffatri yn Korea, gan ryddhau nwyon gwenwynig.

'Ond sdim byd yn bendant 'to,' ychwanegodd Rhys.

'Wel, fe gaeith hwnna geg Patrick am sbel,' atebodd Emma'n feddylgar.

''Na gyd s'da ti i weud?' Roedd Rhys yn amlwg wedi ei gyffroi gan y stori.

'Na, diolch, Rhys. Ti'n werth y byd!' meddai, gan wthio gymaint o argyhoeddiad ag y medrai i'w llais cyn taro cusan ysgafn ar ei foch. Gadawodd i'w fraich ei chyffwrdd o'r diwedd. Wrth glosio a theimlo'i fraich yn cau amdani roedd rhan fechan ohoni am rannu baich ei meddyliau. Ond dim ond am eiliad. Roedd yna rai pethau na fedrai hi fyth eu rhannu â Rhys, pethau na fedrai eu rhannu â neb.

'Miss Davies, falch i gwrdda chi.' Amneidiodd Dai Davies ar Emma ac ysgwyd ei llaw yng nghyntedd swyddfa'r grŵp. 'Ma'ch cais chi 'di gneud cryn argraff arnon ni,' ychwanegodd, wrth ei harwain i mewn i'r stafell.

Gwenodd Emma arno. O leiaf roedd y diwrnod wedi dechrau'n addawol.

'Gweud y gwir wy'n timlo braidd yn lletchwith yn gofyn hyn,' ychwanegodd Dai, 'ond . . . fydde ots 'da chi neud rhyw bwt bach sgrifenedig, er mwyn dilyn y canllawie, wrth gwrs . . .?'

'Dim o gwbwl.' Gwenodd Emma'n ddiplomatig, yn awyddus i blesio. Roedd ennill parch ac ymddiriedaeth Dai Davies yn hanfodol.

'Reit, os dewch chi drwyddo i fan hyn?' Tywysodd Dai hi i stafell dawel, i'r naill ochr i swyddfa gyffredinol y grŵp. 'Ma'r dasg ar y ddesg. Fydda i'n ôl ymhen ugen muned.'

'Iawn. Diolch.'

Setlodd Emma i lunio datganiad o'r ffeithiau moel oedd o'i blaen, ar bolisïau a gwariant. Difyr iawn, meddyliodd . . . Nag oedd! I'r gwrthwyneb yn llwyr. Ond penderfynodd roi ei meddwl ar waith, ac ymhen deng munud roedd ganddi ddrafft taclus o'i blaen. Pwysodd yn ôl yn ei sedd i'w ddarllen drwyddo'n bwyllog. Ond ar draws y cyfan clywodd lais cyfarwydd yn siarad a chwerthin. Mentrodd godi ei phen, ei thu mewn yn glymau anniddig unwaith eto, a thrwy'r gwydr gwelodd Arwel yn lled-wenu a mân siarad â'r weinyddwraig ifanc, ddeniadol oedd yn gyfrifol am y swyddfa gyffredinol. Dyna fe wrthi eto, meddyliodd, yn swyno, yn perswadio, yn manipiwleiddio . . .

Eiliad neu ddwy ac roedd Arwel yn troi i edrych i'w chyfeiriad, bron fel petai'n synhwyro bod rhywun yn ei wylio drwy'r gwydr. Hanner eiliad yn ddiweddarach roedd Emma yn gostwng ei phen mewn amrantiad ac yn canolbwyntio'i holl sylw ar y datganiad o'i blaen.

Ddim heddiw, na, ddim heddiw plîs, erfyniodd.

Châi e mo'i gweld hi heddiw ar unrhyw gyfri.

Roedd y pleser hwnnw i ddod!

Ddiwedd y prynhawn, ymlusgodd Emma yn ôl i'w fflat yn Llundain, yn flinedig wedi cynnwrf y dydd – y prawf a'r cyfweliad, a'r eiliad pan fu popeth bron â mynd o chwith. Tasai Arwel wedi ei gweld a sylweddoli beth oedd hi'n ei wneud, fe fyddai wedi ei rhwystro. Ond welodd e mohoni a chafodd e mo'r cyfle. Dringodd y grisiau'n ddiolchgar fod pethau wedi mynd cystal â'r disgwyl ac yn ysu am fàth poeth i ymlid y tyndra o bob cyhyr o'i chorff. Ond doedd dim siawns o hynny. Ar ben y grisiau safai Rhys.

'Smart iawn!' sylwodd, gan gyfeirio at ei siwt-gwneud-argraff, oedd wedi costio bron gymaint â'r rhent. 'A shwt o'n nhw yng Nghaerdydd?' Yn amlwg, roedd wedi cael achlust o rywbeth, ond o beth yn union doedd Emma ddim yn siŵr. Ni allai ond tybio iddo ffonio'r swyddfa a bod Ann wedi dweud ei bod yng Nghaerdydd ar drywydd y stori, gan mai dyna'r cyfan a wyddai hi. Ar y llaw arall, roedd gan Rhys gysylltiadau; gallai fod yn gwybod yn union ble buodd hi.

'Pam na wedest ti?' holodd.

Cododd hithau ei hysgwyddau'n ddi-hid a chynnig ateb digon niwlog.

'Penderfyniad muned ola!' meddai.

'Unrhyw lwc?'

'Sa i'n siŵr.'

'Wedodd rhywun rwbeth am y ffatri?'

'Naddo,' atebodd gan anadlu dipyn bach yn fwy rhydd. Yn amlwg, gan Ann y cawsai Rhys ei wybodaeth, felly. Roedd ganddi ddewis, bellach, naill ai dal i guddio'r cyfweliad am swydd, neu ddweud wrtho lle roedd hi wedi bod. Fe allai, mae'n debyg, sôn wrth Rhys am ryw chwiw i fynd 'nôl i Gaerdydd, meddyliodd, wrth iddi hongian ei siaced yn ei stafell wely. Y peth olaf roedd hi eisiau oedd i Rhys glywed o rywle arall. Doedd dim angen iddi ddweud pam roedd arni angen cyfnod yn y Bae; gallai sôn am ryw awydd i fynd yn nes adref. Daeth i benderfyniad sydyn wrth gamu 'nôl i'r lolfa.

'Gwranda, Rhys . . .' pan sylweddolodd fod ffôn y fflat yn cofnodi neges.

'Emma Davies? Dai Davies, Plaid y Bobol. Newch chi ffonio'r swyddfa ganolog os gwelwch yn dda?'

Rhedodd at y peiriant, ond methodd â'i gyrraedd cyn i Dai ychwanegu, 'A gyda llaw, llongyfarchiade, Emma, gobitho newch chi dderbyn y swydd. Diolch yn fawr. Hwyl!'

Roedd wyneb Rhys yn rhychau o ddryswch di-ddeall.

'Swydd? Pa swydd? Beth yffach sy'n mynd mla'n?'

Os oedd rhyw hanner gobaith i Rhys dderbyn ei hesgusodion cynt, doedd dim gobaith o hynny bellach.

'Ti'n gwitho i ryw blaid lwgwr . . . bwydo'u storïe nhw i'r wasg. Wyt ti'n gall? . . . A pham na wedest ti wrtho *i*?'

Roedd y cymal hollbwysig wedi ei ychwanegu. Pam nad oedd hi wedi dweud wrtho *fe*! Pam roedd *e* wedi cael ei gadw yn y tywyllwch cyhyd?

Gellid bod wedi torri'r awyrgylch â chyllell. Rhythai Rhys arni'n syn; rhythu drwyddi, bron, am yr eildro o fewn pythefnos.

'A ti'n moyn y swydd 'ma!' gwasgodd wedyn.

'Wy'n moyn symud mla'n . . .' protestiodd.

'A symud 'mla'n yw gadel swydd dda yn Llunden i fynd am ryw swydd ginog a dime'n palu celwydde'r llywodraeth i'r wasg! So'r gwir yn bwysig i ti ragor ne' beth?'

'Ma'r gwir yn holl bwysig i fi, Rhys!'

'Wel, o leia gwed y gwir wrtha *i*. Pam nest ti hyn yn 'y nghefen i?'

Roedd ei gwefusau'n dechrau ffurfio siâp geiriau ond chafodd hi fawr o gyfle i'w cwblhau . . . Roedd Rhys wedi colli ei amynedd o'r diwedd, wedi ei ddadrithio'n llwyr.

'Wel, os na 'wedi di e, fe weda *i* e. Ti 'di bachu'r swydd 'ma achos bo ti moyn rhoi peller rhyngddot ti a fi. 'Na'r gwir reswm, ontefe?'

'Nage!' plediodd. 'Ma' rhaid i ti 'nghredu i!'

'O, dere, o leia bydda'n onest 'da fi! O'dd popeth ar ben pan wrthodest ti'r fodrwy, on'd o'dd e? . . . Rhideg nest ti pry'ny a 'co ti'n rhideg 'to. Ffordd cachgi o gwpla 'da fi!' Roedd ei lais wedi codi a'r geiriau'n cael eu poeri i'w chyfeiriad.

Torrodd rhywbeth y tu mewn i Emma'r eiliad honno a ffrwydrodd hithau hefyd.

'Paid ti byth â 'ngalw i'n gachgi! Dwi *ddim* yn rhideg bant! A dyw popeth ddim yn troi o dy gwmpas *di*.' Eiliadau wedi iddi ynganu'r geiriau, roedd wedi difaru. Ond doedd dim modd tynnu'r un sill yn ôl wrth i Rhys yn ei dymer droi ar ei sawdl ac agor y drws.

'Cer, cer at dy job gachu yng Nghaerdydd! 'Yn ni'n dou ar ben!'

Roedd rhan ohoni am weiddi ar ei ôl, am grefu arno i aros a gwrando, am aros a dechrau rhannu. Ond wnaeth hi ddim. Gadawodd i Rhys gau'r drws arni'n dynn. Ac er cymaint roedd hynny'n brifo, gwyddai y byddai'r wythnosau nesaf yn haws fel hyn. Heb yn wybod i Rhys roedd ei fyrbwylldra a'i dymer wedi gweud pethau'n haws iddi hi, ar un olwg. Roedd wedi ei gollwng yn rhydd i ddilyn un llwybr – i'w ben draw, os oedd raid . . .

7

Taflodd Emma gip arall arni ei hun yn y drych cyn mynd i gyfarfod â Dai Davies. Dyma'i diwrnod cyntaf yn ei swydd newydd. Swydd oedd wedi costio'n ddrud iddi; o'i herwydd roedd wedi colli Rhys.

Roedd hefyd wedi cefnu ar swydd dda yn Llundain. Daliai dicter Patrick i ganu yn ei chlustiau pan ddwedodd wrtho ei bod yn gadael am y Bae.

'You ungrateful cow! I promoted you, and this is how you thank me!' bytheiriodd arni. *'You tease me with a story of valleys' corruption, then you go and join the bloody ranks! Just go, will you? Go! Before I say something that I'll really regret . . .'*

Ac roedd wedi mynd, a'i chynffon rhwng ei choesau. Gadael Patrick, oedd wedi rhoi iddi'r fath hwb yn ei gyrfa. Gadael Rhys, oedd wedi dod â chymaint o hapusrwydd iddi. Roedd hi'n euog o siomi'r ddau. Euog oedd ei henw canol, erbyn hyn.

Ond nid y hi oedd yn euog, chwaith.

'Be o't ti'n neud yn mynd 'nôl i'w stafell o?'
 'O'dd e ishe siarad.'
 'Siarad!'
 'Siarad amdanat ti!'
 'Celwyddgast!'
 'Lois, plîs, ma' rhaid i ti 'nghredu i!'
 'Dos o 'ngolwg i!'
 'Y fe sy'n euog . . . ddim fi!'
 Wedyn y llaw yn taro, yn tanio'i boch nes ei bod yn llosgi, yn ysu.

Y fe, nid y hi, atgoffodd ei hun. Y fe oedd yn euog, euog, euog!

Taflodd Arwel lythyr arall ar ben y pentwr oedd angen ei ateb. Roedd y llythyr olaf yn arbennig o ddirdynnol. Mam yn honni nad oedd ei mab erioed wedi bod mewn gwaith a'i fod bellach wedi troi at dor-cyfraith! Ac roedd y wraig a anfonodd y llythyr nid yn unig yn byw yn ei ranbarth e, roedd hi hefyd yn byw yn etholaeth Porthtywi. Penderfynodd Arwel godi'r mater gyda Bryn y cyfle cyntaf a gâi. Os oedd hwnnw am iddo ildio'i sedd restr er mwyn ymladd Porthtywi, roedd yn hen bryd i Bryn sylweddoli mor druenus oedd y dirwasgiad yn yr ardal.

Ychydig yn ddiweddarach, cafodd afael ar Bryn a'i dweud hi'n ddiflewyn-ar-dafod. 'Os wy . . . os 'yn ni'n moyn ennill sedd yn un o ardalodd mwya dirwasgedig y de, ma' rhaid i ni neud yn well na hyn!' mynnodd.

'Arwel, ma'r mater ar 'yn agenda i!' pwysleisiodd hwnnw mor bwyllog ag y medrai.

'Ddim â'r wasg wyt ti'n siarad nawr!'

'Wy'n gweud y gwir. Ma' 'da fi gynllunie wy ddim am 'u datgelu nawr!' atebodd Bryn yr un mor fyr ei amynedd gan daflu cip paid-â-'ngwthio-i'n-rhy-bell i gyfeiriad ei ddarpar ymgeisydd addawol.

Yn ddiarwybod i'r ddau roedd Dai Davies, y Prif Chwip, wedi sylwi ar eu sgwrsio . . . nid rhyw sgwrsio ffwrdd-â-hi, ond sgwrsio ben wrth ben, sgwrsio dwys. Tybed beth oedd yn cael ei drafod nawr, meddyliodd Dai. Yn amlwg, roedd Arwel yn fwy o lysywen nag oedd Dai wedi ei feddwl, ac roedd hynny'n ei boeni. Ofnai nad oedd yn saff o deyrngarwch Arwel wedi'r cwbl. Er gwaetha'i ymdrech i'w gael i olynu Ed Lloyd, roedd Arwel fel pe bai wedi anghofio hynny'n hawdd iawn. Ond os oedd Bryn wedi hudo Arwel i'w garfan, fe garai Dai gael gwybod sut a pham a beth yn union oedd yn mynd ymlaen. Ond doedd gan Dai ddim amser nawr i daclo Arwel; roedd hwnnw'n brasgamu oddi wrtho i gyfeiriad arall. Roedd braidd yn hwyr i gyfarfod â'i swyddog newydd, swyddog yr oedd yn ei hystyried yn gryn ased i'w blaid ac ased iddo yntau hefyd, gobeithiai. Gallai swyddog da ac ufudd olygu'r gwahaniaeth rhwng methiant a llwyddiant. Roedd yn hanfodol bod Dai yn ei meithrin hi'n ofalus.

'Fyddwn ni'n dou'n gwitho'n glòs . . .' lled-sibrydodd Dai wrth gydio yng nghwpan coffi gwag Emma a'i roi o'r neilltu ryw hanner awr yn ddiweddarach. 'Sdim llawer nad yw'r Prif Chwip yn clywed amdano . . . ond os bydde Swyddog y Wasg yn dod ar draws rhwbeth diddorol, fydde er lles y blaid, wrth gwrs . . . licen i feddwl . . .?'

'Wrth gwrs, deall yn iawn,' amneidiodd Emma, yn awyddus i gadw Dai ar ei hochr hi.

'O'n i'n gwbod 'yn bod ni 'di dewish yn ddoeth,' gwenodd Dai, yn fwy na bodlon â'i hymateb. 'Dewch,' meddai gan gydio yn ei braich er mwyn ei llywio i'r cyfeiriad cywir. 'Mi 'na i'ch hebrwng chi i swyddfa'r grŵp i gyfarfod â'r aelode.'

Tynnodd Emma anadl gyflym. Roedd y foment roedd wedi ei deisyfu a'i hofni yn prysur agosáu.

Wedi ei sgwrs annigonol â Bryn yn gynharach roedd Arwel yn dal i deimlo'n anniddig. Ond doedd e ddim am ildio. Yr un oedd cân Bryn wedi bod heddiw ag oedd hi pan ddaeth i'w gyfarfod i'r Cynulliad rai wythnosau ynghynt: rhoi rhyw led-awgrym bod yna newid ar droed heb ymrwymo'n gadarn i ddim. Felly pan gafodd gip ar Bryn yn camu i swyddfa'r grŵp roedd Arwel ar ei drywydd eto, yn bwriadu bod yn ddraenen barhaus yn ei ystlys, yn benderfynol o gael sicrwydd bod Bryn yn gweithredu er ei les.

'Olreit,' ildiodd Bryn o'r diwedd, gan ostwng ei lais

mewn cornel dawel o'r swyddfa. 'Ma' hyn yn gwbwl gyfrinachol,' siarsiodd. 'Ond fe gei di wbod, achos gall hyn effeithio arnot ti.' Camodd fymryn yn nes. 'Wy'n trio'n galed iawn i ddod â ffatri i'r ardal.'

'Cyn yr etholiad nesa?'

'Wrth gwrs. Ma' 'i hangen hi mewn sawl ardal arall, dyn a ŵyr. Ond i etholeth Porthtywi y daw hi!' Ac edrychodd Bryn yn daer i fyw llygaid Arwel eto, a'r neges y tro hwn oedd dwi'n-gneud-ffafr-â-ti-gna-di'r-un-peth-i-finne! 'Ond dim gair tan fydd pethe'n swyddogol!' siarsiodd.

'Yn naturiol,' atebodd Arwel yn bwyllog, ond roedd ei galon yn rasio'n gynhyrfus o dderbyn cystal newydd. 'Deall yn iawn,' ychwanegodd.

Os byddai Bryn cystal â'i air, byddai ganddo siawns i achub ei groen ac ennill y sedd. Roedd hi'n argoeli'n addawol, meddyliodd, a sioncodd Arwel drwyddo.

Eiliadau'n ddiweddarach roedd Emma yn dilyn Dai i mewn i swyddfa'r grŵp. Yno, a'i gefn tuag ati – mewn sgwrs â Bryn Rogers – roedd Arwel. Teimlodd Emma ei holl gorff yn tynhau.

'Bryn?' Carthodd Dai ei wddf fel roedd yn arfer ganddo nes i Bryn droi i'w hwynebu. 'Chi wedi cwrdda'n barod, wrth gwrs, ond dyma gyflwyno'n swyddogol 'yn Swyddog y Wasg newydd ni, Emma Davies.'

Trodd Bryn gan estyn ei law tuag ati'n gynnes. 'Croeso, a llongyfarchiade i chi, Emma!' ac ysgydwodd ei law yn gwrtais.

'Diolch yn fawr.' A gwenodd wên fêl yn ôl.

Yna, roedd cant a mil o ieir bach yr haf yn hedfan a throi ben i waered yn ei chylla. Crwydrodd ei llygaid draw at Arwel a safai nesaf at Bryn. Roedd ei chalon yn rasio ac yn curo mor galed nes y teimlai fod y lleill yn ei chlywed.

'A dyma Arwel Evans, 'yn haelod newydd ni dros Ranbarth y De-orllewin,' ychwanegodd Dai.

Estynnodd Emma ei llaw tuag ato. 'Helô . . .' Cyrliodd ei gwefusau'n wên fach gwrtais, a chododd ei llygaid i gwrdd â'i rai ef . . . Gwelodd lygaid oer, caled un oedd yn methu rhwystro'i syndod na'i banig rhag chwalu dros ei wedd.

Roedd Arwel yn tynnu gwallt ei ben. Un eiliad roedd addewid Bryn Rogers yn ei godi i'r entrychion, ac o fewn munudau roedd ei fyd ben i waered; diwrnod oedd wedi dechrau mor addawol wedi cymryd tro seithug annisgwyl. Emma Davies o bawb! Emma Davies ac yntau'n gweithio yn yr un tîm. Pam? Beth ar y ddaear roedd hi'n ei wneud yno? Un funud roedd hi'n newyddiadurwraig yn Llundain yn ei holi e'n dwll, a'r peth nesaf roedd yn ymuno â'r tîm. Beth ddiawl oedd ei bwriad yn ailymddangos wedi'r holl flynyddoedd?

Pan oedd hi wedi dod i'w holi am ymadawiad Ed Lloyd, ac am gynllwyn i waredu Bryn, roedd wedi llwyddo i gau ei hen geg, wedi gwadu pob honiad. Doedd yr un gair wedi ymddangos yn y papur, diolch iddo fe, ac roedd wedi tybio na chlywai ragor gan Emma. Roedd wedi dechrau ymlacio a gwthio'r datblygiad annisgwyl hwnnw i gefn ei feddwl. Ond nawr roedd Emma yn ei hôl.

Yn ddiarwybod iddo roedd ei feddwl yn crwydro 'nôl at yr isleisiau hysterig oedd ymhlyg yn ei chwestiynau pan oedd e newydd ddod yn aelod – honiadau am ddefnyddio a gwadu ac am y gwir yn dod i'r golwg. Yn amlwg, roedd hi'n cyfeirio at ei dehongliad pathetig hi o noson oedd wedi bod yn fwy o drafferth na'i gwerth. Noson oedd wedi bygwth dinistrio'i yrfa fel darpar gyfreithiwr, dinistrio'i berthynas â Lois, â'i ffrindiau, â phawb! Y cyfan oherwydd weiren lac ym mhen un ferch oedd â'i bryd ar ddistryw. Ei ddistryw e! Eu distryw nhw i gyd! Doedd rhywun fel Emma ddim i'w thrystio mewn swydd mor allweddol a chyfrifol â Swyddog y Wasg i Blaid y Bobol. Roedd yn rhaid iddo weithredu, cael gair yng nghlust rhywun ar fyrder, nid yn gymaint er ei fwyn e, ond er mwyn yr aelodau i gyd, darbwyllodd ei hun. Ond sut oedd orau i fynd o'i chwmpas hi? Ac at bwy y dylai droi? Roedd hi'n anodd iddo godi'r mater gyda Bryn. Doedd e ddim am grybwyll cynnwys y cyfweliad wrtho fe a pheri iddo amau am eiliad ei fod yn cynllwynio gyda Dai. Y dewis arall oedd troi at Dai ei hun; y fe wedi'r cyfan oedd wedi cyflwyno Emma i'r ddau ac efallai fod ganddo gyfrifoldeb drosti yn rhinwedd ei swydd. Ie, Dai oedd y dewis gorau, penderfynodd.

'Penodiad braidd yn od!' mentrodd.

'Be ti'n feddwl? Mae'n ased, 'achan! Profiad yn Llunden; gwbod y tricie i gyd!'

'Yn rhy dda falle! Cwpwl o wthnose'n ôl o'dd hi lawr fan hyn ar ran y wasg!'

'Beth?'

'Yn 'yn holi i am "gynllwyn" i waredu Ed Lloyd, a wedyn Bryn! Dy enwi di a fi! Beth yw 'i busnes hi 'ma, Dai? Moyn stori? Moyn corddi? Ti 'di meddwl am 'na?'

Dechreuodd meddwl Dai droi fel dwsin o felinau wrth i Arwel barhau i droi ei lwy bren yn araf a gofalus.

'Faint o sens mae e'n neud, gwed? Un o hacs Llunden – os yw hi'n gweud y gwir, wrth gwrs – yn dod 'nôl i fan hyn i witho am arian pitw yn lle pluo'i nyth yn fan'na?'

Cyfaddefodd Dai wrtho'i hun ei fod yn symudiad annisgwyl wedi'r cwbl. Ond roedd wedi gofyn yr union gwestiwn iddi yn y cyfweliad a'i hateb wedi argyhoeddi. Eisiau dod 'nôl i Gymru, 'nôl at y teulu, meddai hi. Ac roedd ei chyfweliad yn wych. Ar y llaw arall, doedd Arwel ddim yn ffŵl ac roedd ei eiriau wedi creu digon o anesmwythyd yn Dai i'w berswadio i gael gair pellach gydag Emma Davies.

'Gad e i fi – gaf i air!' mynnodd, yn benderfynol o ddatrys y mater ei hun.

Derbyniodd Emma'r wŷs roedd wedi hanner ei disgwyl gan Dai. Roedd hi'n amau'n gryf y byddai Arwel wedi cael gair yn ei glust, ond beth a faint yn union fyddai e wedi ei ddweud, doedd hi ddim yn siŵr. Ond gallai fentro ei fod yn ddigon damniol o'i safbwynt hi.

'Mater delicet,' dechreuodd Dai. 'Wy'n deall bod 'na gyfweliad wedi bod 'dag aelod . . . ryw bythefnos 'nôl?'

'Wrth gwrs; ddes i 'ma ar ran y *Daily News*. Gymeres i'n ganiataol y byddech chi'n gwbod hynny. Nag o'dd Mr Evans wedi sôn?'

'Nag o'dd.'

'Od . . .' A syllodd yn fyfyrgar ar Dai. 'Fydden i'n disghwl bod e 'di adrodd 'nôl wrth rywun mor allweddol â chi. Os nag o'dd e 'di sôn wrth y Prif Weinidog, falle.' Sylwodd ar Dai yn tynhau'n weladwy; roedd hi'n amlwg wedi tynnu ei sylw at bosibilrwydd oedd yn ei gorddi. 'Wrth gwrs, do'dd 'na ddim stori gwerth 'i chynnwys yn y papur,' ychwanegodd Emma gan wenu. 'Nath e'n argyhoeddi i o 'ny,' a gwenodd yn gynnes ar Dai.

Rhoddodd Dai ystyriaeth ofalus i'w geiriau. Roedd yn amlwg yn cloffi ond roedd angen ychydig rhagor o berswâd i ennill Dai o'i phlaid.

'Ond pwy a ŵyr . . .' mentrodd wedyn. 'Falle fydd 'na arweinydd newydd ryw ddydd. A fydde hynny *yn* stori!' Gwenodd ychydig yn fwy awgrymog y tro hwn wrth edrych i fyw llygaid Dai.

Roedd Dai yn dechrau meddalu o ddifri. Penderfynodd ddilyn ei reddf a'i chefnogi. Teimlai'n gwbl ffyddiog bellach fod gan y ferch lygatddu o'i flaen rôl ddefnyddiol i'w chwarae yn y frwydr oedd i ddod.

'Reit, wedwn ni ddim rhagor am y mater. Ac fe gadwn ni hyn rhynton ni'n dau!'

Estynnodd Emma ei llaw ac amneidio. 'Wrth gwrs. Diolch. Newch chi ddim difaru,' ychwanegodd gan ymlacio unwaith eto, yn ffyddiog fod camfa arall wedi ei chroesi.

Y noson honno gyrrodd Arwel yn ei gynddaredd, gan dorri pob rhwystr cyflymder rhwng Caerdydd a Phorthtywi a chyrraedd Dolawel a'i deiars yn dân ar y tarmac.

Teimlodd y tawelwch sydyn wedi'r gyrru gwirion yn cau amdano, a'i flinder yn golchi'n gawod drosto. Er ei frys i gyrraedd, oedodd cyn codi o'r car. Faint o'i benbleth ddylai e ei rhannu â Lois, tybed. Efallai y byddai'n well petai wedi aros yng Nghaerdydd, wedi cadw'r newydd tan nos Iau neu fore Gwener, nes ei fod o leiaf wedi ymdawelu rywfaint, ond roedd hi'n rhy hwyr i ailfeddwl nawr. Cydiodd yn ei fag a chamu o'r car.

'Do'n i'm yn dy ddisgwyl di! Ddim 'mod i'n achwyn, cofia,' ychwanegodd Lois pan gyrhaeddodd y tŷ.

Ddwedodd Arwel ddim gair. Aeth yn syth i'r lolfa ac estyn am y botel ddecanter, tywallt dogn o wirod iddo'i hun a'i yfed ar ei dalcen.

'Gystal â hynna!' pryfociodd Lois.

Dim ymateb. Roedd Arwel yn dal i ddrachtio'n ddwfn o'i wydryn, yn dal i fethu ymlid wyneb Emma o'i feddwl. Byddai'n rhaid iddo fwrw'i fola, p'un ai oedd hynny'n ddoeth neu beidio.

'O's rhwbath 'di digwydd?' holodd Lois wedyn, yn difrifoli wrth ei wylio'n tywallt ail fesur helaeth iddo'i hun.

'Emma Davies: Swyddog y Wasg i Blaid y Bobol,' mentrodd, gan fethu cadw'i ofid rhag Lois.

'Sori . . .?'

Cymerodd rai eiliadau iddi ddechrau dirnad arwyddocâd ei eiriau.

'Ie, Emma . . . dy ffrind, dy hen ffrind.'

Roedd llu o gwestiynau'n ymffurfio ym mhen Lois, yn chwilio am fynegiant.

'Beth . . . ddim Emma Dav . . .?' holodd yn syfrdan.

'Ar ôl yr holl flynydde, ma' hi jest yn . . . ymddangos! Pam nawr, ti'n meddwl?' Torrodd ar ei thraws. 'Nawr bod pethe'n mynd yn dda i fi!'

'Falle . . . falle taw cyd-ddigwyddiad yw'r cwbwl . . .'

'Nage!' Ysgydwodd Arwel ei ben a chymryd cegaid arall. 'Dda'th hi i'n holi i yng Nghaerdydd pan ddes i'n aelod. A wedyn trio am y swydd.'

'Beth?'

'Damo Dai, na fydde fe 'di grindo arna i a cha'l 'i gwared hi!' Roedd ei eiriau'n llifo'n un rhaeadr o'i geg, yn annodweddiadol o gyflym i ddyn a lwyddai i bwyso a mesur ei eiriau mor ofalus gan amlaf.

'Dda'th hi i dy weld di, a wedest ti ddim gair wrtha i?' Roedd Lois wedi ei thaflu, a rhyw amheuon annelwig yn gwthio'u ffordd i flaen ei meddwl. A gwylltineb annisgwyl Arwel yn eu porthi bob un.

'O'n i ddim moyn i ti fecso!' atebodd yn siarp, mewn goslef 'paid-ti-mentro-holi-rhagor!' 'O'n i ddim moyn i ti fecso . . .!' A'i eiriau'n ei chludo 'nôl drwy niwl y blynyddoedd . . .

Roedd hi yn ei hystafell ar lawr ucha'r Neuadd, Arwel ar binnau i ddechrau ar ei stori. Stori'n adrodd fel roedd ei ffrind gorau hi wedi bod ar ei ôl ers amser, wedi ei ddilyn yn ddidrugaredd. Pobman roedd e'n troi roedd hi yno, medde fe.

'Dries i 'i hanwybyddu hi, esgus nad oedd problem. Achos wy wastod, wastod, wedi bod yn ffyddlon i ti, Lois.'

'Pam ddim deud?'

'Achos o'dd dim byd i weud. O'n i ddim moyn i ti fecso! Ond . . .' llyncodd, 'pan o't ti gatre, dda'th hi hibo'n stafell i . . . nithwr . . . O'dd hi'n hwyr . . . o'dd hi mewn diawl o stad. Mynnu dod miwn. Ishe siarad, medde hi. Ond . . .' cododd ei aeliau rhag gorfod gorffen ei frawddeg.

'Beth!'

'Ond ddigwyddodd dim byd!'

'Be ti'n feddwl, ddigwyddodd dim byd?'

'Dim byd o gwbwl! Wrthodes i hi . . . Ond ma' hi â'i chyllell ynot ti, Lois. Ynon ni'n dou! Ma' hi'n trio'n gwahanu ni. 'Da hi obsesiwn amdana i . . . ond ti wy moyn. A ta beth wedith hi ddigwyddodd nithwr . . . fydd e'n gelwydd, ti'n deall . . . Ma' rhaid i ti 'nghredu i, Lois!'

Ac roedd wedi ei gredu. Wedi derbyn ei air . . .

'Sa i'n deall pam nath Dai ddim grindo arna i!' a thrawodd Arwel ei ddwrn ar y bwrdd unwaith eto, gan dynnu Lois 'nôl yn ddiogel i'r presennol.

'Dai? Be s'gin Dai i neud â hyn?' Roedd ei meddyliau'n un cawdel, a rhyw deimlad o lesgedd gormesol yn golchi drosti, fel pe bai'n nofio dan ddŵr a'i thraed wedi gafael mewn gwymon oedd yn ei baglu a'i rhwystro rhag codi i'r wyneb i gael anadl.

'Jest gad hi, nei di, gad hi!' Roedd bellach yn gwirioneddol ddifaru dod adre a rhannu ei ofidiau.

'Hai Dad!' Torrodd Sioned ar draws y trydan rhwng y ddau. 'Beth *ti*'n neud 'nôl 'ma? Hireth?' A chydiodd Sioned mewn afal o'r fowlen a'i gnoi yn swnllyd.

'Hei, shwt groeso yw 'na?' Roedd ei dafod yn llithrig a'i hunanfeddiant yn dechrau dod 'nôl. Diolch byth fod Sioned wedi cerdded i mewn pan wnaeth hi. Roedd yn gyfle perffaith i roi caead ar drafodaeth roedd e'n prysur golli rheolaeth arni . . . trafodaeth oedd yn mynd i rywle nad oedd am iddi fynd.

'Sioned . . . o'dd dy dad a fi'n siarad,' protestiodd Lois, yn awyddus i'r trafod barhau.

'Na, sdim ots . . .!' a gwenodd ei thad arni'n gynnes.

'Wy ar 'yn ffordd mas, ta beth!' mynnodd Sioned.

'Ble ti'n mynd?' holodd Arwel, yn dal i droi'r sgwrs.

'Draw i dŷ Kate, i adolygu.'

'Ti'n siŵr taw 'na beth ti'n neud?' holodd Lois.

'Ti'n 'yn ame i?' gofynnodd Sioned.

'Ydw. Ti byth adra!' cyhuddodd wedyn. Yn sydyn roedd holl amheuon a rhwystredigaethau Lois yn cael eu taflu at ei merch.

'*Chill*, Mam, 'nei di? Dad o'dd arfer bod yn y cwrt, nage ti! Ta-ra!'

Winciodd ei thad arni wrthi iddi hwylio o'r tŷ, a'i llyfrau dan ei chesail.

'Diolch am y gefnogaeth!' edliwiodd Lois, yn dechrau colli gafael ar ei thymer.

'Ma' Sioned yn iawn; ma' hi'n groten gall.'

'Deud ti! . . . Ynglŷn ag Emma . . .' ailddechreuodd Lois.

'Anghofia amdani! Fi sy 'di gor-ymateb!'

'Ond . . .'

'Jest anghofia bob peth amdani. Reit?'

Yna cydiodd Arwel yn ei breichiau, yn dyner, ofalus i geisio'i chofleidio i dawelwch uwaith yn rhagor.

8

'Cleifion yn ciwio ar stretshyrs. Adran Gofal Brys Porthtywi yn methu ymdopi . . . Faint rhagor fydd raid i bobol 'i ddiodde cyn i'r llywodraeth 'ma weithredu?' Dyfyniad gan Katherine Kinseley, Chwith Annibynnol.

Pasiodd Emma'r papur dyddiol cenedlaethol i Bryn gael cip llawnach arno. Ymateb Bryn wedi eiliadau yn unig oedd ei daflu o'r neilltu a phwyso'n ôl yn ei sedd. Roedd hi'n rhy fore iddo gael ei bledu gan fôr o feirniadaeth a negyddiaeth oedd yn ddigon i nychu unrhyw sant. A doedd Bryn ddim yn ystyried ei hun yn un o'r rheini, o bell ffordd. Drwy un glust clywai Emma yn ceisio tynnu ei sylw at adroddiad arall eto fyth – mewn papur lleol, gorllewinol y tro hwn.

'Argyfwng prinder gwelyau. Y gwaetha erioed – y Gwasanaeth Iechyd ar ei bengliniau!' adroddodd Emma.

Ochneidiodd y Prif Weinidog a chodi'i law i atal ei swyddog newydd rhag sarnu rhagor ar ei fore. 'Reit, digon yw digon!' bytheiriodd. 'Ma' rhaid i ni hau stori am y gwariant fydd yn ca'l 'i neud ar Sbyty Porthtywi. Os ewch chi i ga'l golwg ar bapure'r Gyllideb fe welwch chi fod arian wedi'i neilltuo ar gyfer estyniad newydd. Mae'n bryd i'r wasg ga'l clywed am y peth. Iawn?'

'Wrth gwrs,' cytunodd Emma.

'Os nag o's dim byd arall . . .?' Roedd ei holl ystum a'i lais yn awgrymu ei fod wedi 'laru ar straeon y bore, ond roedd un mater arall roedd yn rhaid i Emma ei godi cyn iddi fynd.

'Ma' golygyddol un o'r papure hefyd yn crybwyll yr arweinyddiaeth . . . codi amheuon am boblogrwydd . . . a chredinedd,' mentrodd Emma, gan wthio'r erthygl berthnasol i'w gyfeiriad.

Teimlodd Bryn bob gewyn yn ei gorff yn tynhau a'i

bwysau gwaed yn saethu i'r entrychion o weld ymosodiad mor amlwg a chiaidd ar ei allu fel arweinydd.

'Reit!' meddai gan daro'r ddesg o'i flaen. 'Ma' rhaid pwysleisio undod y blaid. Dyfyniade gan aelod ne' ddau. Arwel Evans i ateb Katherine Kinseley a gneud sylw am yr arweinyddiaeth 'run pryd,' cynigiodd. 'A 'na'r cwbwl, gobeitho!' siarsiodd – ei oslef yn awgrymu nad oedd yna ragor i fod, na fedrai ddiodde 'run blewyn arall o feirniadaeth heb ildio i'r demtasiwn oedd bron yn anorchfygol bellach . . . sef i dagu rhywun neu'i gilydd.

Gwyddai Emma ei bod yn bryd iddi fynd. Roedd hefyd am ddechrau ei pharatoi ei hun yn feddyliol ar gyfer ei chyfweliad cyntaf ag Arwel, ers iddi gael ei phenodi i'w swydd.

*   *   *

Roedd Arwel wedi gwibio'n ôl i Gaerdydd o Borthtywi cyn gynted ag y medrai y bore wedyn. Ond roedd yn hwyr braidd yn cychwyn, am ei fod yn hwyr yn codi, yn dilyn noson hir o droi a throsi. Roedd wedi gobeithio mai breuddwyd oedd y cyfan – hunllef, yn nes ati! Ond ymhen eiliadau ar ôl iddo ddeffro sylweddolodd fod y cyfan yn real. Roedd wedi rhuthro'n ôl at Lois y noson cynt am ei fod bron â drysu eisiau siarad. Ond drwy siarad, roedd e nid yn unig wedi chwyddo'i ofnau ei hun (pa ffŵl ddywedodd fod rhannu gofid yn ei haneru!) – roedd e hefyd wedi creu ansicrwydd yn Lois, ac ansicrwydd na fedrai fforddio ei greu. Roedd Lois, yn amlwg, yn dal yn anesmwyth y bore wedyn ond roedd e wedi gwrthod trafod ymhellach oherwydd wnâi hynny ond codi rhagor o broblemau.

Gyrrodd ar wib yn ôl i Gaerdydd a hwylio i'r swyddfa gyffredinol â'i wynt yn ei ddwrn, gan hel esgusodion am dagfa ar y draffordd.

'Ie, ie!' meddai Elen, ei gynorthwywraig yn rhyw dynnu coes. Roedd wedi cymryd at yr aelod newydd oedd yn dipyn o *charmer*, yn amlwg, ac yn ddigon smart yn ei siwt. Er ei fod genhedlaeth a rhagor yn hŷn na hi – ac er bod ganddi gariad roedd hi'n hapus iawn gydag e – roedd Elen yn dal i werthfawrogi'r ffaith fod Arwel Evans wedi dod â thipyn o steil a *panache* i swyddfa oedd yn ddigon llwydaidd, ar y cyfan. Tipyn o sioc, felly, oedd ei ymateb llugoer os nad sarhaus y bore hwnnw.

'O's negeseuon?' holodd Arwel yn siarp.

'Ma' Emma Davies 'di bod 'ma.'

Ei geiriau fel clwtyn coch i darw. 'Beth o'dd hi'n moyn?' brathodd yn ôl, cyn sylwi ar aeliau Elen yn codi, yn dyfalu ble'r oedd ei haelod newydd rhadlon wedi mynd!

'O'dd hi angen datganiad i'r papur!' atebodd Elen. 'A gyda llaw, wedes i wrth y pwyllgor o'dd yn cwrdda ugen muned yn ôl bo chi 'di torri lawr ar y ffordd. Fydden i ddim yn rhuthro draw,' atebodd yn bwyllog, edliwgar, bron.

Sylweddolodd Arwel y byddai'n rhaid iddo reoli ei dymer a'i deimladau yn well na hyn.

'Diolch. Wy'n gwerthfawrogi,' ychwanegodd gan ffugio gwên yn fath o gymod, a chymryd copi o gwestiynau'r ymchwilwyr o'i dwylo. Os oedd wedi methu'r pwyllgor y bore hwnnw, gallai o leiaf ei baratoi ei hun yn drylwyr ar gyfer sesiwn yn y siambr. Ond cyn iddo lwyddo i gau drws ei stafell roedd ffigwr cyfarwydd ar ei sodlau.

'Ga' i air?' holodd Emma gan hanner curo ac agor drws ei swyddfa ar ei hunion.

Tynnodd Arwel anadl ddofn. 'Allet ti ddod 'nôl mewn pum muned?' gofynnodd, yn oeraidd o ffurfiol gan gyfeirio at y rhestr o gwestiynau yn ei law.

Roedd Emma'n adnabod tactegau oedi ac osgoi yn iawn. Bum munud i'r eiliad yn ddiweddarach, roedd hi yn ei hôl.

Brwydrodd Arwel i ffrwyno'i gynnwrf anesmwyth a'r mud-ddicter oedd yn cronni tu mewn iddo cyn ei chyfarch yn oeraidd ddigon.

'Wy'n deall bo ti angen datganiad . . . bod 'da ti gwestiyne . . .' ychwanegodd rhwng ei ddannedd, yn union fel pe bai'n grwgnach i'r geiriau lithro rhyngddynt.

Cwestiynau, oedd, roedd gan Emma gwestiynau roedd hi am eu gofyn, y hi a neb arall. A'r pwysicaf oedd pam? Pam gythraul roedd e wedi chwalu ei byd . . .? Pa bleser roedd e wedi ei gael o droi ei byd ben i waered un penwythnos dyngedfennol . . .?

Un o'r penwythnosau gwag di-ddim hynny oedd hi. Hanner y criw wedi troi am adre, a dim ond tair wedi aros, Nerys a Lleucu a hi. Ond roedd hi'n nos Sadwrn ac roedd rhaid cynnal traddodiad – y poteli gwin yn y Neuadd, y crôl hyd y dre . . . Cŵps, CPs a'r Ceffyl Gwyn . . . ac yna llusgo i'r top i gìg yr Undeb.

Roedd y traethawd wedi ei orffen, ryw siâp, a fawr ddim yn galw tan fore Llun. Ond roedd yr adrenalin yn dal i redeg, wedi ymgyrch galed ers pythefnos a rhagor, a hithau'n sefyll am Lywyddiaeth yr Undeb. Dau oedd yn y ras, y hi ac Arwel. Roedd y dadlau wedi bod yn frwd a'r hystings yn galed ac roedd yna densiwn yn y criw. Lois o blaid Arwel, ei chariad, yn naturiol, ac yn tynnu rhai o'i ffrindiau gyda hi, a'r gweddill yn ffyddlon iddi hi, Emma. Y penwythnos hwnnw, drwy drugaredd, meddyliodd ar y pryd, roedd Lois wedi mynd adre ac roedd modd i'r tair oedd ar ôl anadlu dipyn bach yn fwy rhydd.

I fyny yn Neuadd yr Undeb, roedd Arwel yr ymgyrchwr, yr ymgeisydd . . . wrth y bar yn prynu diod i'w ffrindiau, yn wên gynnes i gyd.

'A 'ma hi, Miss Ail Flwyddyn . . .'

'Ail flwyddyn yn grêt. Dim gormod o waith . . . alla i roi'n holl sylw i'r Undeb.' Ac roedd wedi sefyll fel sarjant o'i flaen yn crefu na fyddai am ddadlau, a hithau'n cael trafferth i gael ei thafod o amgylch ei geiriau. Roedd wedi blino ac wedi meddwi'n gynt nag arfer.

'Peint?' cynigiodd yntau'n raslon. Yr un mor raslon, roedd hithau wedi derbyn. Pam lai? Roedd arni eisiau bod yn ffrindiau, eisiau brwydr 'gyfeillgar', cyhyd ag y bo modd. Ac mi oedd Ari'n gyfeillgar, yn od o gyfeillgar y noson honno. Dim gormod o herio, a dim gormod o wawdio. A phan oedd y noson yn tynnu i'w therfyn a synau 'Ysbryd y Nos' yn atseinio yn ei chlustiau, tynnodd Ari hi ar ei thraed a'i llusgo i ddawnsio – un ddawns gyfeillgar olaf rhwng dau wrthwynebydd. Doedd Lois ddim yno i gwyno na'i hawlio, felly roedd Emma wedi ildio, ac yn y man roedd yn gorffwys ei phen yn flinedig ar ysgwydd Ari'r ymgeisydd oedd yn gynnes, yn garedig y noson honno.

Roedd Nerys a Lleucu wedi cychwyn 'nôl am y Neuadd, ond roedd Ari eisiau iddi aros; roedd Ari eisiau siarad . . .

'Dim dadle,' mynnodd yn ei meddwdod.

'Na . . . jest siarad!'

'Siarad am beth . . .?'

'Lois . . .'

'Â hi ddylet ti siarad, ddim â fi!'

'Â ti wy'n moyn siarad!' taerodd.

Ac roedden nhw wedi dechrau ymlwybro'n araf 'nôl tuag at y Neuadd.

'Lois . . . ie . . .'

Yna roedd hi wedi baglu, ac yntau wedi ei harbed a'i chynnal bob cam . . . A mynd â hi am baned i'w stafell . . . paned i sobri . . . paned a siarad . . . oedd hi i fod.

Paned ac arni flas cynnes gwirod gafodd hi.

Eisteddodd Arwel yn glòs yn ei hymyl . . . ei anadl yn boeth ar ei gwar.

'Lois . . .?' meddai hithau yn cofio pam ei bod hi yno.

'Beth amdani?'

'Ti ishe si . . . siarad amdani?'

'Mm,' ac roedd ei ddwylo'n dechrau cyffwrdd â'i grudd, ac yn chwarae â'i gwar ac â'i gwddf . . .

'Hei . . . be ti'n neud?'

Cymerodd yntau y cwpan gwag o'i dwylo, a'i roi o'r neilltu. Yna roedd yn ei gwthio'n ôl ar y gwely, ei anadl yn boeth ar ei hwyneb, ac yna'n ei mygu â chusanau. 'Na!' ceisiodd fwmial, a'i wthio i'r ochr. Ond roedd Ari'n benderfynol, yn bwysau trwm drosti, yn dal i'w chusanu a'i chaethiwo, ei benelin yn gwasgu'n galed i'w chorff a'i ddwylo'n rhwygo'i dillad yn ffyrnig oddi amdani.

'Na . . .' mwmialodd eto, ond roedd Arwel yn fyddar, ei anadl yn fyr a'i feddwl ar goncro, ei choncro hi . . . drwy deg, drwy drais. Teimlai hithau'n gwbl gaeth oddi tano, yn ddiymadferth o lesg . . .

Suddodd yn un â'r nos o'i chwmpas.

Deffrodd . . . a'i phen yn hollti, a heb fod yn rhy siŵr lle roedd hi. Yna'n raddol sylweddolodd. Roedd hi'n pwyso yn erbyn corff arall, cynnes oedd yn cysgu'n drwm wrth ei hochr.

Roedd hi'n gorwedd yng ngwely Arwel, cariad Lois, ei ffrind gorau, heb gerpyn amdani. Beth ar y ddaear . . .?

Ac yna cofiodd. Cofio cael ei hudo'n ôl i'w stafell am fod Arwel eisiau siarad . . . siarad am Lois . . . Ond wedyn . . . Wedyn . . !

Ffrwydrodd ei dicter yn gawod drosti ac ysgydwodd Arwel o'i drwmgwsg, ei ysgwyd, a'i ddyrnu . . .

'Beth gythrel ti 'di neud?'

'Yh?'

'Beth wyt ti 'di neud i fi?'

'Beth?'

Bloeddiodd ei chwestiwn eto i'w glust, yn uwch, a'i ddyrnu yn ei frest. Eto ac eto!

'Hei, be sy'n bod?'

'Bastard. Bastard diawl!' Roedd hi'n dal i ddyrnu'n galed nes iddo fachu ei breichiau i'w rhwystro.

Stranciodd eto'n hysterig y tro hwn a mynnu ei fod yn ei rhyddhau.

'Ddest ti 'nôl 'ma 'da fi!' sgyrnygodd Arwel rhwng ei ddannedd.

'I siarad am Lois!'

'O, ie . . . siarad . . !' Roedd ei goegni'n drwch. 'Be sy? Difaru, wyt ti? Ti 'di bod yn dishgwl 'no i am fishodd! Esgus dadle . . . Beth o'dd 'na ond ffordd o ga'l 'yn sylw i?'

'Feddwest ti fi!'

'Fi . . .? O'dd dim ishe i fi dy feddwi di.'

'Roist ti wisgi'n 'y nghoffi i!'

'Pwy sy'n gweud?' Sgrytiodd Arwel ei ysgwyddau'n ddi-hid.

'Y fi!'

'Ie . . . dy air di yn erbyn 'y ngair i!'

'Dwyllest ti fi! Gymerest ti fantes!'

'Hei! Be sy? Teimlo'n euog?'

'Ti sy'n euog . . . Ti'n euog o drais!'

Yna gwelodd y braw yn ei lygaid wrth i ddifrifoldeb ei chyhuddiad dreiddio i'w ymennydd. Gwelwodd, caledodd ei wyneb. Neidiodd hithau ar ei thraed a dechrau llusgo'i dillad amdani.

'Paid â bod mor blydi dramatig, ferch! Os ti'n becso am Lois, jest anghofia'r peth. 'Yn cyfrinach ni fydd hi, reit!' A *cheisiodd wenu, ceisio'i swyno a'i thawelu. Trio swnio'n rhesymol, trio'i manipiwleiddio. . . .*

'Bastard!' bloeddiodd Emma i'w wyneb. 'Ti'n mynd i dalu am hyn, ti'n clywed?'

Yna llamodd amdani, a gafael ynddi eto, yn galed, yn ddigon ciaidd i gleisio.

'Paid twtsh â fi!' sgrechiodd yn ei wyneb. A strancio a strancio nes ei bod yn rhydd o'i afael ac yn rhedeg o'r stafell.

Yn ei hystafell ei hun, taflodd ei dillad yn domen ar lawr, cyn rhedeg i'r gawod lle bu'n sgrwbio a sgrwbio, yn golchi ei chywilydd ei hun a'i arogl yntau oddi arni. Arwel, cydnabod, a ffrind ei chariad . . . cythraul fu mor ddibris ohoni, ohonyn nhw ill dwy! Roedd arni gymaint o gywilydd. Ond nid arni hi oedd y bai!

Byddai'n rhaid i Lois gael gwybod, sylweddolodd, er mwyn iddi ddeall sut un oedd Arwel, a beth oedd e'n gallu ei wneud . . . Sylweddoli cyn lleied roedd e'n ei feddwl ohoni mewn gwirionedd. Byddai Lois yn siŵr o wrando, mi fyddai'n rhaid iddi wrando. Fe gaen nhw ill dwy siarad, dod i ddeall ei gilydd. Y hi a'i ffrind. Doedd dim angen i neb arall gael gwybod dim am y brad na'r cywilydd na'r sarhad roedd yr un o'r ddwy wedi ei ddioddef.

O'r diwedd stopiodd sgrwbio, y boen bellach yn gwbl annioddefol a'i chroen yn gig coch, tyner . . .

'Wel?' holodd Arwel yn ddiamynedd, wrth ei gweld yn rhythu arno'n gyhuddgar.

Tynnwyd Emma 'nôl i'r stafell lle roedd Arwel yn anesmwytho fwyfwy, ei thawelwch wedi bod yn arf grymus. Ymhen eiliadau roedd e'n hanner taflu, hanner gollwng ei feiro o'i law a hwnnw'n disgyn yn swnllyd ar y ddesg o'i flaen. Yn amlwg roedd e'n methu dioddef y tawelwch trydanol rhwng y ddau am eiliad yn rhagor.

'Beth ti'n neud 'ma, Emma?' brathodd gan fradychu ei ofnau gwaethaf.

'Ti'n gwbod beth wy'n neud 'ma.' Siaradai Emma mor dawel a digynnwrf ag y medrai, ond heb guddio'r tinc edliwgar, bygythiol yn ei llais. 'Ti'n gwbod yn iawn, Arwel!'

Tasgodd chwys oer drosto . . . Yr eiliad honno, gwyddai fod ei hunllef waethaf wedi dod yn wir . . .

Roedd yn cerdded ar hyd llwybr tywyll, hithau'n pwyso arno, yntau'n ei chynnal er ei ffordd 'nôl i'r Neuadd. Roedd hi wedi derbyn ei wahoddiad i fynd i'w stafell am goffi, a disgyn yn sach wedyn ar ei wely, a rhyw hanner eistedd, hanner gorwedd arno. Roedd e wedi diffodd y golau mawr a chynnau'r golau bach a mynd ati i neud coffi. Roedd Emma wedi aros yno'n amyneddgar ar ei wely . . . wedi derbyn y coffi a'i yfed . . . Y fe a hi yn yr oriau mân . . .

Am unwaith, doedden nhw ddim yn dadlau. Roedden nhw'n deall ei gilydd . . . y ddau wedi bod yn ffein wrth ei gilydd . . . y ddau'n gwybod bod y cyfle wedi dod. Roedd Lois wedi mynd adre. Ac roedd hi, Emma, wedi gadael i'w ffrindiau fynd 'nôl i'r Neuadd hebddi, am ei bod hi'n brysur yn siarad ag ef . . . yn ddigon parod i fod yn ei gwmni . . . yn barod i dderbyn ei goffi, yn barod i led-orwedd ar ei wely . . .

Pwysodd Emma ymlaen ryw fymryn tuag ato. 'Ti'n gwbod yn iawn beth wy'n neud 'ma,' meddai wedyn. 'Pan welais i'r hysbyseb, o'dd e'n gyfle rhy dda i dy ga'l di i gyfadde!'

'Dwyt ti ddim yn gall!'

'Fydde pobol Porthtywi yn pleidleisio i dreisiwr, ti'n meddwl?'

'Paid ti mentro taflu cyhuddiade ata i, nawr!'

Efallai 'i bod hi wedi strancio rywfaint. Ond roedd hynny'n rhan o'r hwyl! Stormus fu popeth rhyngddyn nhw erioed – eu siarad a'u dadlau yn aml yn stormus. Pam ddylai eu caru fod yn wahanol? Ond roedd hi wedi difetha'r cyfan. Wedi troi arno mor ffyrnig. Pam ddiawl wnaeth hi hynny? Pam ddiawl gwneud cymaint o ffys? Allai'r cyfan fod wedi bod yn gyfrinach fach gyffrous rhyngddyn nhw eu dau . . . Bitsh . . . bitsh uffernol o beryglus. Bitsh oedd yn haeddu popeth a gafodd hi wedyn . . .

'Alli di ddim fforddio cyhuddiade nawr, alli di? Ddim a tithe'n aelod bach parchus?'

''Sda ti ddim gobeth ca'l pobol i dy gredu di. O'dd 'da ti ddim pry'ny. A do's 'da ti ddim nawr!'

'Pam ti'n disghwl mor ofidus 'te?'

'Achos dwyt ti ddim hanner call!'

'A bai pwy yw 'na?'

Wfftiodd Arwel ac ysgwyd ei ben. Edrychai arni fel petai'n faw, yn ellyll lloerig.

'Os wyt ti'n 'y nghasáu i gyment, shwt alli di odde gwitho 'da fi? Wy'n credu ddylet ti adel nawr!'

'Sa i'n mynd i unman!'

'Tria di sarnu pethe i fi . . .'

'Fel sarnest ti nhw i fi?'

Roedd yn rhythu arni'n giaidd, yn fygythiol, ei ddwylo'n codi o'r ddesg o'i flaen.

'Beth? Beth 'nei di nesa? 'Yn lladd i? Mwrdrwr a threisiwr? Cofia bod fforensics 'di datblygu erbyn hyn.' Roedd y geiriau'n tasgu o'i cheg, ond yn llifeiriant cadarn oedd dan ei rheolaeth lwyr y tro hwn.

Ac roedd Arwel wedi cael ei ddychryn drwyddo . . . Ond oedd hi wedi ei gornelu ddigon i wneud iddo gyfadde? Byddai cydnabyddiaeth breifat yn rhywbeth, yn rhoi iddi ryw fath o ollyngdod . . . Cael siarad, trafod, trio dod i delerau â phethau . . . Beth fyddai hi'n ei wneud wedyn, tybed? Maddau? Doedd hi ddim yn siŵr. Ond heb y gydnabyddiaeth honno, fyddai hi ddim yn gwybod a fedrai hi faddau ai peidio. A heb fedru maddau, fedrai hi ddim symud ymlaen. Byddai'r cyfan yn dal i chwarae ar ei meddwl beunydd, beunos.

'Cyfadde!' erfyniodd arno. 'Wrtha i a'r peder wal? Er mwyn i fi dy glywed di'n gweud bo ti'n flin!'

Disgwyliodd am eiliadau oedd yn teimlo fel oes.

Yna pwysodd Arwel ymlaen a rhythu'n galed i'w llygaid.

'Wnes i ddim dy dreisio di, Emma. Wnes i ddim! Os na alli di dderbyn 'na, alli di ddim para'n y job 'ma! Fe ddweda i wrth Dai, y Prif Chwip, beth ti'n 'i honni. A pwy ti'n feddwl fyddan nhw'n ei gredu a'i gefnogi? Swyddog y Wasg do's neb yn 'i nabod, ne' aelod newydd addawol Plaid y Bobol?'

Roedd yn pwyso uwch ei phen . . . yn gwthio'i ewyllys arni. Trechaf treisied, gwannaf gwaedded . . . Gallai'r ddihareb fod wedi ei chreu ar ei gyfer e.

'Wel? Wyt ti'n mynd i faglu hi o 'ma ac arbed ffwdan i bawb? 'Na fydde ore, so ti'n meddwl?' Ei eiriau'n cael eu poeri ati'n giaidd.

Wedi i eiliadau poenus fynd heibio, daeth Emma o hyd i'w llais unwaith eto. Llyncodd yn ddwfn.

'Reit,' meddai, ei llais fymryn bach yn grynedig, bellach. 'Ma' 'da fi rai cwestiyne i ti. Wy angen datganiad am wariant arfaethedig ar Ysbyty Porthtywi.'

Nid dyna'r ymateb roedd Arwel wedi ei ddisgwyl ar ôl yr ymosodiad ffyrnig funud ynghynt.

'Wy'n cymryd bo ti 'di gweld synnwyr 'te?' meddai'n syn a gochelgar braidd. 'Achos os nag wyt ti, dyn a dy helpo di, Emma. Fydda i'n cadw llygad arnot ti. Ac un cam mas o le . . . y cam bach lleia . . . a fyddi di'n difaru pob blewyn sy ar dy ben di!'

Crymodd Emma ei phen ac osgoi ei lygaid. Ymdawelodd Arwel.

'Reit, os nag o's dim byd arall . . .?' ychwanegodd gan roi argraff o brysurdeb.

'Na, dim byd arall.' Dim byd na all gadw . . . meddyliodd Emma, gan godi ar ei thraed yn dwyllodrus o ddigynnwrf.

Cynigiodd ei law iddi ei hysgwyd. Roedd yn disgwyl iddi gyffwrdd â'i gnawd unwaith eto . . . Aeth ias fach o gryd i lawr ei hasgwrn cefn. A fyddai ysgwyd llaw yn arwydd iddo fe ei bod hi'n cydnabod mai fe oedd yn iawn, yn cydnabod bod yr hyn oedd yn gelwydd bellach yn wir . . .? Byddai, efallai, ond dim ond ar y wyneb. Gorfododd ei hun i ysgwyd ei law fain oedd bellach yn dalp o chwys, a gwylio'i wyneb yn llacio ryw gymaint gan ryddhad . . .

Rhyddhad oedd yn gwbl ddi-sail. O hyn ymlaen, Emma fyddai'n gwylio Arwel, yn gwylio i weld a gymerai un cam bach o'i le. Roedd penderfyniad newydd, tawel, oeraidd a chaled wedi ei meddiannu . . . Roedd wedi rhoi i Arwel gyfle teg i gyfadde, yn breifet . . . wedi rhoi iddo gyfle i glirio'i gydwybod . . . i wneud rhyw fath o iawn! Ond roedd e wedi ei wfftio. Wedi methu cymryd ei gyfle. Wedi gwrthod cydnabod un dim! Bellach roedd ganddi gyfiawnhad moesol i wneud iddo dalu drwy unrhyw ffordd bosib. A thalu fyddai raid iddo.

9

Roedd unigedd ei fflat newydd yn dechrau dweud ar Rhys. Nid fel hyn roedd hi i fod – y fe ar ei ben ei hun wedi symud i fflat oedd bellach yn teimlo braidd yn rhy fawr ac yn wag. Doedd Emma ddim wedi cysylltu ag e na rhedeg ar ei ôl, a doedd hynny'n ddim syndod. Allai e ddim ei dychmygu hi'n rhedeg ar ôl neb. A beth bynnag, roedd Rhys bellach yn cymryd o leiaf ran o'r cyfrifoldeb dros y ffrae danllyd oedd wedi arwain at y chwalfa. Roedd rhwystredigaeth cyfnod anodd wedi cyrraedd rhyw benllanw'r prynhawn hwnnw, a fynte wedi methu ei reoli ei hun. Roedd mor ddig ar ôl y ffrae nes iddo gerdded ar ei union i'r dafarn agosaf ac yfed nes bod ei waled yn wag. Ond bellach roedd y dicter a deimlai ar y pryd wedi cilio, a'r tristwch a'r chwithdod a deimlai o golli Emma wedi cymryd ei le. Ar ben hynny, roedd yn dal i'w holi ei hun yn dwll – beth ar y ddaear oedd wedi mynd o'i le? Beth oedd wedi digwydd i Emma a fynte? Neu efallai mai'r cwestiwn i'w ofyn oedd beth oedd wedi digwydd i Emma? Doedd e erioed wedi ei gweld hi mor fregus, mor oriog o'r blaen. Ond mwya i gyd roedd e'n meddwl am y peth, mwya siŵr yr oedd e nad y fodrwy oedd yn gyfrifol am y newid. Roedd hi wedi mynd i gwyno fwyfwy am ei gwaith. Ac efallai bod rhywbeth wedi digwydd yn y fan honno ac yntau'n ansensitif iawn yn troi arni'n ffyrnig am fynd am swydd arall. Efallai bod rhywbeth yn ei nychu ar y *Daily News*, rhywbeth nad oedd am ei gyfaddef wrtho fe – nac wrth Ann, chwaith, gan ei fod eisoes wedi ei holi hi.

Beth ar y ddaear allai e fod, felly? Roedd hi wedi cael ei hun mewn ambell gornel go gyfyng cyn hyn . . . trio dilyn ambell stori oedd wedi ei harwain i berygl. Ond roedd y perygl hwnnw'n rhywbeth roedd wedi gallu ei rannu ag e. Ei rannu, ac yn y pen draw, chwerthin amdano hefyd, wedi i'r perygl gilio. Pa fath o drafferth y gallai fod wedi mynd iddo y tro hwn, doedd ganddo ddim syniad. Ond roedd e *yn* poeni. Ac roedd e'n hollol siŵr ei fod e'n rhywbeth oedd wedi ei hysgwyd i'w chraidd. 'Dyw popeth ddim yn troi o dy gwmpas *di*,' oedd ei geiriau olaf cyn iddi godi ei phac a mynd 'nôl i Gymru. Roedden nhw'n eiriau oedd wedi brifo ar y pryd . . . yn eiriau oedd yn ei gau allan . . . ond trio dweud wrtho roedd hi ei bod wedi seilio'i phenderfyniad i fynd ar rywbeth arall. Nid ar eu perthynas nhw! Ond wrth gwrs roedd e, ar y pryd, yn rhy gibddall i weld hynny, am fod ei natur wyllt wedi cael y gorau arno, mwya'i gywilydd. Mwya i gyd roedd e'n meddwl am y sefyllfa, mwya i gyd roedd e'n difaru tynnu ffrae ffyrnig yn eu pennau ac wedyn gorffen â hi mor ddisymwth! Wedi meddwl amdani'n hir . . . nos a dydd . . . penderfynodd Rhys lyncu ei falchder ac estyn am ei ffôn.

'Sori! x' teipiodd ac anfon neges-destun, gan fawr obeithio cael ateb yn ôl.

Ymhen hir a hwyr daeth yr ateb hirddisgwyliedig.

'Diolch. x'

Wedyn fe fentrodd ffonio.

'Sori!' meddai eto. 'Fues i'n brat llwyr! O't ti ddim yn haeddu beth wedes i.'

'Nag o'n . . .' a thawelwch. Ond o leiaf roedd yr iâ wedi ei dorri.

'Wel, shwt ma' pethe'n mynd?' holodd Rhys.

'Iawn. Beth amdanat ti?' holodd hithau'n syth, i ddargyfeirio unrhyw sylw oddi wrthi hi ei hun.

'Iawn . . . Y fflat yn ocê, braidd yn fowr i un.' Ac arhosodd i weld a wnâi hi ymateb i hynny.

'Bydd rhaid i fi ffindo rhwle 'fyd,' meddai'n annisgwyl. 'Wy'n lot rhy hen i fyw gatre!'

'Ti'n mynd i aros yng Nghaerdydd 'te?' holodd, ei lais yn bradychu ei siom ar ei waetha.

'Am ryw hyd, falle. Wedyn . . . pwy a ŵyr?' atebodd yn enigmataidd braidd.

'Wy'n gweld dy ishe di, ti'n gwbod.'

'Finne 'fyd,' meddai hithau, wedi saib pwrpasol. Doedd hi ddim wedi bwriadu dweud hynny, rhag cymhlethu rhagor ar ei byd, ond roedd e'n wir ac roedd hi wedi methu ymatal.

Roedd yn ateb oedd yn rhoi mymryn o obaith i Rhys.

'Ti moyn cwrdda? Siarad . . .' cynigiodd. 'Trio 'to?' mentrodd a dal ei anadl, braidd.

Bu tawelwch am eiliadau oedd yn teimlo fel munudau, cyn iddo ailddechrau.

'Ma' rhwbeth arall yn dy fecso di. 'Blaw amdana i, on'd o's e? . . . Plîs, paid â 'nghued i mas, ta beth yw e . . . Allwn ni daclo fe 'da'n gilydd . . . fel ffrindie, os taw 'na beth ti moyn,' gorfododd ei hun i ychwanegu ar ei waethaf.

'Nage,' atebodd hithau o'r diwedd, ar ôl ymlid y dagrau o'i llais. 'Ddim 'na beth wy'n moyn. Ond wy'n gofyn i ti fod yn amyneddgar. 'Na i gyd. A phido holi drw'r amser! Plîs?'

Roedd hynny ynddo'i hun yn gyfaddefiad bod yna rywbeth roedd hi'n ei guddio. Ond doedd ganddo ddim syniad beth. A doedd wiw iddo bwyso rhagor neu fe allai ei cholli eto. Cytunodd, felly, i fod yn amyneddgar ac i'r ddau dreulio cyfnod ar wahân . . . ond gan gadw mewn cysylltiad.

A'r alwad wedi dod i ben, sylweddolodd Rhys nad oedd hynny'n ddigon. Nad cyfnod ar wahân roedd e 'i eisiau o gwbl. Ond o leiaf roedden nhw wedi siarad, cysurodd ei hun, ac roedd y drws yn gilagored. Sylwodd yn iawn am y tro cyntaf ar yr anhrefn o'i gwmpas, pethau'n dal yn eu bocsys . . . mygiau'n bentyrrau, ac olion têcawê yn gweiddi am gael eu taflu. O'r diwedd, penderfynodd, roedd hi'n bryd cael ychydig o drefn ar ei fyd!

*   *   *

Roedd pethau'n poethi yn y siambr a Wil Price, Arweinydd yr Wrthblaid, gŵr main a thal, â llais braidd yn annisgwyl o fenywaidd, wedi dechrau ymosod.

'Ma' rhestra aros y Gwasanaeth Iechyd yn or-gyfarwydd, bellach . . . ond ciwia o ambiwlansys y tu allan i sbytai fel gwelson ni ym Mhorthtywi ddoe!' Chwifiai bapur newydd wrth siarad, yr union bapur oedd yn croniclo'r anhrefn. 'Dwi'n dyfynnu geiria'r Prif Weinidog: "Ein camp fwyaf fel Llywodraeth yw creu Gwasanaeth Iechyd y mae pobol Cymru yn ei haeddu." Ai dyma ma' nhw'n haeddu?' gofynnodd gan godi ei lais ac ennyn ymateb brwd a byddarol gan yr wrthblaid o'r llawr.

Dechreuodd Arwel chwysu yn ei sedd wrth feddwl am ymateb etholwyr Porthtywi i gynnwys y papur. Roedd enw'i blaid yn faw ac roedd ei ddyfodol e yn y fantol unwaith eto. Sut yn y byd y gallai ennill Porthtywi â straeon fel hyn yn y papur? Diawliodd gŵn y wasg; eu diawlio nhw i gyd.

O'i flaen eisteddai Meirion, y Gweinidog Iechyd, yn rhedeg ei fysedd yn wyllt drwy weddillion ei wallt. Roedd yn difaru'n enbyd nad oedd wedi paratoi'n well ar gyfer y sesiwn heddiw; dylai fod wedi cymryd sawl joch arall o'r chwisgi a gedwid yn gyfleus yn nrôr ucha'i ddesg cyn mentro i'r siambr; roedd arno wir angen anesthetig cyn gwrando ar araith mor nerthol o ymosodol ei chynnwys. Suddodd Meirion ryw fodfedd neu ddwy yn is yn ei sedd wrth i'r heclo swnllyd gynyddu.

Yna roedd Bryn yn ceisio amddiffyn unwaith eto, yn rhoi ei ateb arferol oedd bellach mor gyfarwydd â phader,

110

'Mae'n rhaid i Arweinydd yr Wrthblaid gofio ein bod ni wedi gwario mwy nag erioed o'r blaen ar iechyd . . .' taranodd, ei lais yn cyhwfan i bob cornel o'r siambr a'r ymateb yn fwy ffyrnig fyth.

'Bwwwwwwwww!'

'Ond y gwir yw bod y galw wedi cynyddu!' bloeddiodd yn uwch wedyn. Ond i ddim diben. Diflannodd ei gymal olaf yn sŵn protest y siambr. Yna trawodd Llywela Hughes, y Llywydd, y bwrdd o'i blaen yn galed.

'Trefn! Trefn!' gwaeddodd, gan ymdrechu'n galed i gael ei chlywed uwch berw'r siambr.

Pwysodd Dai Davies, Prif Chwip a Chadeirydd, yn ôl yn esmwyth yn ei gadair gan fygu gwên hunanfodlon. Oni allai Bryn Rogers wneud gwell sioe ohoni na hyn, roedd ei ddyddiau fel Arweinydd yn prysur ddirwyn i ben!

'Sgỳm!' sgyrnygodd Bryn, a thaflu'r union racsyn y dyfynnwyd ohono i'r bin yn ei stafell.

'Cytuno'n llwyr!' porthodd Luned, ei Weinidog Datblygu Economaidd.

'Ma'n rhaid i ni neud rhwbeth! Ne' fe fydd hi 'di cachu arnon ni. A fydda i 'nôl ar y meincie cefen yn mwynhau amser gyda 'nheulu!' sgyrnygodd Bryn.

'Ond beth? Ni 'di gwario miliyne heb unrhyw gydnabyddieth!' mynnodd Luned.

'Ma' 'na un ffordd ymla'n,' dechreuodd Bryn, ei lygaid yn meinhau ac egin syniad yn dechrau gafael o ddifri.

'Ond do's dim arian!'

'Sdim angen arian i hyn: ad-drefnu'r Cabinet!' A syllodd arni'n benderfynol a heriol.

Llyncodd Luned. Pen pwy fyddai ar y bloc y tro yma, tybed? Aeth rhyw gryndod sydyn drwyddi. Na, na, fyddai e ddim yn mentro, meddyliodd, ddim a'r ddau yn 'deall ei

111

gilydd', fel petai. Eto, mewn byd mor gyfnewidiol, a theyrngarwch mor frau â hen femrwn, allai hi ddim bod yn gwbl sicr o ddim . . .

'Beth s'da ti mewn golwg?' holodd yn betrus.

Gwenodd Bryn arni wên un oedd yn barod i rannu cyfrinach.

Dechreuodd Luned ymlacio unwaith yn rhagor.

Cnociodd Dai yn gyflym, ddwywaith, ar ddrws swyddfa Bryn. Rai munudau ynghynt roedd y Prif wedi ei wysio i gyfarfod, a doedd ganddo ddim amcan beth oedd e am ei drafod.

'Mewn!'

Ufuddhaodd Dai, ac ymhen eiliadau roedd yn cyhwfan uwchben desg Bryn, ac yntau'n eistedd yn dwt y tu ôl iddi.

'Wel, stedda!' gorchmynnodd yr olaf, yn amlwg yn teimlo dan anfantais fel yr unig un ar ei eistedd yn y stafell, ond heb yr egni na'r cwrteisi i godi ar ei draed.

Estynnodd Dai gadair gyferbyn â Bryn, a thra oedd hwnnw'n dal i ystyried sut i godi mater go ddelicet â Dai, manteisiodd yr olaf ar gyfle arall i gorddi.

'Ma'r wasg yn ca'l modd i fyw!' prociodd, a disgwyl am ymateb Bryn.

'Wel, man a man iddyn nhw ga'l rhwbeth gwerth 'i adrodd 'te,' atebodd, fel un wedi derbyn ei giw o'r diwedd. Aeth Bryn ati wedyn ar fyrder i egluro bod yna newid swyddi ar droed. Heb ddisgwyl cam mor radical ganddo, roedd Dai wedi ei synnu, braidd, ond llwyddodd i guddio hynny'n rhyfeddol. Yna cafwyd distawrwydd rhwng y ddau, distawrwydd disgwylgar dau chwaraewr gwyddbwyll profiadol, y naill yn aros yn amyneddgar am symudiad y llall. O'r diwedd, pwysodd Bryn ymlaen. 'Ma' hyn braidd yn sensitif,' pwysleisiodd. 'A chithe'n hen ffrindie. Ond beth yw dy farn di am gyfraniad Meirion y dyddie 'ma?' A phwysodd yn ôl unwaith eto.

O'r diwedd roedd y darnau'n disgyn i'w lle, a Dai yn amau ei fod yn gwybod, bellach, beth oedd bwriad y cyfarfod – cael gwared ar Meirion. Yn rhannol oherwydd teyrngarwch i'w hen ffrind, ond yn bennaf oherwydd eiddigedd at Bryn a'r ymdeimlad o ddiawlineb a gorddai hynny ynddo, penderfynodd fod mor lletchwith ag y medrai.

'Mae e 'di rhoi blynydde o wasaneth,' pwysleisiodd Dai.

'Do, wrth gwrs. Ond . . . dyw 'i iechyd e ddim wedi bod cystel yn ddiweddar, odw i'n iawn?'

Gadawodd Dai i'r tawelwch chwyddo rhyngddynt a gorfodi Bryn i'w gyfiawnhau ei hun.

'Falle 'i bod hi'n bryd i ni dynnu'r pwyse oddi ar 'i 'sgwydde fe,' ychwanegodd wedyn.

''I hala fe 'nôl i'r meincie cefen ti'n feddwl?' gwawdiodd, yn sinigaidd braidd. 'Galle rhagor o newid ga'l 'i ddehongli fel panic! Ti 'di meddwl am 'na? . . . A bydde rhaid ca'l y person iawn yn 'i le fe wrth gwrs!' Pentyrrodd ei amheuon.

Amneidiodd Bryn ei gytundeb. 'Wrth gwrs,' pwysleisiodd. 'Ond rhywun cryfach na Meirion, rhywun cryf iawn o gymeriad fydde 'newis i.'

'O's 'da ti rywun mewn golwg?' holodd Dai, a'i feddwl yn gwibio drwy res o enwau aelodau posib . . . nes iddo sylwi bod y wên ysgafnaf yn dechrau cyrlio yng nghornel ceg Bryn.

Dechreuodd calon Dai suddo fel plwm.

Funudau'n ddiweddarach, roedd yn gwthio drws Meirion led y pen ar agor ac yn rhuthro i mewn fel tarw gwyllt gan arllwys ei lid ar focs cardfwrdd mawr oedd ar ei lwybr. Baglodd a'i gicio'n ddidrugaredd nes bod ei sŵn yn atseinio i bob cornel o'r stafell.

Roedd Meirion wedi codi'i ben yn swrth o'i bapurau. 'Pnawn da i tithe 'fyd!'

'Ti'n amlwg heb glywed!' meddai Dai.

'Clywed beth?'

'Odi e 'di gofyn am ga'l dy weld di?'

'Mewn deng munud. Llymed bach dros y galon?' cynigiodd Meirion, gan dynnu potel o'i ddrôr. 'Licet ti . . .?'

'Licen!' cytunodd Dai, fel dyn yn gweld gwerddon mewn diffeithwch.

'Swno fel 'set ti angen e!' Difrifolodd Meirion. ''Da fi syniad go dda be sy'n 'y nishgwl i, cofia. Ar ôl y papure bore 'ma. Cic yn 'y nhin ga i. Pob lwc i'r mỳg nesa, weda i! O's 'da ti syniad pwy fydd e?'

'Ti'n dishgwl arno fe, Mei!'

Llyncodd Dai ei lymaid ar ei dalcen.

Gollyngodd Meirion ochenaid o gydymdeimlad cyn codi ei wydryn. 'Croeso i'r ffau, Dai!' ebychodd.

Toc roedd y newydd wedi ei gyhoeddi a Dai a Bryn ar fainc yn wynebu cynhadledd i'r wasg.

'Dwi'n cydnabod 'y nyled i Meirion Vaughan am ei wasanaeth fel Gweinidog Iechyd,' cyhoeddodd Bryn. 'Ei olynydd fydd y cyfaill dawnus, Dai Davies, sy hefyd â blynyddoedd o brofiad,' ac amneidiodd i gyfeiriad Dai. 'Mae'n bleser gen i gyhoeddi cabinet grymus fydd yn gweithredu polisïe ardderchog, ac yn ein harwain ni'n hyderus i'r etholiad nesa. Unrhyw gwestiyne?' holodd Bryn.

'Ydych chi'n ystyried hyn yn ddyrchafiad, Mr Davies?' holodd un o'r newyddiadurwyr.

'Dwi'n 'i ystyried yn her newydd fydd yn rhoi cyfle i fi chwarae rôl allweddol mewn maes eithriadol bwysig,' a gwenodd yn gwta.

'Ac ydi derbyn yr "her" yma'n golygu eich bod chi 'di rhoi heibio'ch uchelgais i arwain Plaid y Bobol?' Y ddraenen wrthi eto, yn crafu, crafu.

'Yr hyn sy'n bwysig nawr yw cydweithredu er lles y wlad . . .' ac offrymodd Dai wên blastig broffesiynol arall.

'Felly rych chi 'di colli pob diddordeb mewn arwain 'ych plaid?' pwysodd wedyn, am y trydydd tro.

'Doedd hwn byth yn mynd i ildio!' gresynodd Dai. Plethodd ei freichiau'n gwlwm amddiffynnol ac ateb drwy ei ddannedd, 'Alla i ddim dychmygu amgylchiade lle byddwn i'n sefyll am yr arweinyddiaeth ar hyn o bryd.' A fyddai fawr o ddiben iddo wneud chwaith, meddyliodd, ac yntau bellach am fod yn brif gocyn hitio'r wrthblaid a'r wlad. Drwy gil ei lygad gwelai fod Bryn yn gwenu'n foddhaus ar yr haid o'i flaen. Roedd y diawl wedi'i wneud e eto. Wedi tynnu'r carped reit o dan ei draed. Y bastard ag e!

'Llongyfarchiadau!' sibrydodd Arwel wrth Dai wedi iddo gwblhau ei gyfweliad â'r wasg. 'Swydd anodd, ond alla i ddim meddwl am neb gwell i'w gneud hi,' ychwanegodd yn ddiffuant. Gwyddai'n iawn y bydden nhw i gyd ar eu hennill o gael meddwl chwim Dai yn taclo talcen mor galed.

Ond roedd Dai'n rhyfeddol o dawel.

'Wy'n cymryd y bydd Ysbyty Porthtywi yn uchel ar dy rester di,' pwysodd Arwel wedyn.

Ochneidiodd Dai, 'Neith y wasg yn siŵr o 'ny. Fydda i'n meddwl weithie pwy sy'n rhedeg y blydi wlad 'ma!'

Roedd ei eiriau'n taro tant gydag Arwel. Sylweddolai bwysigrwydd cael y wasg o'i blaid . . . Yna, drwy gil ei lygad, gwelodd Emma yn cyflymu ei chamau tuag atynt. Beth oedd hon eisiau nawr? Dechreuodd chwysu wrth feddwl am y gachfa y gallai hon fod wedi ei chreu tasai e heb lwyddo i gau ei cheg. Os oedd e wedi llwyddo, hefyd . . .

Safodd Emma rhwng Arwel a Dai.

'Alla i ga'l gair, yn breifat?' gofynnodd i Dai.

Am eiliad, teimlodd Arwel banig yn saethu drwyddo. Beth ddiawl oedd mor bwysig? Mor breifat, meddyliodd. Doedd hi ddim wedi dechrau ar unrhyw driciau, gobeithio!

Yna roedd Emma'n troi ato'n sydyn ac yn cyflwyno iddo wên gwrtais, ond ychydig yn lletchwith, efallai.

'Sori, esgusoda ni, Arwel . . . Mater brys!'

Toc roedd hi a Dai yn diflannu drwy'r drysau gwydrog ym mhen draw'r cyntedd. Oedd y wên gwrtais a gawsai'n awgrymu bod yr hen elyniaeth wedi mynd? Neu a oedd hi, Emma, y funud honno, yn gwneud ensyniadau amdano wrth Dai? Yn corddi hen orffennol y dylai fod wedi ei gladdu? Na, roedd e'n amau hynny'n fawr. Anadlodd yn ddwfn a rhoi ffrwyn ar ei baranoia. Tybiai fod Emma bellach yn ddoethach nag y bu, a'i bod yn deall erbyn hyn yn nwylo pwy roedd y grym. Roedd hi wedi dysgu ble i stopio, yn gwybod pryd i ildio a derbyn ei bod wedi ei threchu. Gan dybio nad oedd Emma bellach yn broblem, caniataodd Arwel iddo'i hun anadlu ychydig bach yn fwy rhydd.

Tynnodd Dai ddrws ei swyddfa yn dynn y tu ôl iddynt. Cymerodd dudalen y datganiad o ddwylo Emma.

'Ie, os newch chi fwrw golwg?'

Sgimiodd Dai'n gyflym. 'Gwych. Sbin bositif iawn ar gachfa lwyr.' Synnodd ato'i hun, yn gadael i'w negyddiaeth ferwi i'r wyneb yng ngŵydd y swyddog newydd.

Gwenodd Emma, yn falch o'r ddealltwriaeth amlwg oedd wedi caniatáu iddo ymlacio, a dangos ei deimladau yn ei gŵydd.

'Mi alle fod yn gyfle i neud marc,' cynigiodd yn ofalus.

'Mewn job amhosib?' Pasiodd y ddalen yn ôl i Emma.

'Neith hwnna'n iawn.' A dechreuodd gerdded at gwpwrdd yng nghornel ei swyddfa lle cadwai ei wirod. Gwyliodd Emma ef yn arllwys ei soriant i wydryn oedd wrth law a'i lyncu ar ei dalcen.

'Sori! Ddylen i gynnig . . .?'

Ysgydwodd Emma'i phen. 'Na, ddim i fi.' Ond daliodd i oedi. 'Nid y datganiad oedd y mater brys, fel mae'n digwydd,' ychwanegodd.

Trodd Dai ac edrych arni'n syn.

'Falle nad yw pethe cynddrwg ag y ma' nhw'n edrych,' ac estynnodd ddalen arall i Dai fwrw golwg drosti. Roedd Emma wedi bod yn pori yng nghyfrifon y Gyllideb yn hwy nag yr oedd wedi ei fwriadu. Cawsai hyd i'r ffigurau gwariant ar iechyd yn weddol ddiffwdan, ond roedd rhyw reddf newyddiadurol wedi ei chymell i ddal ati i bori ymhellach.

Hanner awr yn ddiweddarach roedd yn cofnodi ffigurau ar wariant economaidd, ac yn cnoi cil dros ddarganfyddiad annisgwyl. Un llawer mwy arwyddocaol na'r gwariant arfaethedig ar Ysbyty Porthtywi!

Paciodd Luned ei bag, yn falch o weld diwedd ar ddiwrnod a welodd ryw fini-chwyldro yng nghoridorau'r Cynulliad. Ond cysurodd ei hun na châi'r newid gymaint â hynny o effaith arni hi. Hwyrach y gwnâi fywyd fymryn yn haws pe bai Dai yn ymroi i'w swydd newydd â'r un afiaith ag y gwnaeth fel Prif Chwip yn hel gwybodaeth i'w Lyfr Bach Du. Âi rhyw gryd bach drwyddi pan feddyliai am gynnwys hwnnw. Twtiodd fymryn bach ar ei cholur yn nrych ei bag llaw cyn ymlwybro i swyddfa Bryn.

Curodd ar y drws a mynd i mewn. 'Iawn, Bryn?'

'Rhyfeddol,' atebodd, a gwên lydan ar ei wyneb.

'Beth am ddrinc bach i ddathlu?'

Camodd y wên ryw fymryn. Taflodd gip ar ei watsh.

'Sori,' atebodd, 'wy'n dishgwl Edwina unrhyw funed. Ma' hi lawr yn siopa, a wy 'di addo mynd am fwyd a . . .'

'Nosweth fach gysurus yn y fflat, ife?' Roedd ei llais yn drwm gan goegni.

'Sori,' cafodd Bryn ei hun yn ymddiheuro eilwaith, ymron yn ymgreinio . . . 'Ti'n gwbod taw ond cadw wyneb 'yn ni a . . .'

Ochneidiodd Luned yn ddiamynedd. Trodd ar ei sawdl gan daflu rhyw 'Wela i di, Bryn,' swta dros ei hysgwydd, a thynnu'r drws yn glep ar ei hôl.

Cododd Bryn ei ysgwyddau'n gymharol ddi-hid. O, wel, allai neb blesio dwy drwy'r amser, meddai wrtho'i hun, gan ddychwelyd at y pentwr papurau ar ei ddesg.

Roedd llygaid Dai'n serennu.

'Ma' hi Luned wedi bod yn esgulus. Rhy fishi'n meddwl am y tŷ haf 'na'n Sbaen, sbo.'

'Sori?'

'So ti'n gwbod? Hwnna ma' hi a Bryn yn gyd-berchnogion arno fe . . .' a winciodd i awgrymu'r gweddill cyn difrifoli drachefn. 'Wel, os nag yw hi wedi gwario'r arian oedd i fod ar gyfer diwydiant, fe facha i e a'i wario ar iechyd!'

Yn y man roedd Dai wedi taro ar gracar o syniad – un na fyddai'n hawdd ei wrthwynebu – sef creu ymgyrch boblogaidd a dynnai sylw oddi wrth yr holl gachu arall roedd yr wrthblaid yn ei daflu atynt o hyd ynglŷn â diffygion y gwasanaeth iechyd. Ymgyrch wrth-gyffuriau fyddai hon ac un y byddai e, yn naturiol, yn ei harwain. Ac yntau'n ddyn eithriadol o anodd i'w drechu, fe godai Dai eto fel ffenics o'r llwch.

'Reit, ti'n meddwl alli di hau rhyw hedyn bach yn y wasg?' gofynnodd.

'Fydd rhaid 'i gliro fe 'da Bryn gynta, siŵr o fod?' holodd Emma'n ofalus.

'Gad ti Bryn i fi,' mynnodd yn bendant. 'Cer di i ga'l gair bach â dy gontact,' siarsiodd. 'A gore po gynta!'

Ychydig yn ddiweddarach aeth Dai i gyfarfod ag Emma yn nhafarn yr Eli Jenkins er mwyn sicrhau bod y stori wedi ei hau a'i medi'n llwyddiannus.

'O'dd hi'n hapus 'da'i sgŵp?' holodd.

'Wrth 'i bodd.'

'I'r dim! Reit, beth licet ti? 'Da ni waith dathlu!'

'*Spritzer*, plîs.'

Tra bod Dai'n archebu croesodd Emma i'r tai bach a sylwi bod Luned yn magu ei Chardonnay yn unig yn y gornel, ac yn pori drwy gylchgrawn 'run pryd.

'Ma' ishe cwmni arni, glei,' awgrymodd Dai a'i lygaid yn dawnsio wrth arwain Emma a'i diod tuag ati.

'Luned . . . wyt ti'n cwrdda rhywun?' holodd. Roedd y mymryn lleiaf o bwyslais ar y 'rhywun' hwnnw yn awgrymu cyfrolau. Deallodd Luned y pwyslais a'i anwybyddu.

'Na, neb o gwbwl. Dewch i ishte!'

'Diolch.'

'A shwt 'ych chi'n setlo, Emma? Odi hi'n ddigon cyffrous i chi 'da ni?'

'Dwi wedi ca'l diwrnod llawn iawn,' atebodd hithau'n ddiplomatig gan daflu cipolwg awgrymog ar Dai.

'Odi wir. Ges inne ddiwrnod a hanner 'fyd,' ategodd Dai.

'Ie, ma' iechyd yn gyfrifoldeb mawr . . .' awgrymodd Luned yn llawn cydymdeimlad.

'Wrth gwrs. Mae'n cwmpasu pob math o feysydd diddorol . . .' meddai Dai'n sionc.

'Wel odi,' porthodd Luned, yn dechrau synnu bod Dai mor barod i roi ei ysgwydd dan y baich.

'Allet ti weud 'mod i 'di dechre arni'n barod. Fues i'n pori ym mhapure'r Gyllideb yn gynharach.'

'O?'

'A gneud darganfyddiad bach diddorol. Ma' 'na danwariant o filiyne o bunne yn yr Adran Datblygu Economaidd.'

'Beth!' Roedd Luned yn fud gan sioc. Eiliadau'n ddiweddarach roedd yn carthu ei llwnc ac yn cael hyd i'w llais. 'O, ie, ie. Wrth gwrs, o'n i wedi meddwl codi'r peth gyda Bryn wythnos 'ma,' meddai, gan besychu'n nerfus.

'Swmyn bach teidi,' ychwanegodd Dai. 'Mwy na digon i redeg ymgyrch lwyddiannus, boblogedd, i ddod â ni 'nôl ar 'yn tra'd. Ymgyrch wrth-gyffurie s'da fi mewn golwg, beth ti'n feddwl?'

'Wel, wy'n siŵr fod gan Bryn 'i syniade.'

'Bosib iawn, ond ches i'm cyfle i'w holi e pnawn 'ma; o'dd gyment o hast i gysylltu â'r wasg.'

'Beth?' holodd Luned eto, yn methu credu ei hyfdra a'i frys.

'Wel, cyn i'r wrthblaid glywed! Fydde hi'n ddominô arnon ni wedyn!' A chododd Dai ei wydryn ar Luned. 'Iechyd!'

Sipiodd Luned ei gwin, ond roedd y diferion rywsut yn mynnu llithro i'r twll rong gan beri iddi dagu fwy fyth. Dechreuodd Dai guro'i chefn yn eofn o gadarn.

'Mae'n iawn,' ymdrechodd Luned pan gafodd hyd i'w hanadl. 'Iawn,' meddai, a dal i besychu'n dawel.

Roedd heddiw, meddyliodd, wedi bod yn fega-chwyldro!

*   *   *

Fore trannoeth agorodd Bryn ei bapur, yn disgwyl dim byd gwaeth nag oedd yn yr un rhacsyn ddoe. Ond roedd ergyd annisgwyl yn ei aros. Beth gythrel . . .?! Yn syllu arno o ail dudalen y papur newydd roedd ffeithiau y gallai daeru eu bod yn gelwyddau, polisïau na wyddai ef, fel Prif Weinidog, ddim oll amdanynt! Y Llywodraeth i fuddsoddi'n helaeth mewn ymgyrch wrth-gyffuriau . . .? Yn ei gynnwrf, trawodd ei gwpanaid coffi â'i law nes i'r hylif tywyll lifo'n ffos dros y ddalen frau o'i flaen.

Cnoc sydyn ar ei ddrws ac roedd Dai yn gwthio'i ffordd i mewn.

'Bore da!' bloeddiodd.

'Bore blydi cachu ti'n feddwl!' ynganodd Bryn drwy'i ddannedd. 'Beth ffwc ti'n feddwl wyt ti'n neud? Llunio polisïe yn 'y nghefen i a'u bwydo nhw i'r wasg? Ti *yn* cofio pwy yw'r Prif Weinidog, wyt ti?'

'Am ryw hyd . . .' Llithrodd y geiriau mor rhwydd i enau Dai, doedd dim modd iddo'u rhwystro. Yna gwyliodd wep ei arweinydd yn troi o goch i gochach ac wedyn i gochbiws afiach, cyn prysuro i ychwanegu, 'Tase'r bobol yn dod i ddeall bo' ti heb hala arian o'dd i fod i ga'l 'i ddefnyddio i greu swyddi i gannoedd o bobol, fydde hi 'di canu arnot ti a'r Llywodreth!'

'Am beth ffwc ti'n siarad?' Roedd ei boer bellach yn cronni yng nghonglau ei geg.

'Ma' 'na danwariant o filiyne wedi bod ar ddatblygu economaidd,' eglurodd Dai'n bwyllog. 'Dyw Luned ddim 'di sôn?' holodd yn felfedaidd.

'Beth?'

'Tanwariant am 'leni. Yffach o gawlach!'

'Dyw Luned . . . ym . . . ddim 'di sôn gair!' cloffodd Bryn.

'Na, wel . . . alla i ddeall pam.' A charthodd Dai ei wddf. 'Ond 'na fe, ma'r gore'n gneud camgymeriade withe . . .' ychwanegodd yn nawddoglyd o garedig. 'Ond tase'r wybodeth 'na'n dod mas, fydde hi'n ddominô arnon ni i gyd! Shwt fyddet ti'n egluro wrth y cannodd gollodd 'u swyddi'n y ganolfan alwade 'na bod ti'n ishte ar yr arian a alle fod wedi 'u helpu nhw, a tithe ddim yn gwbod beth i' neud ag e? Fydde pawb am dy wa'd di!' mynnodd, yn mwynhau mynd i hwyl.

Roedd Bryn, ar y llaw arall, wedi'i daro gan fudandod sydyn a Dai, yn amlwg, wedi'i gladdu e mewn twll na allai ddringo ohono. Teimlodd bod y gwres o dan ei goler yn llethol erbyn hyn a llaciodd y botwm.

'Ma' hi 'bach yn dwym 'ma, on'd yw hi?' meddai Dai. 'Y sêt 'na'n crasu!' ategodd dan ei anadl, a chwerthin yn isel ym mhlygiadau ei wddf.

'Beth wedest ti?' brathodd Bryn.

'Gweud o'n i, os nag wyt ti'n gwrthwynebu, fe drefna i bod y stori'n ca'l 'i chyhoeddi'n swyddogol!' A charthodd eto cyn cerdded o'r swyddfa a'i ben yn uchel.

O glywed clep y drws yn cau, suddodd Bryn yn ddyfnach fyth i'w sedd. Crymodd ei ben nes ei fod yn gorffwys yn ei ddwylo. Pwy ddywedodd fod wythnos yn amser hir mewn gwleidyddiaeth? Roedd ei hen elyn peryglus wedi bownsio'n ôl a throi'r fantol mewn cwta ddiwrnod! A doedd dim geiriau digon cryf yn ei feddiant i fynegi ei siom, na'i rwystredigaeth.

Ie, a beth am Luned? meddyliodd wedyn, ac ochneidio. Hwyrach mai gair dros ginio fyddai orau gyda hi.

Rai oriau'n ddiweddarach, roedd Bryn a Luned yn eistedd mewn cornel dawel o fwyty Eidalaidd yn y Bae, a llawer mwy na bwrdd bach wedi ei arlwyo'n berffaith yn fur rhwng y ddau. Gellid bod wedi torri'r awyrgylch â'r gyllell bysgod sylweddol oedd wedi ei gosod o flaen Bryn. Roedd Luned wedi treulio rhyw ddeng munud go dda yn gwrando'n astud arno'n adrodd helyntion y bore.

'Ma' Dai wedi ca'l 'i ffordd 'te?' ochneidiodd Luned, ei chrib wedi ei thorri'n llwyr.

'O'dd 'da fi ddim dewis ond cytuno i'r ymgyrch wrth-gyffurie a'i weld e, Dai, yn 'i lordo hi!' cwynodd Bryn gan daflu cip arall edliwgar, ar ei waethaf, ar Luned.

'A 'mai i yw'r cwbwl, wy'n gwbod.' Roedd hi wedi syrthio ar ei bai ganwaith eisoes, ond roedd hi'n dal i ddisgwyl clywed Bryn yn dweud bod popeth yn iawn, nad oedd yn dal dig ac y câi faddeuant toc. Ond, mor belled, doedd maddeuant ddim wedi dod.

'Ma'n wirioneddol flin 'da fi!' meddai wedyn. 'Beth arall alla i weud?' erfyniodd.

Llyncodd Bryn wydraid o win coch ar ei ben i weld a feiriolai hynny ryw gymaint ar ei dymer. Cafodd y gwin rywfaint o effaith, roedd hynny'n amlwg, gan iddo o'r diwedd ildio ychydig bach i'r perswâd amlwg yn llygaid mawr Luned.

'Wel . . . 'yn ni yn mynd 'nôl yn bell, yn rhy bell i adel i hyn ddod rhyngddon ni,' addefodd o'r diwedd.

A dyna nhw, y geiriau hud roedd Luned wedi disgwyl amdanynt. Gwenodd ei diolch ar Bryn, i geisio'i feddalu ymhellach. Estynnodd law yn barod i gyffwrdd â'i law yntau oedd yn gorwedd ar ymyl y bwrdd, ond symudodd honno braidd yn rhy sydyn o'i gafael. Roedd Bryn, yn amlwg, yn dal yn aflonydd ac yn bigog.

'Ond,' pwysleisiodd Bryn, 'bydd raid i ni gadw llygad barcud ar Dai o hyn ymla'n!'

'Wrth gwrs,' cytunodd Luned.

'Ne' nage dim ond yr ymgyrch fydd e'n 'i harwen!'

'Mm . . . ie . . .' A phwysodd Luned yn ôl yn ei sedd yn fyfyrgar. 'Heblaw, wrth gwrs . . .'

'Beth?'

'Wyt ti'n meddwl taw Dai yw'r dyn gore i arwen yr ymgyrch 'ma?'

'Beth?'

'Wel . . . ma'i oedran yn 'i erbyn e. A'i ddelwedd e hefyd, weden i. Braidd yn henffasiwn, so ti'n meddwl?'

Lledodd llygaid Bryn ryw fymryn, y melinau'n dechrau troi.

'Ymgyrch sy'n targedu pobol ifenc yw hon i fod, nage fe? Ti angen rhywun mwy . . . trendi, nag wyt ti?' holodd Luned a gwên fach yn chwarae o amgylch ei gwefusau.

Roedd y wên honno'n heintus. Pwysodd Bryn ymlaen, ei wên yn lledu fodfeddi o glust i glust a'i lygaid yn disgleirio o'r diwedd.

'Wy'n credu bo' ti'n iawn.' Yna cloffodd . . . 'Ond . . . fydde rhaid meddwl am rywun yn 'i le fe, hefyd.'

'Wy'n siŵr feddyliwn ni am rywun,' pwysodd Luned, yn daer am gynnal ei hwyliau.

'Ie, rhwbeth i gnoi cil arno fe,' meddai Bryn yn fyfyrgar.

'Pan fydd cyfle . . .'

'Ie . . . ontefe?'

'O's 'na obeth am ryw gynhadledd fach yn rhwle cyn bo hir?' holodd Luned yn eiddgar.

'Wy'n siŵr y gallwn ni ffindo un,' atebodd Bryn. 'Ma' rhaid gneud yn fowr o'r tŷ haf 'na sy 'da ni.'

'Cytuno'n llwyr,' ychwanegodd Luned, gan godi ei gwydryn at ei gweflau. 'I'r gynhadledd nesa, 'te?' cynigiodd.

10

Pasiodd Rhys fŵg o goffi i Ann, cyn eistedd yn ei hymyl ar seddi plastig un o'i hoff gaffis. I'r fan honno yr âi gan amlaf pan oedd e eisiau dianc o'i fflat i wylio'r byd yn mynd heibio. Ond roedd yno heddiw ar symans gan Ann.

Plethodd hithau ei dwylo am y coffi chwilboeth i geisio adennill ei gwres. Roedd mis Tachwedd wedi troi'n oer a llwydaidd yn sydyn iawn gan lawn haeddu'r llysenw 'Mis Du', a düwch y gaeaf yn ymestyn yn dwnnel o'u blaenau. Doedd Ann ddim yn edrych ymlaen at nosweithiau hir ac oer y gaeaf yn ei hen fflat ddrafftiog.

'Diolch i ti,' meddai wrtho.

'Na, diolch i *ti*. Falch ca'l dod mas o'r fflat 'na!' mynnodd Rhys.

'Hei, paid siarad fel 'na am dy fflat newydd grand!'

Gwyddai Ann yn iawn nad oedd yr un hud yn perthyn i'r lle ers i Emma wrthod symud yno i fyw gydag e ac wedyn ei baglu hi 'nôl i Gymru. Doedd Ann ddim yn rhy siŵr beth oedd y sefyllfa rhyngddyn nhw, bellach, ac roedd Rhys wedi bod yn dawedog iawn yn ddiweddar.

'Ti 'di siarad efo Emma wedyn?' holodd Ann.

'Do! Mae'n iawn. Mae'n *ocê*!' meddai, yn amlwg yn gwthio rhyw bendantrwydd i'w lais i guddio'r ansicrwydd oddi tano.

'Ma' isho darllan 'i phen hi, os ti'n gofyn i mi,' mynnodd Ann.

'Ie, gwitho i ryw blydi blaid lwgwr!'

'A rhoi tri chan milltir rhyngddi hi a chdi.' A dyna hi wedi mentro ar ddau gownt – codi'r caead ar ei theimladau ei hun, a rhwbio halen i friw Rhys. 'Ddudodd Emma bod bob dim drosodd.'

'Pryd o'dd hyn?'

'Pan dda'th hi i'r gwaith i roi notis. A cha'l uffar o ffrae efo Patrick.'

'Wel . . . dyw popeth ddim drosto . . . ni'n ca'l cyfnod ar wahân, 'na i gyd.'

'Be? Ddim gweld 'ych gilydd 'lly? Ne' anghyfleus 'di o?'

Trodd Rhys ei goffi'n araf i osgoi ateb ar ei union. 'Dwyawr ar y trên; dyw e ddim fel 'se hi'n y Tora Bora, odi e?' meddai wedyn yn ysgafn, gan osgoi edrych i'w llygaid.

'Nacdi, siŵr,' atebodd Ann yn frysiog. 'Cofia fi ati pan ti'n siarad efo hi.'

'Siŵr o neud.' A disgynnodd rhyw dawelwch bach chwithig yn llen rhwng y ddau.

Ond dim ond am eiliad, cyn i Rhys lywio'r sgwrs yn ôl i ddyfroedd mwy diogel. 'Wel, beth yw'r gwaith 'ma ti'n gynnig i fi?'

Rhoddodd Ann ei mŵg i lawr yn ofalus.

'Sut fysa chdi'n lecio cydio yn y gwaith ro'dd Emma'n 'i neud?'

'Beth? Ma' Patrick yn cynnig swydd i fi?' a throdd pen neu ddau i wrando ar ei weiddi annisgwyl.

'Na, ddim cweit . . .' gostyngodd Ann ei llais. 'Sut fysa chdi'n lecio dilyn straeon y Cynulliad?'

Chwarddodd Rhys yn sinigaidd.

'Ma' Patrick yn frwd!' mynnodd Ann, wedi camddehongli ei ymateb. 'Petha digon dan din yn mynd mla'n yno, medda fo,' ychwanegodd.

'Medde fi. Fi sy 'di bwydo hanner y stori i Patrick – drw' Emma. Am y ffatri ti'n sôn . . .?' holodd yntau.

Amneidiodd Ann. 'Wel, mwy o reswm i fynd amdani . . . Cym' di'r clod!' pwysodd.

Ond eiliadau'n ddiweddarach, roedd Rhys yn ysgwyd ei ben.

'Dwlen i, ond . . . fydden i'n rhoi Emma mewn sefyllfa letwhith.'

''Sa hi'n medru bod o help!' hanner chwarddodd Ann yn gloff.

'O, der' mla'n! Y peth dwetha ma' hi moyn yw sboner yn twrio baw. Wedyn sori, ond na yw'r ateb.'

''Di hyn ddim fatha chdi, 'sti!'

'Wel, falle 'mod i 'di newid.'

'A do's 'na'm siawns i mi dy newid di 'nôl?' Roedd ei llygaid yn fflyrtio ar ei gwaetha.

Osgôdd Rhys ei llygaid unwaith eto. 'Sori. Ond ma' 'mherthynas i ag Emma yn werth mwy na cwpwl o benawde bras.'

''Mond cynnig o'dd o!' Gwenodd Ann yn ôl yn wan, cyn yfed gweddillion y coffi, oedd bellach wedi colli rhywfaint o'i flas.

*   *   *

Roedd Emma ar ei ffordd i wrando ar sesiwn y prynhawn yn y siambr – trafodaeth fyr-rybudd ar yr ymgyrch wrthgyffuriau arfaethedig; fyddai hi ddim yn ei cholli am y byd, a'r cyw aelod newydd yn cyflwyno'i araith forwynol ar y pwnc. Roedd hi yno'n rhannol er mwyn gweld sut dderbyniad a gâi Arwel. Ac roedd hi hefyd yn chwilfrydig i weld sut oedd ei sgiliau areithio erbyn hyn – wedi eu caboli, efallai? Neu wedi colli afiaith ieuenctid? Roedd hi am wybod am bopeth o bwys oedd yn digwydd i Arwel yn y Bae. Wedi'r cyfan, roedd gwybodaeth yn arf pwerus. Taflodd gip cyflym ar ei watsh a phrysuro'i chamau; fynnai hi ddim bod yn hwyr i'r siambr, ond fynnai hi ddim chwaith orfod dod allan yn nes ymlaen ac efallai colli rhan bwysig o'r drafodaeth. Felly trodd am y tŷ bach ar ei ffordd.

Wedi gwthio'r drws ar agor, stopiodd yn stond. O'i blaen yn y drych roedd adlewyrchiad nas gwelsai ers oes – heblaw'r cip sydyn a welodd o bell, un pnawn Sul yn y Bae. Gwelodd hefyd ei hadlewyrchiad ei hun yn y drych a sylweddoli y gwelai Lois, felly, yr un ddelwedd yn union â hi. Y nhw ill dwy, gyda'i gilydd, y naill y tu blaen a'r llall ychydig y tu ôl. Trodd Lois yn sydyn i'w hwynebu. Tynnodd Emma ei hanadl yn gyflym.

'Lois,' meddai, gan geisio cuddio'i syndod. Dylai fod wedi ei pharatoi ei hun ar gyfer hyn. Roedd synnwyr yn dweud y byddai'n dod ar ei thraws rywdro, ond doedd Emma ddim wedi ystyried mai heddiw fyddai'r diwrnod hwnnw.

'Wel dyma be ydi syrpreis!' Y coegni amddiffynnol yn llais Lois wedi ei thaflu am eiliad.

'Beth? . . . O'dd Arwel heb sôn?' pysgotodd Emma.

'Wrth gwrs bod e 'di sôn! Sdim byd mae e'n 'i guddio 'tho i.'

Dyna oedd hi'n ei feddwl. Lois druan, yr un mor naïf bymtheg mlynedd yn ddiweddarach!

'Be ti'n da 'ma, Emma?' brathodd wedyn.

'Mynd i wrando ar y ddadl. Casglu gwybodaeth i greu datganiade. Ti'n gwbod . . . gneud 'yn swydd!'

'Swydd!' wfftiodd Lois. 'Pam dod yma rŵan . . . rŵan fod Arwel yma?' pwysodd.

'Rhesyme personol.'

'Ia, mwn!'

Bron nad oedd Emma'n gallu arogli'r ofn a deimlai Lois a'r ofn hwnnw'n treiddio i mewn iddi hithau, yn ei hatgoffa o'r hunllef oedd wedi eu gwahanu.

'Beth ti'n 'i ofni, Lois? Beth sy'n dy fecso di?' holodd.

Becso, becso . . . sdim ishe i ti fecso! Y hi dda'th ar 'yn ôl i!

Gwthiodd Lois y lleisiau i'r naill ochr a'i hateb yn eofn.

'Bo chdi yma i greu trwbwl . . .' mynnodd.

Ma' hi mas i greu trafferth . . . trafferth!

Dewisodd Emma rym distawrwydd unwaith eto gan orfodi Lois i lenwi'r gofod drwy fradychu ei meddyliau.

'Am bo' chdi'n genfigennus . . . Yn flin ma' fi cafodd o!'

Ma' hi'n trio'n gwahanu ni . . . gwahanu ni, Lois!

'Na, Lois, fues i erio'd yn genfigennus! Yn grac – do! Yn lloerig am beth nath e i fi! Ond cenfigennus, Lois – na!' Ar ei gwaethaf roedd llais Emma'n codi i bitsh direolaeth.

Yna roedd y drws allan ar agor eto a Luned yn cerdded i mewn.

'Popeth yn iawn 'ma?'

'Odi!' atebodd Emma, gan ddofi ei dicter unwaith eto.

Ciliodd Lois heb gymaint ag edrych i'w chyfeiriad, a dihangodd Emma i giwbicl cyfagos. Pwysodd ei phen ar oerni'r wal am ennyd a sylweddoli bod ei thasg yn un ddeublyg. Nid dim ond wrthi hi roedd angen i Arwel gydnabod y gwir, ond wrth Lois hefyd, Lois druan, Lois bathetig, efallai. Ond roedd hi'n haeddu clywed y gwir . . . wedi pymtheg mlynedd a rhagor o gredu celwyddau Arwel.

*   *   *

Yn y siambr, roedd gwres y prynhawn yn bwysau ychwanegol ar ysgwyddau Bryn wrth iddo frwydro'n flinedig ymlaen i ddiwedd ei araith. Wyddai e ddim ai'r ffordd anffodus roedd y syniad o ymgyrch wrth-gyffuriau wedi dod i fod, a Dai yn ei gornelu fel y gwnaeth e, oedd i gyfrif am ei araith ddi-ffrwt ai peidio, ond yr un oedd y canlyniad, sef araith nad oedd yn tanio, ac nad oedd yn cael yr ymateb roedd wedi gobeithio amdano.

'Dyw'r Llywodraeth 'ma ddim yn un i laesu dwylo!' mynnodd, gan geisio'i wthio'i hun i hwyl. Ond yr unig effaith a gafodd ei sylw oedd ennyn chwarddiad dilornus o ochr yr wrthblaid. Cododd ei lais yn uwch eto er mwyn ceisio o leiaf ddiweddu ei araith ar nodyn grymus. 'Ry'n ni am ymladd brwydr galed yn erbyn y cyffurie 'ma sy'n dinistrio'n cymdeithas ni . . . Dwi'n eich annog chi i gyd, un ac oll, i'n cefnogi ni gyda'r ymgyrch allweddol hon!'

Ond dal yn llugoer roedd yr ymateb. Agorodd y Llywydd y drafodaeth a chododd Katherine Kinseley ar ei thraed. Suddodd calon Bryn yn is. Oedd hon wrthi eto?

Teimlodd Arwel hefyd yr un anesmwythyd. Teimlodd bob gewyn o'i gorff yn tynhau. Roedd ei gweld hi, ei wrthwynebydd, yn cael yr un effaith arno bob tro, byth ers iddo golli'r frwydr etholiadol iddi dair blynedd yn ôl. Ac wedyn ar ei fore cyntaf yn y Cynulliad roedd hi wedi ceisio'i danseilio unwaith yn rhagor. 'Slipo miwn drw'r drws cefen, wy'n gweld!' Ei disgrifiad hi o ddod drwy'r system restr yn hytrach nag ennill etholiad. Roedd y dweud yn joclyd ddigon, ond y grechwen yn rhwbio hen friw.

'Diolch, Madam Llywydd!' dechreuodd Katherine. 'Wrth gwrs fod angen mynd i'r afael â phroblem erchyll cyffuriau. Mae'n gywilydd nad yw'r ymgyrch yma wedi dechrau ynghynt. A'r rheswm pam mae hi'n dechre nawr yw mai tacteg yw hi i dynnu sylw oddi wrth broblemau sy'n effeithio ar gymdeithas gyfan, nid dim ond ar rai carfanau. Pam ddim defnyddio'r arian i wella'r gwasanaeth iechyd?' A chlywyd synau cefnogol, byddarol eto o feinciau'r wrthblaid.

'Ma' pobol ifanc yn marw'n ddyddiol,' plediodd Bryn. 'Ydi'r Aelod Katherine Kinseley'n awgrymu *nad* yw bywyde pobol ifanc sy'n gaeth i gyffurie yn werth 'u hachub? Ma'r penderfyniad yma wedi'i neud ar sail ystadege, nid tacteg na hunan les!'

Ceisiodd rhai o'i ffyddloniaid ei gefnogi, ond roedd yr wrthblaid wedi ei chynhyrfu a'r heclo'n ganmil gwaeth. Yn gymaint felly nes i Llywela orfod ymbil am drefn, ei sbectol hanner lleuad yn siglo'n beryglus ar flaen ei thrwyn. Yn y man, cafwyd gosteg, a wedyn tro Arwel oedd hi i gamu ymlaen.

Gwyliodd Emma ef yn cerdded yn dalsyth, hyderus i'r blaen, yn taflu rhyw gip o gwmpas y siambr cyn dechrau. Cip oedd yn orchymyn, bron, i bawb wrando. Distawodd y siambr a phawb fel petaen nhw'n awyddus i glywed araith forwynol y cyw aelod newydd oedd yn ysu i greu argraff bwerus ar y siambr.

Diolchai Arwel bod ei lais yn uwch ac yn gadarnach nag un y Prif Weinidog. Diolchai hefyd nad oedd yn gaeth i'w bapur fel roedd Bryn, ac aeth ati i chwalu dadleuon.

'Nid yn unig ma' cyffurie'n dinistrio bywyde ifanc gwerthfawr,' mynnodd, 'ma' nhw hefyd yn bla ar gymdeithas gyfan. Cymdeithas sy'n darged i ladron sy'n barod i ddwyn oddi ar bawb, hyd yn oed yr henoed, er mwyn prynu rhagor o'r gwenwyn sy'n difa'u bywyde. Sawl gwaith wy 'di amddiffyn adict ac erlyn troseddwr wrth fy ngwaith yn y llys? Dwi'n gwbod yn well na neb enbydrwydd y broblem hon. Dwi'n rhoi 'nghefnogaeth gant y cant i ymgyrch fydd yn taclo nid yn unig problem iechyd yn 'yn cymdeithas ni, ond problem tor-cyfraith hefyd! Ma'r ymgyrch hon yn un gwbwl haeddiannol y dylen ni i gyd 'i chefnogi'n frwd!'

Roedd ei blaid ei hun yn porthi a'r wrthblaid yn annisgwyl o fud. Pwysodd Bryn ymlaen a sibrwd yng nghlust Luned.

''Ma' fe! 'Ma'r dyn 'yn ni'n moyn! Ti'n cytuno?'

Cafodd winc fawr addawol yn ôl ganddi hi. Yna suddodd Bryn yn ôl i'w sedd, ei ysgwyddau wedi dechrau llacio'n rhyfeddol.

Yn oriel y cyhoedd, roedd llygaid Lois yn sgleinio a hithau'n gwenu'n falch. Fyddai hi ddim wedi colli araith gyntaf Arwel am y byd; roedd hi'n gwbl wefreiddiol. Ac er ei bod hi'n rhyfedd bod hebddo am hanner yr wythnos – ac er bod Sioned yn anoddach i'w thrin a hithau ar ei phen ei hun – roedd yn aberth gwerth ei gwneud. Roedd Arwel yn llawn haeddu ei gyfle. Gobeithiai â'i holl galon na fyddai neb na dim yn ceisio'i amddifadu o'r cyfle hwnnw. Mewn amrantiad, roedd hud yr araith yn pylu a'i gofidiau'n ailgasglu. Allai hi ddim llai na dyfalu beth roedd Emma'n ei wneud yno. Beth oedd ei bwriad? Oedd hi'n fygythiad i Arwel? Neu dim ond iddi hi? Yna rhoddodd stop ar ei dychymyg rheibus. Doedd dim diben iddi ei phoenydio'i hun fel hyn. Ceisiodd ailflasu'r wefr a'r balchder a deimlai funudau ynghynt. Hoeliodd ei llygaid ar Arwel oedd bellach wedi dychwelyd i'w sedd, a dileu Emma o'i meddwl.

Roedd llygaid Emma yn dal ar Arwel, ei hatgofion yn llifo'n ôl yn donnau . . . y ralïau, yr hystings etholiadol . . . yr herio a'r dadlau . . . Roedd y cyfan yn corddi hen deimladau, rhai dwysach hyd yn oed na'r disgwyl. Roedd ganddo ddawn . . . roedd ganddo feddwl craff . . . roedd ganddo garisma. Ond roedd ganddo hefyd galon giaidd, atgoffodd ei hun. Roedd yn fastard o'r iawn ryw. A dyna pam roedd hi yma, dyna pam roedd hi wedi troi ei byd ben i waered unwaith eto o'i achos e . . . y twyllwr . . . y treisiwr. Roedd yn rhaid iddi gofio hynny, a pheidio â meddalu, na chwalu na dechrau difaru. Roedd yn rhaid iddi fod yn gryf . . .

*　　　　*　　　　*

Yn glo ar brynhawn addawol dros ben, cafodd Arwel symans i swyddfa Bryn a chael cynnig gwydraid o'i chwisgi gorau.

'Diolch yn fawr. O's 'na ryw achlysur arbennig?' holodd Arwel.

'Rhaid dathlu araith forwynol mor rymus,' meddai Bryn, gan godi ei wydryn. 'Iechyd! Llongyfarchiade ar araith wych! I ddyfodol disglair!' A llyncodd Bryn ei ddiod ar ei dalcen.

'Diolch.' Gwenodd Arwel, ei du mewn yn cynhesu a'r chwisgi gorau'n blasu'n well nag erioed.

'Ie, araith o'r galon, o'n i'n teimlo . . .' pwysleisiodd Bryn yn fyfyrgar.

'Wy 'di gweld sawl achos trist yn y llysoedd . . .'

'Mm . . . hollol! . . . 'Na pam ma' 'da ti gyfraniad mor *arbennig* i' neud i'r ymgyrch wrth-gyffurie 'ma . . .'

''Na i whare'n rhan, wrth gwrs . . .'

'Wy'n gobitho y gnei di fwy na 'na . . .' Gwenodd Bryn, ac oedodd i geisio darllen ymateb Arwel. Ond doedd hwnnw'n bradychu dim. Daliai i wrando'n astud, ddisgwylgar. 'Gweud y gwir, wy'n credu taw ti yw'r dyn i'w harwen hi!' ychwanegodd Bryn.

.Tynnodd Arwel anadl gyflym. Bellach roedd hi'n anodd iawn iddo gelu ei orfoledd, wrth i Bryn fyrlymu yn ei flaen.

'A gyda phroffeil mor uchel, a ffatri ar 'i ffordd i'r ardal – ond dim gair amdani 'to, wrth gwrs – fyddi di'n *saff* o ennill Porthtywi tro nesa. Megis dechre ma' dy yrfa di, Arwel! Wyt ti'n fodlon derbyn y cynnig?'

Estynnodd Bryn ei law i Arwel ei hysgwyd. Derbyniodd yntau hi'n rhadlon a'i hysgwyd yn wirioneddol gadarn am y tro cyntaf erioed.

Funudau'n ddiweddarach roedd Arwel yn ymadael â'i swyddfa fel un yn cerdded ar awyr, gan brin sylwi ar Dai oedd yn cario pentwr o bapurau i swyddfa Bryn.

133

'Gan bwyll, Arwel bach. 'Di bod ar y dôp ne' beth?' A chwarddodd ei chwarddiad arferol pan fyddai yn ei hwyliau gorau.

'Sori, meddwl yn bell. O't ti'n gwbod?' holodd Arwel.

'Gwbod beth?'

Nag oedd, felly, mae'n rhaid. Drwy drugaredd agorodd Bryn ei ddrws yr eiliad honno, yn amlwg wedi clywed eu lleisiau, a gorchymyn i Dai fynd i mewn.

Dihangodd Arwel o'i olwg tra camodd Dai i'r swyddfa; yn ei law roedd cynlluniau a phapurau'n awgrymu strategaeth fanwl.

'Ynglŷn â'r ymgyrch . . .' dechreuodd Dai yn frwd.

'Hollol . . .'

'Wy 'di tynnu rhyw fath o gynllun . . . Came cynta, y math o ddelwedd ma' rhaid i ni 'i chyfleu!'

'Delwedd . . . ie . . . ma' delwedd yn hollbwysig.'

'Wrth gwrs! . . . 'Na i'n dam siŵr bydd yr ymgyrch 'ma'n ca'l pob sylw posib nes bydd pawb 'di anghofio am yr holl gachu arall ma'r wrthblaid yn 'i ddannod o hyd!'

'Ie, delwedd, fel o'n i'n gweud,' torrodd Bryn ar ei draws, gan ddechrau rhyw hanner carthu, hanner pesychu. 'Wy'n timlo bod rhaid dewish rhywun â'r ddelwedd *iawn* i arwain hon,' ychwanegodd yn bwyllog.

'Beth?'

''Yn ni angen wyneb fydd yn cysylltu'n dda 'da'r ifanc . . . rhywun cymharol . . . wel, ddim rhy ifanc . . . ond canol o'd, fan bella.'

Anesmwythodd Dai. 'Beth ti'n drial weud, Bryn?'

'Gweud bod angen rhywun tipyn ifancach na ti i'w harwen hi.'

Torrodd y geiriau fel cyllell drwy swigen Dai. 'Ti'n gweud nad y fi fydd yn 'i harwen hi?'

'Odw! Ma'n flin 'da fi,' ychwanegodd Bryn yn

134

nawddoglyd braidd, ei lygaid yn crwydro'n araf dros welwder sydyn Dai.

'Pwy fydd yn 'i harwen hi 'te?' Ei eiriau bron â chael eu poeri at Bryn.

'Arwel Evans yw'r dyn i arwain hon. Glywest ti 'i areth gampus e gynne? Tipyn o aset, so ti'n meddwl?' Cyrhaeddodd gorfoledd Bryn ryw benllanw. 'Ac wrth gwrs, diolch i ti, i ryw radde, 'i fod e 'ma, ontefe?' Dyna sy'n dod o gynllwynio, Dai bach, meddyliodd Bryn, gan fwynhau gwthio'i gyllell i mewn yn ddwfn, a'i throi hi wedyn, yn sydyn.

Aset myn diawl, corddodd Dai. Mwy fel cwcw yn y blydi nyth, yn sefyll rhyngddo a'r proffil roedd e ei angen i ddisodli Bryn! Ond roedd y bastard Bryn un cam ar y blaen unwaith eto! . . . Y ffwcin cadno cyfrwys, diawl!

Ciliodd Dai yn ei dymer, ei grib wedi ei dorri'n llwyr.

'Dai, odi popeth yn iawn?' Prin ei fod wedi sylwi ar Emma yn agosáu hyd y coridor gan fod ei feddwl yn dal yn un trobwll ers i Bryn gachu arno o uchder, rai munudau'n gynharach.

Torrodd y newydd i Emma yn nhawelwch ei stafell.

'Yr holl feddwl, cynllunio . . . a'r cyfan er mantes rhywun arall.'

'Sori?'

'Y cyw newydd, Arwel Evans!'

'Beth?'

'Ma'r diawl 'na 'di lando ar 'i drâd. Reit ym mhoced Bryn. Fe sy'n arwain yr ymgyrch wrth-gyffurie, nage fi!' Anelodd Dai am ei stafell a thynnu'i ddrws mor dynn ac mor ffyrnig ar ei ôl nes bod ei sŵn yn atsain i'r pellter.

Yn raddol roedd Emma'n amsugno'i eiriau . . . Arwel yn arweinydd ymgyrch wedi wythnosau'n unig fel aelod . . . wedi pluo'i nyth mor wyrthiol o gyflym. Yr araith . . . yr araith oedd i gyfrif, meddyliodd . . . neu oedd e ddim ond wedi bod yn lwcus, yn digwydd bod yn y lle iawn ar yr amser iawn? Beth bynnag am hynny, yr hyn oedd wedi ei hysgwyd hi oedd ei rhan ddiarwybod hi yn y cyfan. Oni bai am ei hymdrech onest, ddyfal hi yn dod o hyd i'r tanwariant yn y lle cyntaf, fyddai dim o hyn wedi digwydd! Unwaith eto roedd un weithred fentrus, adeiladol ar ei rhan hi wedi arwain at gadwyn gwbl annisgwyl o ddigwyddiadau . . . Ac roedd y gorffennol a'r presennol yn toddi'n un yn ei meddwl. Tasai hi ddim wedi sefyll fel Llywydd yr Undeb, fyddai hi ddim wedi ennyn sylw Arwel fel y gwnaeth hi . . . fyddai ei byd ddim wedi troi ben i waered . . .

Tasai hi ddim wedi gwneud ei gwaith fel swyddog bach da i Blaid y Bobol, fyddai hi ddim wedi darganfod y tanwariant oedd wedi arwain at ganlyniad arall na fedrai fod wedi ei rag-weld. Roedd hi bellach wedi hwyluso gyrfa Arwel, y dyn oedd wedi cawlio'i gyrfa hi, ei choleg, ei haddysg, ei chyfan! Pa gyfiawnder oedd yn hynny? Pa artaith oedd o'i blaen wrth iddi orfod gweithio i'w hyrwyddo, yn trefnu ei gyfweliadau, yn gwenu'n gwrtais drwy'r cwbl? . . . Oedd hi wir wedi sylweddoli beth oedd hi'n ei ofyn ganddi ei hun wrth ymgymryd â thasg mor enfawr? Yn gweithio, ac aros, yn disgwyl ei chyfle, i weld a wnâi Arwel faglu, a wnâi e lithro a gwneud camgymeriad arall y gallai ei ddwyn i gyfrif amdano y tro hwn?

Câi ei gwaith fel swyddog lonydd am yr oriau nesaf. Ciliodd o olwg yr adeilad, yn ddiolchgar ei bod yn tynnu at ddiwedd y prynhawn. Roedd ar Emma angen llonydd i ystyried a oedd ganddi'r penderfyniad, heb sôn am yr ystryw y byddai ei angen, i fynd â'r maen arbennig yma i'r wal.

*   *   *

'Haia!' Hwyliodd Arwel i'r tŷ ar dân i dorri ei newydd.

Torri llysiau ar gyfer swper roedd Lois.

'Hwylia da ar rywun.'

'Anghofia'r llysie 'na, ni'n mynd mas!' cyhoeddodd, gan wasgu 'i freichiau'n dynn amdani.

'Be?'

'Mae'n swyddogol: ti'n edrych ar arweinydd ymgyrch wrth-gyffurie newydd y Llywodraeth. Nawr odi 'na'n haeddu pryd bach yn y Porth?'

'Petha'n mynd yn dda!' meddai Lois, yn rhyfeddu mor gyflym roedd ei yrfa'n symud. Roedd popeth fel pe baen nhw'n newid. Cymaint yn digwydd . . . a chymaint ohono yng Nghaerdydd, cymaint ohono na wyddai hi fawr ddim amdano – dim ond yr hyn roedd Arwel yn ei ddweud wrthi pan ddeuai adre . . . mewn hwyliau gwych fel heddiw, neu mewn hwyliau ddim cystal, mewn hwyliau dyn wedi ei ysgwyd . . . fel pan ddaeth Emma i weithio i Blaid y Bobol.

'Be sy? So ti'n falch? Mrs A.C. Arweinydd!' Gwelai'n syth fod rhyw gysgod wedi llithro drosti . . .

'Wrth gwrs. Jest meddwl . . .' A phe bai hi'n onest, doedd hi ddim wir wedi stopio meddwl, byth ers i Arwel ruthro adre yn ei dymer a dweud wrthi bod ei hen ffrind yn ei hôl . . . yn ôl dan yr un to ag Arwel. Ac wedi ei hymweliad â'r Cynulliad a chyfarfod â hi roedd yr ofn cymysglyd, annelwig a deimlodd bryd hynny wedi dwysáu.

'Ddaru neb . . . ddaru neb . . . drio gneud petha'n anodd i ti o gwbwl?' holodd yn betrus.

Yn hofran rhwng y ddau roedd enw nad oedd yn cael ei grybwyll mwyach.

'Neb o gwbwl!' atebodd. 'Hei!' A gwnaeth Arwel sioe o sylweddoli beth yn union oedd yn ei phoeni, 'Os ti'n becso am Emma, dŵr dan bont yw'r cwbwl. O'dd Dai yn iawn, ma' Emma yn ased. Ma' hi'n fwy na jest PR.'

'Be felly?' holodd Lois, â mwy o fin i'w llais nag oedd wedi ei fwriadu.

'Hi ffindodd yr arian i'r fenter wrth-gyffurie. Hebddi hi, fydden i heb ga'l y cyfle. Dyw hi ddim 'di rhoi un dro'd mas o le!'

'Be 'di hyn, edmygadd?'

'Parch proffesiynol,' meddai Arwel yn bwyllog. 'Dim mwy, dim llai. On'd 'yn ni'n dîm da!' ychwanegodd gan wenu.

'Chdi a hi?'

'Y hi a ni – yr aelode!'

Dyna fe'n taeru eto . . . yn taeru y tro hwn nad oedd problem, nad oedd Emma'n fygythiad i'w yrfa. Gynt, roedd wedi dadlau'n wahanol . . . ei bod hi'n fygythiad nid yn unig i'w enw, i'w yrfa, ond i'w ryddid hyd yn oed. Ac roedd hefyd wedi haeru ei bod yn fygythiad iddi hi, i'w berthynas e â hi.

'Y hi dda'th ar 'yn ôl i. Ma' rhaid i ti 'nghredu i. Ond ti wy'n moyn, Lois . . .'

'Lois, gwranda . . .!' gafaelodd yn gadarn yn ei hysgwyddau i geisio ymlid hen ofnau . . . ofnau roedd e'n gyfrifol am eu creu.

'Ta beth driodd hi neud yn y coleg, ffaelu nath hi, ontefe? Ti'n gwbod fydden i ddim yn edrych arni hi ddwywaith. Plîs, Lois, paid â gadel i ryw baranoia dwl strwa pethe i ni heno, iawn? Ni gyd wedi symud mla'n!'

Edrychodd i fyw ei llygaid a'i hewyllysio i dderbyn ei air. Gair roedd e'n ffyddiog, bellach, ei fod yn wir.

'Nawr, allwn ni anghofio amdani hi a bwco'r ford 'na? Bord i ddou!' pwysodd wedyn.

'Beth am Sioned?'

'Ie, os yw hi'n moyn!'

138

Efallai y byddai wedi gadael i'w eiriau dreiddio iddi a thrwyddi, gadael iddyn nhw ei suo i ddiogelwch unwaith eto. Efallai y byddai wedi mynd i'r llofft i baratoi, mynd am fàth ac ymlacio ac ymbincio, ac wedyn mynd allan am swper yng Ngwesty'r Porth . . . oni bai i'r ffôn ganu a drysu'r cynlluniau.

'Idwal Lloyd . . . i ti,' meddai wrth Arwel. Cymerodd yntau y ffôn o'i dwylo.

Gwyliodd Lois Arwel yn gwelwi a chael ar ddeall pam. Roedd Idwal Lloyd, neu Plocyn fel roedd yn cael ei adnabod gan ddisgyblion Ysgol Gyfun Porthtywi lle roedd yn athro gwaith coed, braidd yn fyr ac yn sgwâr ei ysgwyddau, eisiau gair bach cyfeillgar yn eu clust. Gair bach am Sioned, ac am ei chariad.

'Cariad? Sdim cariad 'da Sioned!'

Chris Pickard oedd y cariad honedig, cyn-ddisgybl yn Ysgol Porthtywi ac yn llond côl o drwbwl. Gan iddo ei ddysgu am sawl blwyddyn roedd Idwal yn ei nabod yn dda, ac am rybuddio Arwel a Lois i gadw Sioned o'i afael. Er nad oedd am i unrhyw sibrydion fynd ar led – rhag gwneud niwed i'r ysgol, wrth gwrs – roedd e am iddyn nhw wybod bod yna amheuon am Chris. Bod yna sôn ei fod yn gwthio cyffuriau, ond nad oedd tystiolaeth i'w arestio – ddim eto, beth bynnag. Ond dyna fyddai'r pen draw, heb amheuaeth, ei arestio a'i garcharu! A doedd neb am i Sioned gael ei chysylltu â helynt o'r fath.

Hyrddiodd Arwel y ffôn yn ôl i'w grud.

'Mi ladda i'r blydi diawl!'

'Pwyll pia hi rŵan, pan ddaw Sioned o'r wers ffidil . . .'

'Gwers? Pwy blydi gwers?' Ailgododd y derbynnydd a chadarnhau ei amheuon. Doedd yna ddim gwers ffidil y noson honno a doedd gan yr athrawes ddim syniad ble'r oedd Sioned.

'Tŷ Kate, ma'n rhaid bod hi yn nhŷ Kate!' mynnodd Lois yn cydio mewn glaswelltyn, yn gohirio'r anochel, yn trio cuddio rhag y gwir.

'Sori, ma' hi jest 'di gadel,' meddai Kate, yn y gobaith o weld cefnau'r ddau oedd ar garreg ei drws a'u gwynt yn eu dwrn.

'I fynd i ble?' gofynnodd Arwel, a'i dymer yn codi wrth yr eiliad.

'Sa i'n gwbod. Gatre, falle?' cynigiodd Kate yn gloff.

'Ti'n gwbod ble ma' hi, on'd wyt ti? Ma' hi gyda Chris Pickard!'

'Pwy?' holodd Kate yn ddiniwed.

'Chris Pickard, 'i sboner hi, rhacsyn o foi sy'n mynd i strwa'i bywyd hi. Nawr wyt ti'n mynd i weud 'thon ni ble ma' hi, ne' odw i'n mynd i siarad â dy rieni?'

Ildiodd Kate ryw gymaint. 'Ocê, falle bod hi 'da Chris.'

'Ble ma' nhw?' pwysodd Arwel.

'Shwt odw i fod i wbod?'

Ac edrychodd i ffwrdd, yn poeni ei bod eisoes wedi dweud gormod.

'Ble, Kate?'

'Yn y fan, falle?'

'Shwt fan?'

'Fan *J. Herbert, Building and Plumbing*.' Unrhyw beth i gael llonydd. Roedd hi'n gwybod mai fel hyn fyddai hi, ar ôl wythnosau o neud esgusodion dros Sioned.

'A ble ma' nhw'n mynd?' gwasgodd Arwel wedyn.

Cododd Kate ei hysgwyddau, 'Sdim dal!'

'Ble, Kate?' pwysodd Arwel yn ddi-ildio.

'Sa i'n gwbod!' brathodd yn ôl. 'Ni rio'd 'di neud *threesome*!' A chaeodd y drws ar y ddau.

'Reit, wy'n mynd â ti gatre a wy'n mynd i whilo amdani.'

'Wy'n dod 'da ti.'

'Nag wyt, achos falle ddaw hi gatre.'

Cytunodd Lois.

Awr yn ddiweddarach, roedd Arwel wedi dod o hyd i fan goch *J. Herbert, Building and Plumbing* yn ymyl y goedwig, rhyw ddwy filltir o'r dre, oedd yn hen fangre gyfarwydd i gariadon. Parciodd ei gar ryw ganllath oddi wrthi a cherdded yn ddistaw tuag ati. Doedd yna neb yn y seddi blaen, ond yn y cefn roedd synau, sŵn chwerthin a charu – a Sioned, ei Sioned fach e, yng nghefn y fan gyda'r rhacsyn Chris Pickard! Rhwygodd Arwel ddrysau'r cefn ar agor a thorrodd y llifddorau yn ei ben. O'i flaen roedd Sioned yn hanner noeth, a Chris yn ei gwasgu i'r llawr. Hyrddiodd ei hun arno.

'Dad!' Neidiodd Sioned i'w chuddio'i hun.

'Y bastard diawl!' A chyn i Chris sylweddoli beth oedd yn digwydd roedd yn cael ei lusgo oddi ar Sioned, yn cael ei dynnu o'r fan, ac roedd dwrn caled Arwel yn chwalu ei drwyn nes bod y gwaed yn pistyllio i lawr i'w geg.

Ymhen eiliad, dadebrodd Chris ddigon i anelu dyrnod yn ôl, ond methodd wrth i Arwel gamu i'r ochr a'i osgoi.

'Meniac!' bloeddiodd Chris. 'Ma' hyn yn GBH, deall?'

'Jest tria hi! Alla i dy roi di'n y jael! Pymtheg o'd yw Sioned!'

'Beth?! Ond wedest ti . . .' Trodd Chris ac edrych yn galed, gyhuddgar ar Sioned.

'Wy bron yn *sixteen*!' plediodd Sioned.

'Reit! . . . O, wel . . . *AM's daughter caught in sex scandal. AM arrested for GBH* fydd hi!' crechwenodd Chris.

'Jest caea hi! A chadwa draw 'wrth Sioned! Ti'n deall?' ychwanegodd Arwel yn fygythiol.

'Dad!'

Anwybyddodd Arwel ei phrotestiadau ac aeth ati i lusgo'i ferch o'r fan, ei thynnu gerfydd ei braich, yn cicio a strancio. 'Dere, cyn i fi neud rhwbeth fydda i wir yn 'i ddifaru!'

'Na! Chris? Stopa fe!' Ond roedd sylw Chris ar y gwaed oedd yn cronni bob ochr i'w geg ac yn llifo i lawr i'w frest.

'Ymddwyn fel hwren!' sgyrnygodd Arwel dan ei anadl. 'Strwa popeth!'

'Ti sy'n strwa popeth i fi!' protestiodd Sioned wrth i Arwel ei gwthio i mewn i'r car.

'So ti'n cofio pwy odw i, ferch? 'Se'r papure'n ca'l gafel ar hyn fydde fe'n fêl ar 'u bysedd nhw!'

''Na i gyd ti'n becso amdano fe! Ti, ti ti. Ma' popeth 'bytu ti! Wy'n casáu ti, Dad. Casáu ti, ti'n clywed?'

Gartref yn Nôlawel torrodd y Trydydd Rhyfel Byd.

'Sioned! Sud fedrat ti? Pymthag oed wyt ti!' gresynodd Lois ymron yn ei dagrau gan gymaint ei dicter.

'*Get a life,* Mam! Allen i fod yn *thirteen*!'

'Fysat ti'n medru gneud camgymeriad mwya dy fywyd!'

'Fel nest ti, ife? Pymtheg o'd, pymtheng mlynedd o briodas!' A chydiodd mewn darlun cyfagos o briodas ei rhieni a'i daflu i'r llawr. 'O, wps, na – sori, ddim cweit pymtheg mlynedd, odi e? Wel sa *i* hanner mor dwp ag o't ti! Fydden i byth, byth yn priodi bastard fel Dad. Dishgwl ne' bido!'

'Sioned!' bloeddiodd Arwel. 'Rhag dy gwilydd di, ferch!'

Ond doedd dim pall ar ei dicter. 'So ti'n gwbod am 'i affêrs e? Mam druan, ti'n pathetig, ti'n gwbod!'

A thynnodd y drws yn glep ar ei hôl a rhedeg yn ei dagrau i'r llofft. Gan iddi gael ei gwahardd rhag mynd allan o'r tŷ, caeodd Sioned ei hun yn ei hystafell weddill y penwythnos. Oddi tani clywodd ei rhieni'n dechrau rhwygo'i gilydd yn ddarnau.

'Ti rio'd yn credu'r nonsens 'na! Ma' hi'n gweud unrhyw beth i dalu 'nôl i fi! So ti'n gweld?' protestiodd Arwel.

Bellach, doedd Lois ddim yn siŵr iawn beth roedd hi'n ei weld. Ers wythnosau roedd hi'n teimlo fel pe bai'n cael ei hyrddio gan ryw don heb wybod i ble y câi ei thaflu. Arwel yn mynd i'r Cynulliad . . . Emma yn dod 'nôl i'w byd . . . a nawr Sioned . . . ei Sioned fach hi oedd hefyd â rhyw fywyd arall, na wyddai hi ddim amdano. Ac ers pryd? Ers pryd oedd hi gyda'r rhacsyn Chris yna? Heb ddweud gair o'i phen wrth ei mam! Roedd yna gymaint nad oedd hi'n ei wybod, sylweddolodd Lois, gymaint roedd hi wedi methu ei weld. Ac os oedd hi wedi methu gweld beth oedd yn digwydd i Sioned, beth arall roedd hi wedi methu ei weld?

Amheuon . . . a rhagor o amheuon yn cyniwair. Amheuon oedd bron â'i gyrru o'i chof.

11

Eisteddodd Emma yn lolfa'i fflat newydd yn y Bae ar nos
Sul, ei hoff gân gan Katie Melua, 'The Closest Thing to
Crazy', yn canu yn y cefndir. O'i chwmpas roedd bocsys ag
angen eu gwacáu. Roedd hi newydd symud yno o gartre'i
rhieni'r Sadwrn hwnnw a heb eto gael y cyfan i drefn.

'Gadel ni 'to, man bo ti'n cyrredd.' Elsie, ei mam, yn
achwyn, ond ei thad wedi achub ei cham. Roedd ar y ferch
angen ei lle ei hunan, a rhywle cyfleus i'r gwaith heb fod yn
rhaid iddi deithio ar hyd yr A470 bob bore. Ac roedd y fflat
hon yn arbennig o addas, yn hynod gyfleus, yn edrych dros
y môr a'r Cynulliad hefyd; ei safle'n berffaith i wylio'r
mynd a'r dod. Yn arbennig felly ag Arwel yn rhannu'r
un bloc o fflatiau â hi! Roedd hi'n disgwyl iddo
ddychwelyd yn y pedair awr ar hugain nesaf o'i gartref ym
Mhorthtywi.

Dychmygodd Lois yn ffarwelio ag e. Lois ffyddlon, Lois
ddall, oedd wedi adeiladu ei thŷ ar y tywod. Lois oedd
hefyd wedi bod yn greulon iawn wrthi hi. Fel llewes yn
gwarchod ei heiddo . . . yn ei gweld hi fel y gelyn oedd
eisiau dwyn oddi arni! Roedd hynny wedi brifo – brifo i'r
byw! Oherwydd doedd hi ddim eisiau dwyn dim byd . . .
doedd hi ddim ond eisiau iddi agor ei llygaid . . .

'Lois, plîs!'
   'Mi ddaru o d'wrthod di'n do? A rŵan, wyt ti'n flin!'
   'Lois, ma' rhaid i ti 'nghredu i.'
   'Yli, os 'di o'n euog o be wyt ti'n ddeud, pam ti'm 'di
mynd at yr heddlu?' heriodd.
   ''Nes i'm meddwl . . . o'dd cyment o gwilydd arna i.'
   'Oedd siŵr. Trio'i ddwyn o 'ddar dy ffrind!'
   'Na . . . Cwilydd fod e 'di digwydd i fi!' A llifodd y

dagrau, dagrau nad oeddynt yn mennu dim ar Lois a ddaliai i edrych arni fel bitsh galed oedd yn trio sarnu ei byd . . .

'Iawn 'te.' Caledodd Emma, hefyd. 'Fe a' i at yr heddlu.'

Trodd ar ei sawdl, a mynd ar ei phen ei hun i gael ei holi gan blismyn . . .

'Ethoch chi 'nôl i'w stafell e? Hm!'

Aeliau'n codi, un plismon yn taflu cip ar y llall, yna'n gwgu'nôl arni hi, mor ddifrïol ohoni.

'Ond dyw hynny'm yn rhoi hawl iddo fe neud fel fynno fe!' plediodd hithau.

'A bore 'ma o'ch chi'n difaru?'

'Na! 'Nes i erioed gytuno!'

'Ond o'ch chi 'di meddwi, meddech chi. Shwt gallech chi fod yn siŵr?'

'Wy yn siŵr! Wy yn gwbod. Ro'dd e wedi 'nghlywed i, wedi 'nghlywed i'n gweud Na! Ond do'dd e ddim ishe gwrando achos . . . o'dd e fel 'se fe ishe trechu! Ishe 'nhrechu i ym mhob ffordd. Y fi o'dd wedi sefyll yn 'i erbyn e . . . fel Llywydd yr Undeb!'

'Beth? Chi'n gweud bod e wedi trio dial arnoch chi?' Roedd eu llygaid yn rhythu arni, a hithau'n ei chael ei hun yn nodio . . .

'Falle . . .' Oedden nhw'n dechrau deall o'r diwedd?

'Ond falle taw chi o'dd ishe'i ddishmoli fe . . . Mae'n ddigon rhwydd mynd 'nôl i stafell rhywun arall a wedyn eu cyhuddo nhw o bob math o bethe!'

'Na!' sgrechiodd. 'Be sy'n bod arnoch chi? Pam nag 'ych chi'n 'y nghredu i?'

Roedd hi'n methu credu'r peth ei hun. Y hi oedd dan amheuaeth. Y hi oedd y bitsh beryglus . . . Y hi oedd ar brawf . . .

Taflodd un ohonyn nhw gip awgrymog arall ar y llall.

Ro'dd hon yn llond côl o drwbwl, yn amlwg, yn waith papur diangen!

'Fydden i byth, byth wedi mynd 'nôl i'w stafell e 'swn i'n gwbod beth o'dd e am 'i neud. Fydden i byth, byth wedi bod ishe bradychu ffrind!'

'Ffrind?'

'Ma' Arwel yn gariad i'n ffrind. Fydden i byth, byth yn ei bradychu hi!'

Roedd gwawr arall yn torri o'u blaenau. Roedden nhw'n ei gweld hi'r tro yma.

''Ych chi'n teimlo'n euog. Yn euog o fod wedi bradychu'ch ffrind. Chi'n whilo am rywun i'w feio!'

'Nagw! Trais o'dd e! Ma' raid i chi 'nghredu i!'

Trais! Roedd e'n air oedd mor ddieithr, hyd yn oed i'w chlustiau hi. Gair oedd yn disgrifio gweithred ysgeler ar lwybr yn y nos, gweithred gwallgofddyn gwrthgymdeithasol, difreintiedig na fyddai fel arall yn medru dod yn agos at ferch. Ond dim ond hanner y gwir oedd hynny . . .

'O'dd 'na dyst?' holodd yr heddwas, gan edrych arni fel rhywun oedd hanner o'i cho'. 'Rhywun all gefnogi beth chi'n 'i weud?'

'Na . . . neb.' Suddodd ei chalon yn ddyfnach. Gwyliodd y llygaid llawn amheuon yn cloi yn ei gilydd.

Doedd dim gobaith eu bod yn mynd i'w chredu.

''Ych chi hefyd wedi 'molchi.'

'Do . . . ond beth am y cleisie? Ma' 'na gleisie.'

O'r diwedd, galwyd am ddoctor ac agorwyd ffeil. Gwnaed addewid hefyd i holi Arwel. Ond gallai weld ar eu hwynebau nad oedd ganddyn nhw fawr o amynedd at groten oedd ar y gorau wedi yfed gormod a difaru . . . ac ar y gwaetha, yn trio creu trwbwl i lanc ifanc â gyrfa ddisglair o'i flaen . . .

Ddaeth dim o'r holi. Ei air e yn erbyn ei gair hi.

A'i air e oedd wedi cario'r dydd . . .

Lledodd y stori fel tân gwyllt drwy'r Neuadd . . . ei chyhuddiadau hi . . . ei amddiffyniad e . . .

Y hi oedd y gelwyddgast fach dwyllodrus, oedd wedi ffugio'r holl ffiasgo er mwyn pardduo Arwel a'i guro yn yr etholiad . . . Achos fel arall, pa obaith fyddai gan ferch fach o'r ail flwyddyn yn erbyn areithiwr fel Arwel, a fedrai swyno'r byd o'i blaid? Ac roedd pob brath, pob celwydd yn brifo, yn treiddio iddi a thrwyddi, yn ei herydu i waelod ei bod.

A phob diwrnod a âi heibio, teimlai'n fwy unig ac ynysig, y criw wedi chwalu a hyd yn oed ei ffrindiau agosaf yn troedio rhyw ffin denau, llawn embaras, ddim yn rhy siŵr pwy i'w gredu, y hi, neu Arwel a Lois, oedd yn ei gefnogi i'r carn. Ac wrth i'w chefnogaeth chwalu, roedd hi'n llithro dipyn bach yn nes o hyd at ddibyn diddymdra . . .

Oedd, roedd Arwel bron iawn wedi llwyddo i'w dinistrio a chwalu ei dyfodol. Ond heno roedd ei ddyfodol e yn ei dwylo hi. Yn ei llaw roedd tystiolaeth ddamniol a gasglwyd gan dditectif preifat ar ei rhan. Tystiolaeth na fyddai modd i Arwel fyth ei wadu. Bosib bod yna gyfiawnder yn y byd wedi'r cwbl, meddyliodd. Er, un digon gwyrdroëdig efallai, hefyd . . .

*   *   *

Fore Llun, cerddodd Emma i'w gwaith a'i hosgo'n sioncach nag arfer. Roedd ar dân am gael dangos y lluniau damniol i Arwel; câi wylio'i syndod, ei banig, a gweld pa gelwyddau y ceisiai eu palu i'w lusgo'i hun yn lân y tro yma. Daeth ei chyfle'n gynt na'r disgwyl.

'Arwel . . . ti 'nôl yn gynnar,' sylwodd. Gan amlaf byddai'n brynhawn Llun arno'n cyrraedd y Cynulliad. Beth felly oedd wedi ei dynnu 'nôl mor fuan? Tipyn bach o densiwn yn y cartref, roedd hi'n amau.

Roedd ei ymateb yn siort a di-hwyl. A doedd ryfedd am hynny, a digwyddiadau'r penwythnos wedi ei amddifadu o gwsg a'i wneud yn fyr ei amynedd. Roedd wedi treulio deuddydd a rhagor ar binnau, yn ofni i'r ffôn ganu, yn ofni i'r wasg ddod at y drws, yn ofni i'r heddlu ei holi, yn ofni i'r byd ddisgyn am ei ben. Drwy drugaredd, doedd yr un o'i ofnau wedi ei wireddu ond roedd yr awyrgylch yn y tŷ wedi bod yn annioddefol. Yn gymaint felly nes iddo geisio gwthio'r hunlle o'i feddwl drwy ymadael am y Bae ben bore Llun.

'Dda bo ti 'nôl, ta beth,' meddai Emma. 'Ma' angen i ni ga'l gair. Yn breifat,' ychwanegodd gan awgrymu difrifoldeb y sefyllfa.

Dechreuodd Arwel edrych arni'n betrus. Beth oedd yn ei phoeni hi nawr? Roedd wedi gwneud ei gwaith yn ddiffwdan yn ystod yr wythnosau diwethaf, ac yntau'n teimlo'n fwy sicr nad oedd ganddo ddim i'w ofni oddi wrthi – ond gallai synhwyro rhyw newid ynddi heddiw wrth iddo'i harwain i breifatrwydd ei stafell am sgwrs.

Gwyliai Emma ef mor ochelgar ag yr oedd e'n ei gwylio hi. Roedd rhyw betruster yn ôl yn ei lygaid. Byddai'n rhaid iddi drin hyn yn ofalus, yn hynod gelfydd – dangos mymryn o gydymdeimlad ond dim gormod . . . cadw'i theimladau yn gadarn o dan glo. Eisteddodd y ddau, hithau gyfuwch ag e ar gadair yn ymyl ei ddesg.

'Dwi ddim wedi trafod hyn â neb arall,' dechreuodd Emma. 'Dwi 'di dod yn syth atot ti,' meddai, gan syllu i fyw ei lygaid. Yna aeth i'w bag a thynnu ohono amlen frown, ac o'r amlen tynnodd luniau o Arwel, Chris a Sioned a'u rhoi ar y ddesg o'i flaen.

Llifodd pob gronyn o waed o wyneb main Arwel.

Sawrodd Emma'r foment.

'Shwt ar y ddaear . . .?' dechreuodd, yna tagodd, ei eiriau'n diflannu yn sychder ei lwnc.

'Falle bo' ti 'di bod yn . . . anlwcus,' meddai Emma. 'Rhywun â'i gamera'n digwydd paso a gweld 'i gyfle . . .'

'Beth? Blacmêl?'

'Na, dim byd mor ddramatig. Ma' nhw 'di gwerthu'r llunie i bapur tabloid; wedi gneud 'u harian yn barod. Be sy'n bwysig nawr yw shwt 'yn ni'n ymateb i hyn,' ychwanegodd mor ddiplomatig, ddi-lol ag y medrai.

'Ond shwt gest ti afel ar rhein?'

Gallai weld ei feddwl drwgdybus yn gweithio . . . ei amheuon yn crynhoi.

'Contact yn Llunden,' meddai. 'O'dd hi'n neud ffafr â fi. Rhoi cyfle i ni ymateb . . .'

'Ond ma' hyn yn warthus! Ymyrryd â phreifatrwydd y teulu. Alla i gwyno wrth y PCC!'

'Fydd hi'n rhy hwyr erbyn 'ny, Arwel. Fydd y stori yn y papur. A fyddi di wedi troi'r wasg yn dy erbyn di. A sdim byd i'w ennill o neud 'na!'

Gwyliodd Emma wrth i'w benbleth a'i ddicter hagru ei wyneb. Mor hawdd roedd y meddwl a'r teimlad yn gweddnewid wyneb. Mor denau, mor frau oedd y ffin rhwng dengarwch a hagrwch. A'r llygaid, wrth gwrs, yn galon i'r cyfan, yn ddrych i'r enaid. Yn llygaid Arwel roedd panig gwirioneddol erbyn hyn – panig roedd hi wedi ei weld fwy nag unwaith o'r blaen. Panig gwyllt, hunanol, oedd yn gallu arwain at ddistryw.

'Gwranda,' meddai Emma, gan dorri ar draws ei feddyliau carbwl a chadw rheolaeth ar y sefyllfa. 'Ma'r wasg yn garedicach, yn fwy sensitif, os 'nei di gwympo ar dy fai. Cyfadde. Bod yn onest ac yn agored gyda nhw,' pwysleisiodd, gan syllu eto i fyw ei lygaid.

149

Chwiliodd am arwyddion ei fod yn synhwyro'r is-destun, yr edliw oedd ynghudd yn ei geiriau. Ond y cyfan a wnâi Arwel oedd rhythu ar y lluniau o'i flaen. A meddwl sut ddiawl y gallai ddianc rhag hyn. Sut yn y byd y gallai achub ei groen a diogelu ei ddyfodol? Tu hwnt i hynny doedd hi na neb na dim byd arall yn bod o gwbl.

'Alle hyn . . . alle hyn gostu Porthtywi i fi!' mwmialodd gan wthio'i fysedd yn wyllt drwy ei wallt. 'Fydd 'na sgandal!'

'*Damage limitation,* Arwel. Ma'r contact 'di addo i fi y bydd hi mor deg â phosib. 'Yn ni'n lwcus iawn ohoni!'

'Lwcus!' bytheiriodd. 'Dwi'm yn mynd i gyfadde i ddim byd! . . . Dwi'm yn mynd i daflu'n hunan ar drugaredd rhyw hac o Lunden!'

'Ond Arwel . . . ma' 'da hi'r dystioleth. Ma' hi'n mynd i argraffu'r llunie ta beth . . . Os allet ti roi tam' bach o gefndir i fi . . . fe alle hynny helpu. Rhoi dy ochor di o'r stori!'

Rhedodd Arwel ei fysedd yn anniddig drwy ei wallt unwaith eto, ei galon yn pwmpio'n galed o dan ei grys oedd bellach yn dechrau teimlo'n anghysurus o wlyb o dan ei geseiliau.

'Dwi'n gwbod shwd i ddelio 'da hyn,' pwysleisiodd Emma. ''Na pam ges i 'mhenodi.'

O'r diwedd, ildiodd Arwel, a chydsynio'n hwyrfrydig. Ni themlai fod ganddo ddewis arall. Roedd wedi ei gornelu. A chyn pen dim roedd Emma'n tynnu'r stori allan ohono, darn wrth ddarn – fel y cafodd rybudd gan ffrind fod ei ferch wedi mynd i grafangau rhywun oedd yn gwerthu cyffuriau ac fel roedd e wedi colli arno'i hun yn lân pan welodd Sioned yng nghefn y fan.

'Beth? O'dd hi'n cymryd cyffurie yng nghefn y fan?' holodd Emma.

'Nago'dd!' Oedodd, ei anghysur yn amlwg.

'Beth, Arwel? O'n nhw'n . . . y hi a'r Chris 'ma . . .?'

'O'dd e'n cymryd mantes . . .!'

'O'dd e'n 'i gorfodi hi . . . yn erbyn 'i hewyllys?' pwysodd Emma gan wylio'i ymateb yn ofalus am unrhyw arwydd o gydnabyddiaeth o beth wnaeth e iddi hi.

'Na . . . nag o'dd,' atebodd. Roedd ei lygaid yn ei hosgoi, yn crwydro'n ôl at y lluniau ar ei ddesg. I Emma, roedd hynny'n brawf ei fod yn euog, ei fod e'n gwybod ei fod yn euog, yn fwy euog na Chris . . . ac mor euog ag unrhyw dreisiwr a grwydrodd lôn gefn liw nos. Daliodd Emma i edrych arno'n galed, yn ei ewyllysio i ailedrych arni. Yna cododd ei ben. Oedd e am gydnabod o'r diwedd? Am gydnabod ac ymddiheuro?

'O'dd hi dan oedran,' protestiodd. 'Ac o'dd e'n rhacsyn o'dd ddim digon da i ddatod carre'i sgidie hi! 'Na pam fwres i fe, fel fydde unrhyw dad gwerth 'i halen wedi neud!'

'Ond wyt ti'n difaru nawr?

'Allen i fod wedi tagu'r diawl . . .!'

'Ond wyt ti am ymddiheuro?' gwasgodd Emma.

'Ddim 'na'r math o ymddygiad ma' rhywun yn 'i ddisgwyl 'wrth Aelod.'

'Na. Reit, fe wedwn ni bo ti'n ymddiheuro. Ond yn gobitho y bydd ambell riant yn deall ac yn cydymdeimlo â dy sefyllfa di.'

'Ie.'

'Reit. O's rhwbeth arall?' holodd Emma.

Ysgydwodd Arwel ei ben, a hwnnw'n amlwg yn dal yn ei blu.

Casglodd Emma ei nodiadau a gadael Arwel yn dal i chwysu . . . yn dal i boeni, ac yn dal i ofni gweld trannoeth yn dod.

Roedd wedi cael cyfle ganddi . . . un cyfle gwirioneddol arall i sylweddoli, i syrthio ar ei fai. Ac os oedd e wedi sylweddoli hynny, roedd e'n dal heb syrthio ar ei fai. Roedd e'n dal i wrthod cydnabod beth wnaeth e iddi hi.

Tynnodd Emma ddrws ei swyddfa ati, ei bysedd yn crynu. Aeth adre i heddwch ei fflat i wneud galwad dyngedfennol.

'Ann, haia! Ti'n iawn?'

'Dyma be 'di syrpreis!'

'Ti'n barod am sgŵp?'

'Be? Ti o ddifri?'

''Yn ffordd fach i o weud sori wrth Patrick.'

Toc roedd gan Ann luniau a chyfaddefiad gan Arwel . . . sgandal a fyddai o'r diwedd yn dechrau bodloni awch Patrick i dyrchu baw yn syrcas y Bae.

Pwysodd Emma'n ôl a gadael i arwyddocâd ei gweithred suddo'n llwyr i'w hymennydd. Teimlai fel un oedd ar ei gwaethaf yn syrthio i gwter ac yn suddo. Ond roedd hi'n methu ei rhwystro ei hun. Yr unig gysur oedd ganddi oedd bod eraill, o'r diwedd, yn mynd i ddechrau cael cip ar natur wyllt, dreisgar Arwel – dyn oedd yn hoff o'i gyflwyno'i hun fel paragon o barchusrwydd.

*   *   *

Dychwelodd Lois o'r swyddfa yswiriant lle gweithiai a sylweddoli nad oedd Sioned wedi mynd i'r ysgol y bore hwnnw wedi'r cwbl.

'Fedri di'm cario 'mlaen fel hyn!' mynnodd. 'Be ti'n trio neud? Difetha d'addysg? Difetha dy fywyd?'

Gwasgodd Sioned fotwm y *remote* a rhoi ei holl sylw i'r teledu tra oedd yn dal i led-orwedd ar y soffa.

'Diffodda hwnna pan dwi'n siarad hefo chdi.'

Cymerodd Lois y teclyn o ddwylo'i merch a diffodd y set.

'Yli, dy les di sgen i mewn golwg! Fedri di neud gymint gwell na Chris Pickard!'

'Dyn mewn siwt fel Dad. Ti'n lico dyn sy'n tsheto 'not ti, wyt ti?'

'Ti ddim ond yn deud hynna i drio 'mrifo fi!'

'Odw i?' holodd Sioned, gan syllu'n hir a chaled i lygaid Lois, syllu nes y bu'n rhaid i'w mam droi i osgoi ei hedrychiad. Doedd Sioned ddim yn ddwl. Roedd hi'n nabod personoliaeth ei mam ac yn nabod paranoia pan oedd hi'n ei weld e, ac aeth ati i'w fwydo gymaint ag y medrai hi.

'Pam ti'n meddwl bod e 'di hastu 'nôl i Gaerdydd, Mam? Merched smart yn yr offis lawr fan'na. Fel o'dd yn Evans & Pritchard. Cofio Mandy, whâr Suzi o'dd yn yr ysgol 'da fi? O'dd hi'n ca'l liffts yng nghar Dad. Weles i nhw. Weles i nhw sawl gwaith!'

'Gad hi, 'nei di?' gwaeddodd Lois yn siarp.

'Gwir yn neud lo's, odi e, Mam?' Gwyddai Sioned ei bod yn mentro, ei bod yn ymddwyn fel hen ast greulon, ond roedd ei rhieni wedi bod yn greulon wrthi hi, wedi sarnu ei pherthynas hi â Chris. Damo'i rhieni! Damo nhw ill dau!

'Dos i wisgo i ti gael mynd i'r ysgol 'na! A phaid ti mentro peidio!'

Fel arfer, byddai Sioned wedi strancio, ond roedd rhyw ddicter newydd yn corddi ei mam a'i gorchmyn yn rhy bendant i'w anwybyddu.

Gwyliodd Lois ei merch yn codi a mynd i'r llofft gan ei gadael hithau'n glymau i gyd. Roedd geiriau ei merch, boed wir neu gau, fel cnul yn ei phen. Sïon, sibrydion . . . roedd wedi eu clywed o'r blaen . . . sibrydion roedd pobl faleisus, genfigennus wrth eu boddau yn eu lledu, os nad yn eu creu! A nawr roedd Sioned, fel Emma, wedi gwthio cyllell i'w chefn . . . yn gwneud iddi amau popeth!

Cythrodd am y ffôn.

'Lois!' atebodd Arwel yn ddiamynedd, ar ei ffordd o bwyllgor roedd wedi methu canolbwyntio arno o gwbl. 'Ble ma' Sioned?'

'Adra, ond mi eith i'r ysgol pnawn 'ma. Pam?'

'Na neith. Ma' rhaid i ti 'i chadw hi gatre.'

'Arwel . . .?'

'Jest paid â dadle. Ma' 'da'r wasg lunie o'r ffrwgwd!'

'Be?'

'Clo'r drws 'na – a dwyt ti na hi ddim i siarad â neb!'

Gwnaeth Lois fel roedd e'n ei ofyn. Nid nawr oedd yr adeg i holi nac amau, na dadlau, na ffraeo.

12

A punch for the Anti-drug Campaign

Arwel Evans, leader of the Government's new Anti-drug Campaign, resorted to violence against a young man he believed to be dealing in drugs. However, the pictures suggest that the young man in question seems more interested in the carnal delights offered by Mr Evans's young daughter . . .

'Diawch erio'd, Arwel! O'n i'n gwbod bo ti'n frwd, ond est ti 'bach dros ben llestri, so ti'n meddwl?'

Gwelwodd Arwel wrth i Dai wthio copi o'r *Daily News* dan ei drwyn. Damiodd a damiodd. Damio'i fyrbwylldra ei hun a damio diawledigrwydd y wasg. Ac Emma hefyd! Beth gythraul oedd hi'n drio'i neud? Ond cyn iddo gael cyfle i fynd i chwilio amdani, cafodd orchymyn i fynd i gyfarfod â Bryn.

'A beth yw ystyr hyn?' bytheiriodd hwnnw, gan gyfeirio at y papur o'i flaen. ''Ma'r math o gyhoeddusrwydd ma' darpar ymgeisydd 'i angen cyn etholiad?' holodd yn goeglyd.

Teimlai Arwel fel crwt ysgol oedd wedi cael gorchymyn i ymddangos o flaen y Prif, ei fochau'n llosgi fel dau golsyn, yn llosgi fel nad oedd yn eu cofio nhw'n llosgi o'r blaen. Ysgydwodd ei ben mewn anghrediniaeth a chywilydd, gan drio ar yr un pryd ddal ei afael yn hynny o urddas oedd ganddo ar ôl.

'Amgylchiade anffodus . . . preifet . . .' mynnodd.

'Ddim mor breifet!' bytheiriodd Bryn.

''Sda fi ddim syniad shwt ga'th y llunie 'ma'u tynnu . . . O'n i'n anlwcus!'

'Ti'n ddyn cyhoeddus, Arwel! Alli di ddim â mynd ar hyd y lle'n ymddwyn fel hwligan. Fydd 'na gyhuddiad o *assault*?'

Dechreuodd Arwel chwysu eto.

'Dwi ddim yn meddwl . . . Na fydd, yn bendant – ne' fydden i 'di clywed erbyn hyn!' cynigiodd yn fwy gobeithiol.

'Hm!' ebychodd Bryn, yn ddilornus amheus. 'Wyt ti'n gobitho!' brathodd wedyn. 'Ma' rhwbeth fel hyn yn fêl ar fysedd y papure! Ac yn sicr fe fydd e'n fêl ar fysedd Katherine Kinseley a'i chriw!'

Fel tasai Arwel ddim yn gwybod hynny'n barod! Oedd raid i Bryn rwbio'i drwyn yn y cyfan fel hyn?

'Fydd y cwbwl wedi'i anghofio mewn diwrnod ne' ddou – gyda lwc!' cynigiodd yn gloff.

'Ie, wel, well i ti ddechre gweddïo am sgandal fach arall i hawlio'r penawde. A gore i gyd po gynta, 'fyd!'

Amneidiodd Arwel ei gytundeb.

'Ond wy'n dy rybuddio di,' siarsiodd Bryn wedyn. 'Un cam arall mas o le, a fydd raid i fi ailystyried dy rôl di – fel arweinydd yr ymgyrch, o leia!' Ac edrychodd arno'n fygythiol. Yna amneidiodd arno a gwyro'i ben i gyfeiriad y drws.

Ciliodd Arwel drwyddo, ei gynffon rhwng ei goesau. Roedd rhywun yn mynd i dalu am hyn.

'Beth ddiawl o'dd y celwydd 'na fwydest ti i fi?'

'Celwydd?' heriodd Emma.

'Gweud y bydde'r wasg yn garedicach. Yn fwy sensitif o ga'l y stori i gyd! 'Na beth ti'n alw'n sensitif?' A thaflodd y papur dan ei thrwyn. 'Fel 'set ti *heb* 'i weld e'n barod. Ma' nhw 'di troi popeth yn 'yn erbyn i!'

'Wy'n siomedig 'yn hunan, Arwel,' meddai Emma gan

ochneidio. 'O'n i'n dishgwl gwell 'wrth hen ffrind . . . 'Na i
gyd alla i feddwl yw bod y golygydd 'di ymyrryd. Ma'n flin
'da fi, ta beth,' meddai, gan ymdrechu i edrych mor
ddiffuant o edifeiriol ag oedd modd.

'Os taw ti sy tu ôl i hyn . . .!' dechreuodd Arwel.

'A pham nelen *i* rwbeth fel 'na?'

Dyna gyfle iddo eto . . . Cyfle i gydnabod, cyfle i
ymddiheuro . . . Ond ddwedodd e'r un gair.

Trodd Arwel ar ei sawdl. Roedd e'n gwybod yn ei galon
bod Emma wedi ystumio'r datganiad. Dyna'r union beth
roedd e wedi ofni y byddai'n ei wneud. Ac roedd e'n
gwybod pam ei bod hi wedi ei wneud e. Oherwydd un
funud wan o wallgofrwydd ganddo fe. Roedd e wedi
camddeall, wedi mynd i banig ac wedi methu cyfadde.
Byddai'n ffŵl i gyfadde. Byddai ganddo achos i'w ateb . . .
Pe na bai wedi dwyn perswâd ar Emma, wedi cau ei hen
geg, gallai wynebu carchar. Gallai fod wedi chwalu ei
ddyfodol. A nawr roedd e'n gwbl siŵr ei bod hi yno i'w
blagio a'i boenydio, yn disgwyl ei chyfle, yn ei ewyllysio i
fethu, yn benderfynol o'i faglu. Roedd e mewn perygl
gwirioneddol o golli'r cwbl. Dylai fynd at rywun – at Bryn,
efallai – a chyfaddef beth oedd y broblem. Dweud beth
roedd e'n ei ofni. Dweud ei fod wedi . . . dweud fod Emma
wedi ei gyhuddo o'i threisio . . . Fyddai Bryn yn debygol o'i
gredu? Fyddai e'n debygol o gael gwared ohoni, ei gadael i
fynd, er ei les e, er lles y blaid? Byddai Bryn yn siŵr o ofyn
pam nawr. Pam nad oedd e wedi dweud wrtho ynghynt?
Beth oedd yna i'w ddweud mewn gwirionedd? Heblaw'r
ffaith ei fod wedi bod yn ffŵl dwl . . . yn ffŵl dwl oedd yn
agored i gael ei farnu ac efallai gael ei ddisodli.

Roedd meddyliau Arwel yn dal i droi yn un trobwll
direol wrth iddo gerdded i'r swyddfa gyffredinol.

'Neges. Ma'r wasg 'di bod ar y ffôn,' meddai Elen.

Cododd ei law mewn ystum un oedd wedi cael digon, un nad oedd eisiau gwybod, a chasglodd ei bost cyn anelu am ei swyddfa ei hun.

'Ond y wasg leol tro 'ma. Sid Jones!' pwysleisiodd Elen.

Ochneidiodd Arwel. Sylweddolodd na fyddai'n ddoeth iddo guddio rhag hwnnw. Cymerodd ei rif gan Elen a mynd i dawelwch ei swyddfa i'w ffonio'n ôl.

Toc roedd Sid Jones hefyd yn godro'r hanes ohono. A bellach roedd Arwel yn cwyno am y modd roedd *e*'n cael ei erlid, y modd roedd *e*'n talu'r pris am fod wedi ymddwyn fel tad cyfrifol oedd yn ceisio achub ei ferch rhag rhacsyn oedd yn delio mewn cyffuriau!

'O's unrhyw brawf am Chris Pickard?' holodd Sid Jones. 'Beth ma'r heddlu'n 'i neud?'

'Diawl o ddim, ne' fydde'r cythrel ddim yn rhydd ar hyd y strydoedd.'

'Reit . . . Gadwch hyn 'da fi, Mr Evans . . .'

'Ac odi'n ochor i'n mynd i ga'l 'i hadrodd?' holodd Arwel yn sinigaidd braidd.

''Yn ni yn yr *Evening Gazette* yn neud beth allwn ni i helpu'r blaid.'

'Wy 'di clywed y cachu 'na o'r bla'n,' ffrwydrodd Arwel, ar ei waethaf. 'Alla i ddim â fforddio rhagor o faw'n ca'l 'i daflu ar 'y mhen ne' . . .'

Ond roedd Arwel yn siarad â'r distawrwydd ar ben arall y lein.

'Y diawl digywilydd!' bytheiriodd Arwel.

Diawliaid, diawliaid oedden nhw i gyd!

*   *   *

Agorodd Emma botelaid o win go sych i ddathlu gyda'i swper. Er nad oedd hi'n hollol siŵr beth roedd hi'n ei ddathlu, chwaith. Teimlai drueni dros Sioned, oedd â'i llun yn blastar dros ddalennau'r papur. Os oedd argraffu'r stori wedi ei brifo hi, roedd Emma'n wirioneddol flin. Doedd dim bai ar Sioned, doedd ganddi hi mo'r help am ei thad. Ond wedi ei brifo gan y lluniau neu beidio, fe fentrai nad oedd y lluniau wedi ei brifo hanner gymaint ag ymyrraeth dreisgar ei thad. Hyd yn oed os oedd e'n trio'i harbed, wnâi hi byth ddiolch iddo am hynny. Roedd y tad a'r ferch yn dechrau talu pris enwogrwydd . . .

Os oedd hi'n amau bod y lluniau wedi effeithio'n ddrwg ar ei deulu, roedd hi'n gwybod fel ffaith fod y lluniau wedi tynnu'r blaid yn ei ben. Roedd Bryn yn gandryll. Dyn yr oedd wedi rhoi cymaint o lwyfan iddo, bellach yn tynnu'r blaid drwy'r baw. Byddai ffydd yr arweinydd a'r aelodau a'r etholwyr yn Arwel gryn dipyn yn llai erbyn hyn. Cymerodd Emma ddracht arall o'i gwydryn. Oedd, roedd Arwel yn dechrau cael ei ddwyn i gyfrif ac yn dechrau cael ei orfodi i ddilyn yr un rheolau â phawb arall. Roedd cosb yn dilyn camwedd. Dyna'r drefn. Fel'na roedd hi i fod!

Ar draws ei meddyliau canodd ei ffôn i ddweud bod ffacs ar y ffordd. Colofnau o'r *Evening Gazette* wedi eu hanfon gan Dave, y ditectif fu'n ei helpu. A'r pennawd?

Local Anti-drug Hero leads to Dealer's Arrest!

Beth?

Yn dilyn yr amheuon yn y wasg am Chris Pickard, roedd yr heddlu wedi ei ddilyn a'i ddal yn cael ei ddyrnu gan gyflenwr mewn warws ddiarffordd! Rhuthrodd yr heddlu i mewn a'i achub rhag crasfa a allai fod wedi bod yn angheuol.

Blydi *Evening Gazette*! bytheiriodd Emma. Roedden nhw wedi cydweithio â'r heddlu a chael *exclusive* i'r papur. Darllenodd fel roedd Chris Pickard wedi bod dan amheuaeth ers tro, ond bod yr heddlu wedi aros i weld i ble

159

ac at bwy y gwnâi Chris eu harwain. Wedi'r sylw yn y papur roedd rhywun wedi ei ddenu i'r warws i gael ei ddyrnu i dawelwch. Ond roedd yr heddlu wedi rhuthro i mewn a dal y dyrnwr, a'r holi wedi arwain at y cyflenwr.

Roedd pen Emma'n troi.

Unwaith eto roedd Arwel wedi achub ei groen ei hun, a'i enw da hefyd. Roedd wedi troi gweithred wyllt o wendid yn gryfder manteisiol iddo'i hun. Prin y medrai gredu'r peth. Roedd hi fel pe bai rhyw ffawd yn gwenu arno o hyd . . . yn ei rwystro rhag talu am ddim byd! Gwasgodd Emma'r stori bapur newydd yn belen galed yn ei dwylo a'i thaflu i'r bin. Roedd dagrau ei dicter yn dal i losgi pan ganodd ei ffôn ac enw Rhys yn fflachio ar y sgrin.

'Haia, Ms Cynulliad; ne' ddylen i weud Ms Hac!'

'Rhys . . .'

'Wyt ti ar dy ffordd mas 'te? . . . 'Di 'laru. Moyn domi ar y diawled i gyd!'

'Ann wedodd?'

'Ie . . .'

'Cadwa fe i ti dy hunan, plîs, Rhys.'

'Iawn . . . os taw 'na beth ti'n moyn. Ond sa i'n siŵr 'mod i'n deall chwaith.'

'O'dd arna i rwbeth i Patrick . . .'

'A 'na i gyd o'dd e?'

'Ie.'

'Un stori . . . un ffafr . . .'

'Ie . . .' atebodd Emma a'i gadael ar hynny.

'Cynigodd Patrick waith i fi pwy ddwarnod,' mentrodd Rhys.

'Do fe?'

'Gneud dy hen jobyn di.'

'Beth? Yn y swyddfa?'

'Na . . . moyn storis o'r Cynulliad. A ti'n gwbod beth?

Wrthodes i, achos o'n i ddim moyn dy roi di mewn sefyllfa letwhith. 'Na ti jôc!' Roedd e'n trio gwneud yn ysgafn o'r cyfan ond yn amlwg wedi teimlo i'r byw.

'Pam na 'set ti 'di gweud?' holodd Emma.

'Rhag ofon i ti feddwl 'mod i'n dannod . . . neud i ti dimlo'n lletwith.' Roedd yn dechrau swnio fel sant . . . yn mynd yn feddal yn ei hen ddyddiau, a dechrau ei dridegau wedi mynd i deimlo'n ddiawledig o hen!

'Emma, ti 'na?' holodd, wedi saib poenus.

Roedd Emma'n cael trafferth i yngan gair rhag ofn iddo glywed ei dagrau.

'Ydw . . . sori,' mentrodd, wedi llwyddo o'r diwedd i gadw'r cryndod o'i llais.

'Ti'n olreit?'

'Odw . . .' A phesychodd. 'Trio yfed gwin a siarad 'run pryd.'

Celwydd eto . . . celwydd bach diniwed y tro hwn. Ond cymaint o gelwyddau, cymaint o raff roedd wedi ei hawlio gan Rhys . . . a'r rhaff honno heno'n teimlo fel petai hi'n bygwth ei chrogi.

'Ga i ddod lawr?' torrodd Rhys ar draws ei meddyliau.

'Cei . . .' atebodd.

'Fory?'

'Penwythnos?' cynigiodd.

Cytunodd Rhys. Beth oedd wythnos arall, wedi'r wythnosau o fod ar wahân, wythnosau o aros, o obeithio nad oedd popeth wedi'i golli am byth, ac y câi'r hen Emma'n ôl?

Ar ddiwedd yr alwad, gadawodd Emma i'w dagrau lifo fel afon. Dagrau oedd yn edliw iddi gymaint roedd wedi ei fentro er mwyn setlo hen sgôr. Dagrau oedd yn cydnabod ei theimladau at Rhys . . . Roedd rhan ohoni am godi ei phac a mynd 'nôl i Lundain ato fe'r noson honno . . . Taro'r caead yn gadarn, unwaith ac am byth, ar bennod a fu'n gymaint o boendod. Ac agor un arall wedyn, un gyffrous ond diogel yn fflat newydd Rhys.

Ond roedd dau beth yn ei rhwystro: ei diawledigrwydd styfnig hi ei hun, a'r wybodaeth nad dim ond hi ei hun y byddai'n ei rhyddhau drwy ddianc 'nôl i Lundain, ond Arwel hefyd . . . a doedd e ddim yn haeddu bod yn rhydd.

Roedd y dyddiau nesaf yn straen. Gwthiodd Emma ei hun i fynd i'r gwaith a gwneud ei dyletswyddau fel swyddog. Gydol yr amser, roedd hi'n ymwybodol o'r ffaith fod Arwel yn cario'i ben yn uchel. Wedi dianc unwaith eto o we a allai fod wedi ei faglu, a gwe roedd e ei hunan wedi'i chreu.

'Diolch byth bod 'na rai newyddiadurwyr cyfrifol i ga'l!' oedd ei gyfarchiad iddi un bore. Ac roedd wedi gwenu'n fodlon, drahaus – gwên un oedd wedi concro.

Ond dan y cyfan, roedd hi'n gwybod bod yna graciau. Roedd hi wedi sylwi ei fod yn treulio mwy a mwy o amser yng Nghaerdydd erbyn hyn. Wedi dechrau aros hyd at bum noson yn y fflat. Felly doedd e ddim ar frys i ruthro adref at ei deulu, yn amlwg. Rhaid bod pethau'n dal yn anodd yno a fynte felly'n dianc fel cachwr a gadael i Lois ddelio â'r anhrefn roedd e wedi'i greu. Ond roedd hi wedi sylwi hefyd ei fod yn gweithio'n galed; roedd y gwaith a lwythai ar Elen yn dyst o hynny, a hynny'n tueddu i'w chadw ar ôl i deipio'n hwyr fwy nag un noson yr wythnos . . . Weithiau dim ond y nhw eu dau fyddai ar ôl. Penderfynodd Emma glosio rhagor at Elen . . .

'Gwitho'n hwyr heno 'to?'

'Braidd . . .!'

'I Arwel ma'r rhain?'

'Rhan fwya.'

'Mae e'n gofyn lot.'

'Odi . . . Gynigodd e bryd o fwyd i fi am 'y nhrafferth.'

'Ethoch chi i rwle da?'

'Ethon ni ddim . . . o'n i'n cwrdda Pete.'

'Y sboner?'

Amneidiodd Elen yn fodlon.

'Ti'n 'i weld e ers sbel?' holodd wedyn.

'Blwyddyn. A rhagor . . .'

'Grêt . . . O, wel, paid gwitho'n rhy galed.'

Ac roedd Emma wedi ei gadael hi ar hynny . . . Chafodd
hi ddim yr argraff fod Elen am fachu – hyd yn oed os oedd
Arwel yn awyddus. A doedd ganddi ddim prawf o hynny.
Roedd y gwaith roedd hi wedi bod yn ei wneud wedi ei
gwneud hi'n sinigaidd . . . yn rhy sinigaidd, yn rhy amheus.
Ond nid ar ei gwaith roedd y bai i gyd. Roedd hedyn y
siniciaeth honno wedi ei blannu ymhell cyn hynny. Roedd
wedi ei blannu gan Arwel.

Penderfynodd ffonio Dave, y ditectif preifat a fu'n ei
helpu, i weld a oedd e wedi cael unrhyw lwc yn tyrchu i
hanes staff a chyn-staff Evans & Pritchard, lle'r oedd Arwel
yn bartner. Roedd hi'n ddigon posib bod rhyw hanes yn y
fan honno a fynte wedi bod yno am flynyddoedd.

'Mandy Richards, ysgrifenyddes. Adawodd hi'r ffyrm yn
syden. Un funed o'n nhw'u dou'n ffrindie mowr; y funed
nesa o'dd hi'n gadel yn ddirybudd.'

Gan un o'r merched glanhau roedd Dave wedi cael y
stori, a'r manylion yn niwlog. Sibrydion a sïon oedd ganddo
. . . dim byd cadarn.

'Dim ots. Dim mwg heb dân. Ffinda hi!'

Roedd Emma'n daer am gael gwybod pam bod Mandy
wedi gadael. Oedd hi wedi mynd o'i gwirfodd – neu oedd hi
wedi ei herlid, fel hithau, fel lleidr yn y nos? Beth oedd gwir

natur y berthynas? Oedd yna affêr? Neu oedd yna harasment? Roedd hi'n ffyddiog bod yna stori, ac wedi gofyn i Dave egluro bod arian ar gael gan bapur yn Llundain tasai ganddi stori gwerth ei hadrodd am yr Aelod newydd.

Teimlai Emma ychydig bach yn dawelach wedi hynny. A thawel oedd hi yn y gwaith hefyd nes i Bryn ei gwahodd i gyfarfod arbennig yn ei swyddfa. Roedd hi wedi sylwi ar unwaith fod rhyw fywiogrwydd cyffrous, os nad nerfus, yn perthyn i'r Prif Weinidog y bore hwnnw. Ac roedd rheswm da dros hynny; roedd ganddo ddatganiad o bwys i'w ryddhau, ei fod wedi llwyddo i ddenu cwmni newydd o'r enw *Gradarnix* i sefydlu ffatri trin cemegion ar gyrion tre Porthtywi, yn y de-orllewin. Fe gynigiai'r ffatri swyddi i ddau gant a hanner o bobl gan wneud gwahaniaeth sylweddol i economi'r ardal.

'Felly, mae'r Llywodraeth hon *yn* un sy'n anrhydeddu ei haddewidion! Ac *yn* gweithredu er lles pobl Cymru,' cyhoeddodd yn fuddugoliaethus. 'Gnewch yn siŵr fod y cyhoedd yn ca'l y neges!'

Cofnododd Emma eiriau Bryn yn ufudd, gan addo yr âi'r datganiad i'r wasg ar ei union.

'O . . . a chofiwch roi cyfle i Arwel wneud sylw neu ddau. Mae'n bwysig bod y darpar-ymgeisydd yn ei gysylltu ei hunan â'r datblygiad newydd cyffrous 'ma!'

'Wrth gwrs.' A chytunodd Emma i fynd i gael gair ag e ar unwaith.

Ffatri newydd, a honno'n ffatri trin cemegion. Roedd hyn yn ei hatgoffa o achlust o stori a gawsai gan Rhys pan oedd hi'n gweithio yn Llundain. Ai hon oedd y ffatri roedd wedi sôn amdani hefyd dro yn ôl? Y ffatri amheus ei chysylltiadau roedd Bryn wedi bod mor daer am ei denu i Gymru? Pe deuai'r ffatri i ddarpar etholaeth Arwel, fe fyddai yntau'n rhan o'r sgandal . . . Yna pwyllodd Emma, gan geisio arafu ei meddyliau. Beth os oedd hi'n chwilio am gysylltiad lle nad oedd cysylltiad yn bod? Roedd hi'n dechrau ei hamau ei hun eto. Hen arferiad anffodus oedd wedi ailafael ynddi o ddifrif yn ddiweddar. Penderfynodd mai'r peth callaf i'w wneud oedd cysylltu â Rhys yn nhawelwch ei swyddfa y cyfle cyntaf a gâi. Ond cyn gadael y Cynulliad fe chwiliai am Arwel a chofnodi'r ymateb roedd Bryn wedi ei fynnu.

'Sori i dorri ar draws,' dechreuodd yn gwrtais, ddiplomatig. 'Wy angen dyfyniad ne' ddau . . . ynglŷn â'r ffatri,' dechreuodd.

Cododd Arwel ei ben o'i bapurau.

'Beth?' holodd braidd yn ddiamynedd.

'Y ffatri trin cemegion ma' Bryn wedi'i denu i ardal Porthtywi. Wedi gwitho'n galed iawn i'w sicrhau hi, mae'n debyg!'

Eiliadau'n ddiweddarach roedd Arwel yn ymateb yn fwy hawddgar.

'Wy'n gweld. Heddi ma'r datganiad yn mynd i'r papur, ife? Reit!'

Sioncodd Arwel drwyddo. Yn amlwg, doedd yr helynt gyda Sioned a'i rhacsyn o gyn-gariad ddim wedi peri i Bryn fynd 'nôl ar ei air am y ffatri; drwy drugaredd, roedd honno'n dal wedi ei bwriadu ar gyfer ei ddarpar etholaeth e.

'Cwmni *Gradarnix* wy'n deall,' ychwanegodd Emma. 'O's 'da ti unrhyw sylw?' holodd wedyn.

'Yn naturiol, wy'n croesawu'r datblygiad. Bydd e'n hwb sylweddol i economi'r ardal.'

'Wyt ti 'di bod yn rhan o'r trafodaethe o gwbwl?'

'Naddo. Mater i Bryn o'dd hynny.'

'O's 'da ti unrhyw wybodaeth am y cwmni?'

'Na, fel wedes i, mater i Bryn . . . Beth yw'r holl holi 'ma?' gofynnodd, ychydig bach yn amheus unwaith eto.

'Trial ca'l datganiad mor llawn â phosib! Dwi'n cymryd bo ti'n moyn gyment o sylw â phosib cyn yr etholiad nesa . . .' A gwenodd Emma'n ddiplomatig.

'Wrth gwrs.'

'Iawn 'te . . . hwyl.'

A cherddodd Emma yn dalog o'i swyddfa.

O'r diwedd cafodd dawelwch i ffonio Rhys.

'Hai!'

'Emma!'

'Un cwestiwn bach – stori'r ffatri? Ti 'di gwitho arni o gwbwl?'

'Wrthodes i, cofio? Er dy fwyn di! A ta beth, sdim cyhoeddiad 'di bod 'to . . .'

'Fydd y datganiad yn y papur fory. Datganiad yn canmol ymdrechion Bryn!'

'Reit . . . A ti'n moyn i fi gadw'n dawel . . .'

'Nagw . . .!'

Roedd Rhys yn syfrdan.

'Beth? Ti wedi ca'l llond bola?'

'Na . . . Ddim 'to.'

'Ond os caf *i*'r stori, fydd cysylltiad rhyngot ti a'r stori . . . a fydd 'da ti ddim dewish ond mynd!'

'Mae'n fwy cymhleth na 'na. Sneb fan hyn yn gwbod am y cysylltiad.'

Roedd pen Rhys yn troi. Roedd ganddo stori . . . roedd Emma ganddo, ond doedd hi ddim wedi sôn gair wrth neb amdano. Tybed? Tybed? Roedd yna lais bach llawn amheuaeth yn ei glust yn mynnu gofyn pam.

Rhesymau proffesiynol, heb os, darbwyllodd ei hun.

'Ynglŷn â'r penwthnos . . .'

'Ie . . .?'

Dechreuodd ei galon suddo eto – doedd hi ddim am ganslo, gobeithio?

'Falle taw fi ddyle ddod i Lunden . . . jest rhag ofn!'

Ymlaciodd Rhys unwaith yn rhagor . . . yn ffyddiog bod yr hen Emma ar ei ffordd 'nôl.

*   *   *

'Datblygiad diddorol, Bryn,' sylwodd Dai wrth gydgerdded â'i gyd-wleidydd i gyfarfod, ddeuddydd yn ddiweddarach. 'Gadwest ti fusnes y ffatri 'ma'n dawel iawn,' ychwanegodd, ychydig yn awgrymog os nad yn gyhuddgar.

'Ma' angen ambell i syrpreis ag etholiad ar y gorwel!' atebodd hwnnw'n amddiffynnol.

'Ie . . . ym . . . trueni am yr holl ddŵr oer 'ma sy'n ca'l 'i dowlu am ben yr holl fusnes 'fyd,' achwynodd Dai.

'O, y pethe gwyrdd 'ma. A ma' hi, Ms Katherine "Lenin", yn bownd o gwyno . . .' torrodd i mewn yn siarp. 'Ond fydd 'da nhw'm co's i sefyll arni. Ma'r ffatri 'ma'n llawn o'r pethe diweddara i'w gneud hi'n hollol saff!'

'Ti'n credu 'ny, wyt ti?'

'Wrth gwrs 'ny. A ma'r ardal 'na'n crefu am waith. Ac yn bwysicach na 'ny, ma' angen i ni ga'l 'yn gweld yn rhoi'r cyfle 'na iddyn nhw. Fydd y lecsiwn nesa yn y bag, wy'n addo!'

'Wy'n cymryd bo ti heb weld hyn, 'te?' a thrawodd Dai gopi o erthygl Rhys dan drwyn y Prif Weinidog.

Darllenodd Bryn yn gyflym.

Gradarnix is none other than Eastern Chemicals by another name, a branch of the multi-national giant that was responsible for the massive breach of safety standards leading to the death of hundreds of innocent workers and their families in Korea, following the release of toxic fumes from the local industrial plant.

'Celwydd yw hyn i gyd! Cwmni'n gwitho o Lundain yw *Gradarnix*. 'Sda hyn ddim byd i neud ag *Eastern Chemicals*!'

'Ma'r bachan 'ma 'di ca'l 'i ffeithie o rwle, Bryn! A fydd 'na lot o gwestiyne'n ca'l 'u gofyn.'

Holwyd y cyntaf o'r rheini yn y siambr ar ffurf cwestiwn brys gan Wil Price, arweinydd yr wrthblaid, ynglŷn â diogelwch y ffatri arfaethedig a'i heffaith ar yr ardal.

'Bydd gan y ffatri newydd y safone diogelwch uchaf!' mynnodd Bryn. 'Ro'dd hwnna'n un o'r cwestiyne cynta ro'n *i*'n 'u gofyn cyn dechre trafod 'da *Gradarnix* yn Llundain. A hyd y gwn i, do's gan y cwmni 'ma ddim oll i neud ag *Eastern Chemicals*!'

Yna roedd Katherine Kinseley ar ei thraed. '"Hyd y gwyddoch chi . . .", dyna ddwedoch chi, Prif Weinidog. Ond os yw hi'n wir mai'r un cwmni yw'r ddau – a ma' digon o enghreifftiau o gwmnïau'n gweithredu dan enwau gwahanol, canghennau o gwmnïau, ac yn y blaen – a fyddwch chi wedyn yn rhwystro'r cwmni yma rhag dod i Gymru a pheryglu iechyd pobol etholaeth Porthtywi?'

'Bydd 'na ymchwiliad llawn i'w safonau diogelwch. Os na fydd y safone hynny'n dderbyniol, yna na, fyddwn ni ddim yn caniatáu i'r ffatri ymsefydlu yng Nghymru. Felly does gan y bobol ddim oll i boeni yn ei gylch; ma' nhw mewn dwylo cyfrifol, diogel!' A gwenodd wên lydan, arlywyddol.

'Beth gythrel sy'n mynd mla'n, Bryn?' holodd Arwel, gan ei gornelu wrth iddo yfed ei goffi. 'O't ti'n gwbod am hyn?'

'Nag o'n i'n gwbod dim. A mor belled ag wy i yn y cwestiwn, do's dim byd i'w wbod.'

'A beth os o's cysylltiad? 'Na'i diwedd hi wedyn . . . cachfa arall ar ben Porthtywi.'

'Ti'n mynd o fla'n gofid nawr, Arwel. Gad ti hyn i fi.' A diflannodd Bryn i ddiogelwch ei swyddfa i geisio trefnu tystiolaeth fod *Gradarnix* yn gwmni newydd, annibynnol, modern ei safonau – tystiolaeth fyddai'n golygu y gallai fwrw ymlaen â'i gynlluniau. Doedd dim methu i fod!

Ac efallai na fyddai wedi methu oni bai i dystiolaeth allweddol gael ei bwydo i arweinydd yr wrthblaid.

Cododd Wil Price ar ei draed yn ffyddiog, hyderus yn y siambr rai dyddiau'n ddiweddarach, ac anelu cwestiwn annisgwyl i gyfeiriad Bryn. Roedd newydd gyflwyno ei ffeithiau am ddiogelwch a safonau ac annibyniaeth cwmni *Gradarnix*, oedd am ymsefydlu ym Mhorthtywi.

'Pan o'ch chi, Brif Weinidog, yn gwadu unrhyw gysylltiad rhwng *Gradarnix* ac *Eastern Chemicals*, oeddech chi wedi anghofio i chi ymweld â swyddfa *Eastern Chemicals* ym Mrwsel?' pwysleisiodd. 'A dechrau cynnal trafodaethau yno yn ystod yr haf y llynedd?'

Beth ar y ddaear . . .? Sut gythrel . . .? Gallai Bryn deimlo ei bwysau gwaed yn dringo, dringo, dringo'n uwch bob eiliad, a'r gwres yn casglu dan ei goler.

'Dwi'n . . .' pesychodd. 'Dwi'n mynychu amryw o gyfarfodydd . . .' dechreuodd wedyn. 'Cyfarfodydd ym Mrwsel . . . ym mhobman . . .' cloffodd, cyn holi'n herfeiddiol, 'O's disgwyl i fi gofio pob cyfarfod wy'n 'i fynychu, i drio dod â gwaith i Gymru?'

Roedd murmur o syndod yn lledu drwy'r siambr, aml i ben yn siglo'n resyngar, a'r cyfan yn ymchwyddo'n don anfodlon. Doedd gan Bryn ddim unman i guddio; roedd pennau'r fainc flaen yn eu dwylo a'r wrthblaid yn uchel eu cloch. Unwaith eto bu'n rhaid i Llywela erfyn am dawelwch.

'Trefn, trefn . . . os gwelwch yn dda!'

Wedi ymdrech lew, llwyddodd o'r diwedd i gael gosteg, ond roedd pawb yn sylweddoli bod yr ysgrifen bellach ar y mur. Roedd datgeliad y munudau diwethaf wedi bod yn dyngedfennol i Bryn Rogers. Llaciodd ei goler. Taflodd Luned gipolwg pryderus, llawn cydymdeimlad i'w gyfeiriad, ond doedd dim y gallai ei wneud i'w helpu. Roedd hi'n mawr obeithio na châi hithau ei thynnu i'r ffau, fel ei Weinidog Datblygu Economaidd. Llithrodd rai modfeddi'n is yn ei sedd gan weddïo na thynnai neb unrhyw sylw ati, na'i holi.

Roedd Arwel, hefyd, yn chwysu. Nid yn unig roedd wedi cyfrannu at ddatganiadau yn y papur yn cefnogi'r ffatri – roedd hefyd wedi dangos pob ffydd yn ei safonau diogelwch. Y peth olaf roedd e'n ei ddymuno oedd cael ei gysylltu â sgandal fel hyn. Ond cael ei gysylltu neu beidio, roedd dyfodol y ffatri roedd ef wedi ei chefnogi yn chwilfriw dan draed, a doedd yr hwb economaidd oedd arno ei angen i ennill Porthtywi ddim yn bod bellach. Ar ben hynny, roedd gyrfa'i brif fentor yn llwch, a'i gefnogaeth frwd iddo yn ystod yr wythnosau diwethaf yn ofer, yn ôl pob golwg.

Roedd Dai yn gwneud ei orau i fygu gwên smỳg. Hanner trodd a thaflu winc slei i gyfeiriad ei gyw melyn, oedd wedi dodwy'r wy aur. Gwenodd Emma yn ôl arno o oriel y wasg cyn codi a diflannu i yrru neges-destun at Rhys yn datgan ei lwyddiant.

Roedd y llwyddiant yn fwy o lawer nag y sylweddolai Rhys, meddyliodd Emma. Nid dim ond twyll Bryn oedd wedi cael ei rwystro heddiw, ond hefyd dwyll y dyn roedd Bryn yn ei hyrwyddo – dyn oedd wedi ei thwyllo, ei threisio, wedi troi ei ffrindiau yn ei herbyn a'i gyrru i ddibyn anobaith. A hynny oll heb damaid o gywilydd, heb owns o edifeirwch. Ond ar ôl heddiw, doedd ei ddyfodol ddim hanner mor sicr. A

170

gyrfa Bryn yn y gwter, byddai'n rhaid i Arwel ennill ffafr arweinydd newydd. Ac roedd ganddi syniad go dda pwy fyddai hwnnw . . . un roedd Arwel wedi ei siomi trwy ddwyn ei ymgyrch dan ei drwyn a chefnogi ei hen elyn. Tybiai Emma bod y rhod ar fin troi yn hanes Arwel . . .

*   *   *

'Nôl yn lolfa Dôlawel, roedd Arwel yn aflonydd. Roedd yr awyrgylch yn y cartre yn annioddefol, ac wedi bod felly byth ers y ffrwgwd yn fan Chris Pickard. Roedd wedi gwneud ei orau i gymodi â Sioned ond roedd hi heb dorri gair â'i thad. Roedd y wal rhyngddynt mor gadarn ag erioed, a doedd nac addewid o arian na dillad na dim oll wedi ei pherswadio. Roedd hynny'n peri loes iddo, ond roedd hefyd yn peri anghyfleustra, yn achosi problem ymarferol. Byddai Arwel wedi dymuno i Sioned fynychu cynhadledd wrth-gyffuriau gydag e, a chael tynnu ei llun. Nid yn unig fe dynnai hynny sylw at y gwaith roedd e'n ei wneud dros yr ifanc, ond fe dynnai sylw hefyd oddi wrth fethiant Bryn i ddod â ffatri i'r ardal a'r dicter a deimlai'r etholwyr, oedd wedi eu siomi unwaith yn rhagor gan addewidion gwag ei blaid. Ond er i Arwel grefu ar Sioned i roi'r diflastod gyda Chris y tu ôl iddyn nhw a chefnogi ei thad, roedd wedi gwrthod yn bendant, drwy yngan ychydig eiriau dethol, wedi eu cyfeirio ato fe drwy gyfrwng ei mam.

'*No way*! Byth! Deall?' A chan daflu un cip edliwgar, cwbl anfaddeugar i'w gyfeiriad, roedd wedyn wedi tynnu drws y lolfa mor ffyrnig ar ei hôl nes iddo bron â neidio allan o'i ffrâm. Credai Arwel ei bod yn llawn haeddu pregeth hallt arall am ei stranciau, ond doedd ganddo mo'r amser na'r amynedd na'r galon i feddwl am hynny yr eiliad honno. Roedd ganddo bethau eraill yn pwyso'n drwm ar ei feddwl.

171

'Dwi'n mynd 'nôl i'r swyddfa am ychydig oria. Tria beidio ffraeo rhagor efo Sioned!' meddai Lois.

Gwyliodd Arwel hi'n casglu'i phethau a mynd allan o'r tŷ, gan groesawu'r heddwch i bendroni ynghylch ei sefyllfa.

Dros yr wythnosau diwethaf roedd Arwel wedi cefnogi Bryn gant y cant oherwydd y fantais amlwg a gawsai ganddo: roedd wedi cael mwy na'i siâr o gyfle i holi cwestiynau yn y siambr, a chael ei wneud yn arweinydd ymgyrch wedi un araith ddisglair. Roedd Bryn hyd yn oed wedi ei grogi ei hun yn trio denu ffatri i'r ardal lle'r oedd Arwel am sefyll fel ymgeisydd. Heb os, roedd Arwel yn cael ei ystyried yn un o ddilynwyr ffyddlonaf Bryn. Ac er bod hynny'n fantais, ar un adeg, roedd bellach yn anfantais sylweddol. Yr unig gysur oedd na wyddai Arwel ddim oll am gefndir amheus cwmni *Gradarnix* ac na allai neb ei gysylltu â'r trafodaethau hynny o gwbl. Gwnâi hynny hi rywfaint yn haws iddo beidio â suddo gyda Bryn.

Ac roedd yn benderfynol nad oedd am suddo gyda Bryn! Roedd yn rhaid iddo feddwl am gynllun, felly, a hynny'n go fuan. Dechreuodd chwarae ei fysedd ar y bwrdd o'i flaen wrth feddwl. Meddwl a meddwl. A dim ond un llwybr a welai'n agor o'i flaen. Cododd y ffôn ar ei hen gyfaill, Sid Jones.

Drannoeth roedd adroddiad ecscliwsif gan Sid yn y papur. Yn ôl ffrindiau agos i Arwel Evans, fe deimlai'n eithriadol o siomedig ynglŷn â'r modd roedd Bryn Rogers wedi ei gamarwain e a'r cyhoedd ynghylch y ffatri. Roedd hefyd yn condemnio'r ffordd anonest roedd y Prif Weinidog wedi gweithredu. Dywedwyd bod Mr Evans bellach yn ceisio annog Dai Davies, y Gweinidog Iechyd, i sefyll fel arweinydd: dyn oedd yn berchen ar yr holl nodweddion angenrheidiol i fod yn Brif Weinidog grymus iawn – nodweddion a godai'r wlad yn ôl ar ei thraed.

'Jiwdas!' sibrydodd Bryn, gan daflu'r *Evening Gazette* i'r naill ochr. 'Y bastard ag e! Y diawl douwynebog!' Roedd Arwel wedi methu aros i blannu'r gyllell yn ei gefn, wedi methu aros i sathru arno a'i fradychu, a hynny ar ôl iddo wneud cymaint i'w helpu! A nawr roedd gyrfa Bryn Rogers ar ben, ac Arwel Evans wedi taro'r hoelen dyngedfennol yn ei arch.

Taflodd Emma, hefyd, ei chopi o'r *Evening Gazette* o'i llaw hithau. Teimlai ei bod hi'n adnabod Arwel Evans yn well na neb, ond roedd hyd yn oed hi wedi ei synnu o weld pa mor sydyn roedd Arwel wedi symud. O fewn oriau, roedd y dyn tefflon wedi bradychu ei arweinydd, fel y bradychai unrhyw un er mwyn achub ei groen ei hun. Ef oedd y cyntaf i'r felin i gefnogi Dai yn agored, i weld a gâi ffafrau gan hwnnw pan fyddai'n dod yn Brif Weinidog cyn bo hir! Y fath wyneb oedd gan Arwel! Un funud yn sathru ar ei gyrn drwy fachu ymgyrch dan ei drwyn, heb sôn am fod yn gi bach i Bryn, a'r funud nesa'n gweiddi'n groch o'i blaid.

Ond roedd Emma'n amau ei bod hi'n gwybod sut ymateb a gâi e gan Dai. Tybiai bod gan hwnnw gof cystal ag oedd ganddi hithau.

Hanner awr yn ddiweddarach roedd Dai yn gwthio drws ei swyddfa ar agor.

'Emma. Newydd ga'l ffôn 'wrth Irene. O's 'da ti gopi o'r *Evening Gazette*?'

Estynnodd Emma ei chopi iddo ac eistedd yn ôl i wylio'i ymateb wrth iddo ddarllen yn awchus.

'Diawch erio'd! Wel wel, ma' fe, Arwel wedi newid 'i diwn!'

'On'd yw e!'

Yna dechreuodd Dai chwerthin yn isel ym mhlygiadau ei wddf.

'Unrhyw beth i achub 'i gro'n!' ychwanegodd Emma wedyn, ei geiriau'n llithro o'i genau'n ddiarwybod iddi, bron.

Edrychodd Dai arni'n syn. 'O'n i'n meddwl fyddet ti'n ddigon balch.'

'Falch o weld newid arweinydd, bydden, ond . . .'

''Na ni 'te. Sdim byd mwy i weud.' A gwenodd wên lydan. 'Bydd raid i fi ga'l gair bach yng nghlust yr hen Arwel. Tipyn o wleidydd, so ti'n meddwl? Newn ni dîm bach net, Arwel a fi!' A chwarddodd eto, cyn hwylio o'r ystafell heb hyd yn oed aros am ei hymateb.

Eisteddodd Emma yn syfrdan, ei meddyliau'n drobwll di-drefn.

Mor hawdd roedd Dai wedi maddau . . .

Mor gyfrwys roedd Arwel wedi bod . . .

Mor chwim roedd ei feddwl wedi gweithio . . .

Wedi dileu ei gamgymeriad ac ailsgrifennu ei ddyfodol mewn chwinciad . . .

Wedi chwalu ei deyrngarwch i Bryn a neidio i gôl Dai!

Roedd wedi chwarae gyda'r ddau, wedi twyllo, wedi bradychu, wedi gwthio cyllell i gefn, yn union fel roedd wedi'i wneud gyda hi bymtheg mlynedd yn ôl am nad oedd hi am fod yn ufudd, am nad oedd hi am chwarae'r gêm, am nad oedd hi am chwarae'r ffon ddwyblyg a thwyllo Lois . . . Fu e ddim yn hir yn ailsgrifennu'r gorffennol i'w siwtio ei hun bryd hynny, a gwerthu ei gelwydd fel y gwir! Roedd wedi troi popeth eto. Ei droi ar ei ben, er mantais iddo'i hun. Wedi'r holl ymgecru, yr holl gystadlu . . . roedd Arwel a Dai a'u hagenda yn un. Arwel a Dai, y darpar arweinydd, y darpar Brif Weinidog . . . yn dîm. A beth oedd hi? Offeryn eu sbin . . .? Elfen wanna'r triongl . . .

Yn pacio'i bagiau a mynd o'r Neuadd . . . A geiriau hen
ffrindiau yn canu yn ei chlustiau.
Celwyddgast!
Bitsh fach wenwynig!
Eu geiriau'n ei herlid . . .
O Aber i Iwerddon,
I Lundain . . .

A nawr i Gaerdydd!
    Ble'r oedd ei thaith uffernol yn mynd i orffen?

13

Cyhoeddwyd ymddiswyddiad Bryn Rogers, ac etholwyd Dai Davies yn Brif Weinidog Cymru yn ei le. Yn y man, roedd yn ad-drefnu ei gabinet. Gyrrwyd Luned 'nôl i'r meinciau cefn, yn gwmni i Bryn ac yn llai o drafferth i bawb. Yn ei lle, yn annisgwyl braidd i amryw, dyrchafwyd Arwel yn Weinidog Datblygu Economaidd.

Roedd Emma wedi ei syfrdanu. Oedd Dai wedi colli arni? Y dyn oedd wedi ei fradychu nawr yn cael ail gyfle? Mwstrodd ei holl sgiliau diplomyddol a cheisio dylanwadu arno'n ofalus.

'Ma' Arwel wedi neud yn dda 'da'r ymgyrch gyffurie . . .'

'Hollol!'

'Pam newid rhwbeth sy'n gweithio?'

'All e witho'n well yn fan hyn! Eith y bachan 'ma 'mhell . . . wy wastod 'di gweud! Diawch eriôd, fydd hwn yn cymryd 'yn lle i ryw ddydd. Ond ddim am sbel hir, gobitho!' A chwarddodd yn isel eto. Hen chwarddiad oedd wedi dechrau troi ar Emma, un roedd wedi dod i'w gysylltu â phopeth roedd hi'n ei gasáu am y byd roedd hi yn ei ganol. Pam ddiawl na fyddai wedi gadael cyn hyn? Pam ddiawl na fyddai wedi mynd 'nôl i Lundain at Rhys? 'Nôl i glydwch y fflat newydd lle'r oedd wedi cael cymaint o groeso. 'Nôl i'r nyth oedd i fod yn gartref iddyn nhw ill dau. Roedd Rhys wedi rhoi allwedd iddi fel y gallai ddychwelyd yno unrhyw bryd y mynnai . . . Dylai fod wedi mynd yn ôl ato pan oedd hi wedi teimlo rhyw fath o fuddugoliaeth . . . wedi stori'r ffatri. Ond roedd hi'n rhy hwyr i fynd nawr; mynd wedi colli, mynd fel un wedi ei herlid . . . eto! Pe gwnâi hynny, fyddai yna ddim blas ar fynd yn ôl; châi hi byth y tawelwch roedd arni gymaint o'i angen, tawelwch roedd yn gobeithio'i gael unwaith y byddai wedi gwasgu'r gwir o groen Arwel.

Ar ben hynny, roedd ganddi reswm da arall, bellach, dros aros.

Roedd Emma wedi sylwi ers tro nad oedd Elen mor siriol, mor sicr ohoni'i hun ag y bu. Dechreuodd ei holi . . . cynnig bod yn glust i wrando. Roedd hi'n gyndyn, i ddechrau, ond o'r diwedd dechreuodd arllwys yr hanes – fel roedd Arwel, y dyn hael, ffein, wedi mynnu mynd â hi am swper . . . er mwyn diolch am ei holl waith. Roedd hithau wedi derbyn, ond wedi gwrthod gwahoddiad i fynd 'nôl am goffi am ei bod hi'n hwyr . . .

Wedyn roedd gwahoddiad arall wedi dod, a hithau'n derbyn, yn ddifeddwl. Y tro hwnnw roedd wedi mynnu ei hebrwng hi 'nôl at y drws. Roedd e wedi gobeithio cael ei wahodd i mewn ond ei bod hi wedi gwrthod eto. Wedi gwneud esgus unwaith eto. Wedi dweud 'Na'.

'Na . . . na, wedes i, Arwel! Na!!'

'Ti'n iawn?' Roedd Elen wedi gweld golwg bell ar Emma. Roedd hi wedi newid yn sydyn o fod yr un oedd yn cael ei chysuro i fod yr un oedd yn trio cysuro.

'Odw, wy'n iawn. Berffeth iawn! A nest ti'n iawn. Ti'm ishe cwmni rhyw ddynon canol o'd . . . ddim â Pete i ga'l!'

Gwenodd Emma'n wanllyd.

'Ddim i Pete wy'n gwitho!'

Unwaith eto roedd Arwel wedi methu derbyn 'Na'. Bob tro roedd Elen yn gwrthod gwahoddiad, roedd hynny'n dân ar ei groen. Roedd hi fel gêm iddo fe . . . un roedd e'n benderfynol o'i hennill.

'Fydde sawl un yn lico bod yn dy sgidie di. Swyddfa dda, cwmni da . . . cyflog da. Pam ti'n trial 'i daflu e bant?' Dyna beth oedd Arwel wedi ei ddweud wrthi.

'Wy ddim yn taflu dim bant!'

'Siŵr?'

'Odw.'

'Gwd. Gewn ni sesiwn fach hwyr 'te . . . a gei di ddod am swper 'da fi wedyn.'

'Sori, alla i ddim. Hynny yw, alla i ddim dod am swper!'

Ond roedd Elen wedi ildio i weithio'n hwyr . . . treulio rhagor o amser yn ei gwmni. Ac os oedd hi'n cwyno, roedd yna fygythiad cudd – bygythiad i wneud pethau'n anodd iddi. Bygythiad roedd Arwel wedi dechrau ei weithredu. Bygythiad roedd Elen yn ofni gwneud unrhyw beth yn ei gylch.

Teimlai Emma nad oedd ganddi ddewis ond cyflogi Dave i dyrchu yng ngorffennol Arwel, i weld a oedd yna rywbeth y gallai ei ddefnyddio yn ei erbyn. Yn y man roedd Dave wedi cael gafael ar Mandy Richards, cyn-ysgrifenyddes i Arwel. Ond roedd hi wedi gwrthod siarad, yn anffodus.

'Seines i rwbeth. Sori. Alla i ddim siarad â'r wasg!'

'Beth? Yn gyfnewid am arian?'

Ac wedyn panig. Sylweddolodd ei bod wedi dweud gormod. 'Ddim bod dim byd i'w weud!' mynnodd wedyn, gan gau'r drws yn glep ar Dave a'i gynnig ariannol.

Doedd gan Emma, felly, ddim tystiolaeth y gallai ei defnyddio yn ei erbyn. Y cyfan oedd ganddi oedd y sicrwydd ei bod yn gwneud y peth iawn yn dal i wylio, yn dal i dyrchu . . . yn aros ei chyfle i weithredu, dros Mandy, dros Elen a throsti hi ei hun. Roedd rhaid i rywun ddangos i'r byd beth oedd Arwel Evans mewn gwirionedd.

Beth oedd yn ei yrru, holodd hi ei hun? Pŵer? A rhagor o bŵer? Llwyddiant? A rhagor o lwyddiant? Risg, a rhagor o risg? Roedd ei yrfa'n mynd o nerth i nerth. Yn honno roedd ganddo bŵer a llwyddiant, ond ddim cymaint o risg, erbyn hyn. Roedd wedi ei dynnu ei hun yn llwyddiannus o sawl cornel gyfyng ac wedi dechrau teimlo'n saff. Dechrau teimlo nad oedd neb yn gallu ei gyffwrdd. Ac efallai na allen nhw, ddim yn wleidyddol. Roedd yn wleidydd i'r carn a chanddo feddwl praff. Pe bai'n cymryd risg o gwbl, yn ei fywyd personol y byddai honno.

Cododd y ffôn ar Patrick.

'Emma! Long time no see!'

'Patrick! I need a hidden camera!'

Cyrhaeddodd y pecyn yn ddiogel. Daeth i gysylltiad unwaith eto â Dave a threfnu i'w gyfarfod. Roedd Rhys ar dân i ddod i lawr ati'r penwythnos hwnnw a fynte'n dal heb weld ei fflat. Ond roedd hi wedi ei wrthod yn bendant. Doedd hi ddim am i Rhys ddod i lawr, a doedd hi ddim am fynd i Lundain y penwythnos hwnnw chwaith. Er cymaint roedd Emma wedi mwynhau mynd ato i'r fflat, gwyddai na fyddai'n gallu ymlacio yn iawn y penwythnos hwn â chymaint ar ei meddwl, cymaint yn y fantol. Roedd wedi gohirio gweld Rhys sawl gwaith yn ddiweddar ac roedd wedi synhwyro'r siom yn ei lais. Ond byddai'n rhaid iddi ohirio eto. Doedd hi ddim eisiau ateb gormod o gwestiynau na datgelu dim am ei bwriad. Addawodd iddi ei hun y byddai'n gwneud iawn am hyn pan fyddai'n llai prysur . . . pan fyddai llai ar ei meddwl.

Ei phroblem gyntaf oedd cael ffordd i mewn i fflat Arwel. Daeth i'r casgliad ar ôl ei chyfarfod â Dave mai'r ffordd hawsaf a glanaf oedd ei bod hi'n cael gwneud copi o'i allwedd. Llithrodd i fyny'n gynnar un bore â blwch bach o glai ym mhoced ei gŵn wisgo.

Curodd ar ei ddrws a disgwyl.

Agorodd Arwel o'r diwedd . . . roedd hi'n gynnar.

'Sori . . . s'da ti'm asprin yn digwydd bod . . .'da fi'r pen mwya uffernol a s'da fi ddim byd yn y fflat.'

Edrychodd Arwel arni'n syn os nad yn amheus am eiliad neu ddwy, cyn gadael iddi ddod i mewn cyn belled â'r cyntedd. Yna roedd wedi diflannu i'r gegin i chwilio. Gwibiodd llygaid Emma yn syth at fwnsied o allweddi ar fachyn gerllaw. Roedd un allwedd yn hynod o debyg i allwedd ei fflat hi. Gallai fentro mai honna oedd hi. Tynnodd y blwch bach o'i phoced a chladdu'r allwedd yn ddwfn yn y clai nes torri siâp clir . . .

Yna, wrth iddi glywed ei gamau'n nesu, tynnodd yr allwedd o'r clai a'i roi 'nôl ar y bachyn. Claddodd y blwch yn ddiogel unwaith eto ym mhoced ei gŵn wisgo a dim ond eiliadau'n sbâr.

'Neith rhein y tro?' Daliodd Arwel flwch bach o dabledi o'i blaen.

'Diolch.'

A phrysurodd i gau'r drws ar ei hôl.

Ar y penwythnos aeth Dave ati i osod y camerâu . . . un yn y lolfa a'r llall yn y stafell wely. Wedyn, cyfarfu'r ddau â Maxine, er nad dyna'i henw iawn, wrth reswm. Gweithiai nid yn unig i Asiantaeth Hebrwng ond hefyd ar ei liwt ei hun, yn cyflawni amrywiol ofynion ei hamryw gleientau. Am arian da, roedd yn fwy na pharod i hofran yng ngwesty newydd pum seren y ddinas, lle roedd casgliad bach dethol o gefnogwyr Dai wedi trefnu i gyfarfod am ddathliad anffurfiol, a denu Arwel i'w gwe.

Roedd hi'n hwyr, a'r criw yn dechrau chwalu; roedd sawl potel win wedi ei hyfed a'r gwirod wedi llifo.

'Reit 'te, bois. Hen bryd i fi fynd am y ca' sgwâr.' Roedd Dai ar ei draed, er yn sigledig braidd. 'Ti'n rhannu tacsi?' gofynnodd i Arwel.

Yr eiliad honno, dychwelodd Emma o'r bar a phlannu diod o'i flaen. Doedd ganddo fawr o ddewis ond aros.

'O'dd arna i un i ti . . . am yr aspirin. Ond ddo' i 'da chi, Dai. 'Di blino braidd.'

'Reit 'te. Wel, bois, pidwch â neud dim byd na nelen i!' A chwarddodd Dai cyn simsanu ei ffordd o'r bar gan adael Arwel ac ambell un arall ar ôl. Taflodd Emma gip cyflym ar Maxine oedd yn pwyso ger y bar. Ond roedd llygaid Maxine ar Arwel. Cydiodd hwnnw yn ei ddiod a dechrau ymlwybro at y ferch luniaidd a bwysai ar y bar . . .

Barnodd Emma ei bod hi'n ddiogel iddi adael y gwesty, dychwelyd i'w fflat, a disgwyl . . .

Lai nag awr yn ddiweddarach roedd tacsi'n parcio y tu allan i'r bloc fflatiau ac yn gollwng Arwel a Maxine ar y palmant. Roedd cam cyntaf y cynllun wedi gweithio fel watsh.

Cliciodd Emma ei sgrin fach ymlaen a gwylio'r camera yn ei fflat. Toc roedd y drws yn agor a'r ddau yn camu i mewn. Yn setlo yn y lolfa . . . Maxine yn dechrau sôn am ei theithiau . . . y cynadleddau i ffwrdd . . . ei chysylltiadau dros y dŵr . . . Ychydig iawn o amser roedd hi'n ei dreulio yn y wlad hon, bellach.

Roedd Maxine yn dda, meddyliodd Emma, a'i stori'n argyhoeddi. Honnai iddi fod yn fodel ar un adeg, cyn troi at faes coluro a dod yn rheolwraig cwmni. Roedd wedi bod yn hynod ofalus i beidio â holi gormod ar Arwel, rhag ei wneud yn ddrwgdybus o ddim. Yn amlwg doedd gan ferch weddol gefnog a dreuliai gymaint o'i hamser dros y dŵr fawr o ddiddordeb yn nelwedd gyhoeddus Arwel. Ac roedd yntau'n araf suddo'n ddyfnach i ymdeimlad o ddiogelwch cwbl ddi-sail. Mor ddi-sail â diogelwch Emma unwaith . . .

'Ma' rhaid i ni siarad . . . siarad am Lois . . .'

Bellach roedd Lois a Sioned yn amlwg ymhell o feddyliau Arwel, a Maxine wedi ei ddenu i'w byd hudolus hi . . . lle nad oedd na gwraig na merch na Chynulliad na gyrfa yn bod. Lle roedd e'n rhydd . . . heb gyfrifoldeb yn y byd.

Roedd yn closio ati, yn ei chusanu, yn ei harwain i'w stafell wely a'i rhoi i led-orwedd ar ei wely. Yna dringodd ati ar y gwely a phwyso drosti . . .

Gwingodd Emma. Trodd ei phen yn ffyrnig o olwg y sgrin a'i diffodd, ei dagrau'n llosgi ei gruddiau. Nid dagrau hallt methiant oedden nhw y tro hwn ond dagrau chwerw llwyddiant. Dagrau oedd yn dal, rywsut, i'w gadael yn wag . . .

Fore Llun roedd y stori'n blastar dros ddalen flaen y *Daily News*.

New Welsh Minister for Economic Development boosts the oldest trade in the West! An anonymous kiss-and-tell callgirl contacted the paper with a vivid and detailed account of Mr Evans's sexual prowess . . .

'Beth ddiawl yw ystyr hyn?' Chwifiodd Dai y papur dan ei drwyn. 'Wyt ti 'di colli dy ben yn lân? Ar ôl i fi dy godi di yn weinidog ar ôl mater o fishodd yn unig!'

Llyncodd Arwel yn galed. Roedd ei eiriau'n sownd yn rhywle yng nghefn ei lwnc.

'Ond . . .' dechreuodd. 'Twyll . . . twyll o'dd e i gyd. Wy 'di ca'l 'yn fframo. 'Na beth yw hyn!'

'Ti'n gweud 'tho i nad y ti yw'r dyn yn y llun? Mae e'n gwmws 'run sbit â ti!'

Rhedodd Arwel ei fysedd yn wyllt drwy'i wallt gan drio meddwl am esboniad. Ond mor belled roedd yn fud. Sut gythraul y cafodd ei ddal ar gamera? Pa gamera? A chan bwy? Maxine? Oedd yna unrhyw eglurhad y gallai ei roi?

'Ma'n flin iawn 'da fi, Arwel, ond alla i byth â dy gefnogi di nawr. 'Sda ti'm dewis ond ymddiheuro, a mynd! Neith Emma ryddhau'r datganiad.'

'Emma . . .' Crygodd. 'Papur Emma . . .'

'Ie!'

'So ti'n gweld? Y hi sy 'di'n fframo i!'

'Beth?'

'Ma' rhaid i ti 'nghredu i, Dai!'

'Ond pam nele hi 'ny?'

'Achos . . .' cloffodd Arwel. 'Achos o'n ni'n nabod 'yn gilydd yn y coleg . . . camddealltwrieth . . .'

'Beth?'

'Nath hi 'nghyhuddo i o . . . rwbeth . . . ond . . . fe allwn ni brofi beth ma' hi 'di neud!'

Rhythodd Dai arno'n galed.

'A beth wedyn, Arwel? Gofyn i'r cyhoedd fadde i ti am fynd â phutain i dy fflat?'

'O'n i'm yn gwbod 'i bod hi'n butain . . .'

Ysgydwodd Dai ei ben gan synnu at ei dwpdra.

'Na, gwranda . . . wy'n gwbod beth yw'r ateb,' meddai Arwel. 'Ma'r llunie 'ma'n ffug . . . Ma'r stori'n ffug!' plediodd, fel un yn gweld golau ym mhen draw ei dwnnel.

Ochneidiodd Dai.

'Cer ag urddas, 'nei di, Arwel? Gore po gynta y gnei di gliro dy ddesg!'

Trodd Arwel yn ffyrnig ar ei sodlau a geiriau Dai yn gnul yn ei glustiau. Y fath annhegwch! Un eiliad . . . un camgymeriad . . . ac roedd ei yrfa wedi ei sarnu. Ac roedd yn berffaith siŵr mai hi, Emma, y bitsh fach, oedd wedi bod wrthi eto. Cerddodd heibio i resi o wynebau, rhai'n crechwenu, rhai'n gresynu, ac eraill yn sawru ei gwymp.

Pan gyrhaeddodd y swyddfa gyffredinol, roedd Elen

yn fud. Cerddodd heibio iddi hi ac i'w swyddfa ei hun a'i daflu ei hun i'w sedd, ei wyneb yn crogi'n llipa rhwng ei ddwylo.

Yna roedd hi, Emma, yn cnocio ar ei ddrws ac yn cerdded i mewn.

'Dai sy wedi'n anfon i,' meddai, mor wylaidd, mor llawn cydymdeimlad ag y gallai fod. 'O's rhwbeth licet ti'i gynnwys yn y datganiad?'

'Fel beth?' poerodd tuag ati.

'Bo ti'n difaru . . . wedi meddwi, yn moyn ymddiheuro i dy deulu . . . i'r blaid. Gwed ti!'

'Y ti. Ti sy'n gyfrifol am hyn!'

'Y fi? O, plîs! 'Le ti'n gweld fi yn y llunie 'na?'

'Ti 'di'n fframo i . . . ti a dy racsyn papur!'

'A pham nelen i 'ny?'

'Achos bo 'da ti *vendetta* yn 'yn erbyn i!'

'Pam, Arwel? Pam nelen i 'na i ti?'

'Achos bo ti'n 'y meio i . . . 'y meio i am bopeth . . . O't ti 'di bod yn 'yn llygadu i ers wthnose!'

'Fe wedais i "Na", Arwel. Do't ti ddim yn deall y gair "Na"?'

'O'dd e i gyd yn rhan o dy gêm di. Y dadle . . . tynnu sylw . . .'

'Do'n i ddim yn whare gêm . . . do'n *i* ddim yn gêm . . .'

'Allet ti fod wedi'n rhoi i yn y jael 'da dy gyhuddiade!'

'O'n i'n gweud y gwir!'

'Dy wir di!'

'O'dd e *yn* wir! A ti'n gwbod bod e'n wir. Gest ti ofon! O't ti ofon cyfadde! Wel 'ma dy gyfle di, Arwel! Gwed y gwir! Er 'y mwyn i?'

'Er dy fwyn di . . . ti . . . sy 'di rhacso popeth i fi!'

''Set ti 'di cyfadde pan ddes i 'ma, fydde pethe 'di bod yn wahanol.'

'Beth? Fyddet ti 'di mynd 'nôl i Lunden a 'ngadel i i ddilyn 'y ngyrfa? Fyddet ti?'

Roedd e'n gwestiwn na allai hi ei ateb. Na allai fyth ei ateb oherwydd doedd y sefyllfa ddim wedi codi, diolch i'w styfnigrwydd diedifar e.

'O'n i'n moyn dy glywed ti'n gweud bo ti'n flin,' eglurodd.

'Wy'n flin,' sgyrnygodd. 'Yn flin 'mod i rio'd wedi dy gwrdda di!' ychwanegodd. 'Jest cer o 'ngolwg i, 'nei di?'

Oedd e'n gyfaddefiad? Oedd, o fath, penderfynodd.

Trodd Emma ar ei sawdl a dychwelyd i'w swyddfa i lunio'i datganiad pwysicaf hyd yma.

Welsh Economic Development Minister sadly resigns post . . .

Yn ddiweddarach, yn nhawelwch ei fflat, gwrandawodd ar dâp a recordiodd o'i ffrae gydag Arwel. Gwnaeth gopi o'r tâp a'i ddaro yn y post.

* * *

Drannoeth, cododd Lois wedi noson ddi-gwsg a derbyn pecyn bach twt gan y postmon oedd wedi brwydro'i ffordd drwy'r haid o newyddiadurwyr o flaen y tŷ.

Agorodd y pecyn a thynnu ohono dâp ac arno enw Emma a'i rhif ffôn. Roedd rhan ohoni am ei chwalu a'i daflu, ond rhan arall ohoni'n methu peidio â gwrando . . .

'Allet ti fod wedi'n rhoi i yn y jael! . . . Fyddet ti 'di mynd 'nôl i Lunden a 'ngadel i i ddilyn 'y ngyrfa?'

Bellach doedd dim modd i neb wadu . . . dim modd i neb gilio rhag y gwir. Roedd Arwel wedi dweud celwydd wrthi . . . ac, yn ddigon posib, wedi treisio Emma. A'r ffordd hawsaf i Arwel ei achub ei hun oedd drwy lynu wrthi hi a'r babi roedd hi'n ei gario yn ei chroth. Yn ei hofn, roedd hithau, hefyd, wedi helpu Arwel i ddinistrio Emma ac i chwalu ei byd. A nawr roedd Emma wedi talu'r pwyth yn ôl . . .

*　　　*　　　*

Paciodd Emma ei chesys. Taflodd un cip olaf o gwmpas y fflat foethus y bu'n ei rhentu yn y Bae. Roedd hi'n falch o weld cefn y lle. Bellach roedd y fflat hon, hefyd, yn perthyn i'r pydew dwfn roedd hi wedi suddo iddo dros y misoedd diwethaf. Roedd hi ar dân i fynd 'nôl i Lundain, 'nôl i ganol rhyw fath o normalrwydd lle nad oedd ei gorffennol yn llywio'i dyfodol – o leiaf ddim mewn modd mor ormesol. Roedd hi'n edrych ymlaen unwaith eto at gael noson o gwsg esmwyth – rhywbeth nad oedd hi wedi ei gael unwaith yn y fflat yn y Bae. Roedd am erlid wyneb Arwel o'i meddwl . . . am anghofio'r holl gawdel i gyd. A beth am Lois? Roedd wedi cynnwys ei rhif ffôn gyda'r tâp a anfonodd ati yn y gobaith y byddai'n cysylltu. Ni allai ond dyfalu ei bod yn dal mewn sioc a bod arni angen amser i amsugno'r gwirionedd newydd oedd wedi troi ei byd â'i ben i waered.

Roedd hi ar fin gadael y fflat am y tro olaf pan ganodd ei ffôn. Y pen arall gallai glywed anadlu dagreuol . . .

'Lois . . . ? Ti sy 'na? . . . O'n i moyn i ti wbod 'mod i ddim wedi dy dwyllo di! Ddim wedi dy fradychu di. Ddim wedi trio rhacso dy fywyd di!'

'Wel, ti wedi gneud joban reit dda o hynna rŵan, do?'

'O'dd raid i ti ga'l gwbod y gwir, Lois!'

'O'n i'n hapus iawn cyn i chdi ddod 'nôl . . . a difetha bob dim!'

Teimlodd Emma'r siom yn lledu drwyddi. Beth oedd hi

186

wedi ei ddisgwyl, doedd hi ddim yn siŵr. Breichiau Lois yn cau amdani? Cymod wedi'r holl flynyddoedd? Oedd hi wedi disgwyl i Lois ddiolch iddi am wthio gwirionedd nad oedd am ei glywed i lawr ei chorn gwddf? Chwalu pymtheg mlynedd o briodas – dros nos! Oni bai bod Lois am faddau i Arwel, wrth gwrs . . . Roedd hynny'n rhywbeth na châi Emma ei wybod fyth.

Taflodd un cip arall o gwmpas ei fflat, cyn casglu ei bagiau a mynd i ddal y trên. Roedd llais dagreuol a dig Lois yn dal i'w hebrwng ar ei thaith. Roedd Emma'n teimlo i'r byw drosti bellach . . . O leiaf, roedd ganddi hi rywle i ddianc iddo, a Patrick yn fwy na pharod i'w chroesawu hi 'nôl – wedi seibiant haeddiannol ond byr, wrth reswm. Roedd wedi gofyn un gymwynas ganddo. Gofyn iddo gadw'i dychweliad yn gyfrinach. Doedd hi ddim am i neb ddweud wrth Rhys ei bod hi'n dod 'nôl. Roedd hi am roi syrpreis iddo, roedd hi eisiau cyfle i wneud iawn iddo am ei esgeuluso i'r fath raddau yr wythnosau diwethaf. Cyfrifai ei hun yn lwcus. Roedd ganddi swydd ac roedd ganddi gariad roedd hi'n ysu am gael dychwelyd ato.

Ond beth oedd gan Lois, meddyliodd ar ei gwaethaf.

*   *   *

'O'n i ddim yn ddigon i ti, nag o'n? Erioed wedi bod!'

Ceisiodd Arwel osgoi llygaid edliwgar Lois . . . osgoi ateb.

'Dwi'm yn mynd i wrando ar hyn.'

'Be ti'n mynd i neud?'

Daliodd Arwel i gerdded oddi wrthi.

'Pacio dy fagia?'

Stopiodd yn ei unfan. A throdd i'w hwynebu.

'Dwi'm isio chdi 'ma rhagor. Fi na Sioned. Dwi isio'r tŷ. Gei di'r fflat yn y Bae! Dos i fanno!'

'Ti'n siarad yn dy gyfer. Sdim ishe bod yn fyrbwyll.'

'Ma' pob dim drosodd!'

'Sdim diben i ni siarad pan wyt ti fel hyn!'

'Paid ti . . . meiddio 'meio i!' Siaradai drwy'i dannedd, gan leisio hen ddicter oedd wedi ei fygu cyhyd. 'Dwi isio i chdi fynd. Er mwyn Sioned a fi . . . Fyddwn ni ddim ond yng ngyddfa'n gilydd, fel arall! A ma' hithau'n haeddu gwell . . . Yr unig beth da sy 'di bod rhyngthan ni 'rioed!'

'Os taw 'na beth ti'n moyn.' Ei ateb yn glaear, yn oeraidd, os nad yn fflipant ddi-hid.

Trodd am y grisiau a'u dringo i'r llofft i bacio'i fagiau.

Clywodd Lois ei gamau'n cyrraedd pen y grisiau ac yn cau drws eu hystafell ar ei ôl. Ymollyngodd o'r diwedd i lefen drosti ei hunan, dros Sioned, dros Emma . . . dros bopeth fu unwaith yn gadarn ond oedd bellach yn dywod dan draed, a hithau'n trio gafael yn rhywbeth mor dynn ag y medrai, fel darn o froc môr oedd yn gwrthod cael ei gario gan y llanw i'r dwfn.

*   *   *

Rhygnai'r trên a'r tiwb yn rhy araf o lawer yn nhŷb Emma, a hithau'n ysu i gamu i gynhesrwydd fflat Rhys. Roedd hi mor falch o fod 'nôl, y berw a'r sŵn a phrysurdeb amhersonol y strydoedd yn ei chroesawu. Yn Llundain roedd hi eisiau bod. Unman arall!

Yna roedd yn codi yn y lifft ac yn camu i'r trydydd llawr. Mater o eiliadau oedd hi bellach. Cerddodd at ddrws fflat Rhys a throi'r allwedd yn y drws.

Camodd i'r lolfa mor dawel ag y medrai . . . ond doedd dim sôn am Rhys yn y fan honno. Oedd e gartref, tybed?

Trodd am y gegin, ond roedd honno hefyd yn wag. Gwelodd fod drws y stafell molchi ar agor; yn amlwg doedd e ddim yn y fan honno chwaith.

Penderfynodd gario'r bagiau'n syth i'r stafell wely ym mhen draw'r coridor. Camodd tuag at y drws a'i wthio'n gil-agored. Fel roedd hi'n gwthio fe glywodd sŵn chwerthin . . . sŵn siarad, sŵn lleisiau cyfarwydd . . . sŵn sibrwd cynfasau a chyfrinachau.

Llais Rhys a llais Ann . . . ei chariad a'i ffrind gorau!

14

Cerddodd Arwel drwy gyntedd gwesty'r Porth, ei fag yn ei law. Roedd newydd logi stafell iddo'i hun am noson . . . dim ond noson. Cofiodd y tro diwethaf iddo fod yno. Dod yno i gyfarfod â Dai rai misoedd yn ôl. Roedd bellach yn teimlo fel oes. Roedd cymaint wedi digwydd ers hynny . . . Cymaint o newid. Roedd wedi cael cymaint o gyfle. Cymaint o raff . . . nes bod y rhaff honno wedi ei grogi . . .

A beth am ei deulu? Roedden nhw wedi dioddef. Ond Lois yn ei daflu o'r tŷ? Prin y gallai gredu bod hynny wedi digwydd. Roedd wedi sylwi ar ei gwefus yn crynu'r mymryn lleiaf wrth orchymyn iddo fynd. Penderfynodd felly fynd ar ei union. Gadael iddi sylweddoli sut deimlad oedd bod ar ei phen ei hun. Gallai fentro ei bod yn difaru heno . . . yn difaru digon efallai i'w dderbyn yn ôl. Allai e ddim dychmygu Lois hebddo. Roedd amser yn feddyg da . . .

Ond doedd hynny ddim yn wir yn achos Emma, wedyn. Doedd hi ddim wedi maddau . . . doedd hi ddim wedi anghofio. Ac roedd e wedi cael ei orfodi i gofio . . . ei orfodi i deimlo'r un golled, yr un teimlad ynysig ag yr oedd hi, hwyrach, wedi ei deimlo pan redodd a mynd. Mynd yn fyrbwyll a chefnu ar y cawlach i gyd.

Ynysig neu beidio, doedd e ddim am redeg. Beth os oedd pobl yn siarad? Byddai ganddyn nhw stori arall i'w thrafod fory. Roedd e'n dal yn bartner yn y ffyrm. Roedd ganddo yrfa arall i syrthio'n ôl arni. Dim ond mater o amser oedd hi cyn y câi ailgasglu'r darnau ynghyd ac ailadeiladu . . . ei yrfa, yn sicr . . . a'i deulu hefyd, efallai . . .

*   *   *

Eisteddodd Emma yn Hyde Park ar gadair galed yng nghanol llymder noeth y coed. Roedd hi'n rhy oer i eistedd allan mewn gwirionedd, ond roedd wedi mynnu mai yn y fan honno roedd hi am gyfarfod â Rhys. Cyfarfod ar dir niwtral, cyfarfod ble bydden nhw'n amal yn cyfarfod gynt, amser cinio neu ar ddiwedd prynhawn o waith.

Y tro diwethaf iddyn nhw gyfarfod yno, y hi oedd yn cario baich cyfrinachedd ac euogrwydd, a'r celu a'r cynllwynio, a'r cyfan wedi creu pellter a dieithrwch difaol rhyngddi hi a Rhys. Roedd hi wedi ei wthio ymhellach ac ymhellach; wedi ei ddefnyddio, hefyd, pan oedd hynny'n ei siwtio, ac wedyn ei wthio i'r cyrion yn llwyr. Ei wthio i freichiau Ann . . .

Ar draws ei meddyliau roedd ei ffôn yn nodi neges-destun newydd.

'Sori! Ond paid cysylltu eto. Well fel hyn!'

Brathodd Emma'i gwefus. Nid dyma roedd hi'n ei ddisgwyl, chwaith. Ond roedd yn well na dim. Ymddiheuriad, ond nid cymod.

Gan Lois roedd y neges.

Ystyriodd Emma a ddylai ateb. A dweud beth? Roedd yn well peidio â dweud dim dan yr amgylchiadau. Dileodd y neges ar ei hunion. Roedd Lois yn hen hanes. Ac Arwel hefyd.

Pan gododd ei llygaid unwaith eto roedd cysgod yn dynesu tuag ati, yn fur rhyngddi hi a'r awyr lwydaidd, oer uwch ei phen. Cariai Rhys ddau gwpan plastig o goffi poeth yn ei ddwylo. O leiaf roedd y ddau wedi cytuno i gyfarfod, ac wedi cadw eu haddewid . . .

Tybed i ble roedd hynny'n mynd i arwain?